爱夜光杯 爱上海

2024

我常常会想起一些人

新民晚报副刊部 / 主编

文匯出版社

目 录

看人集

谈艺录

行天下

恋上海

叙往事

念故人

观世象

过日子

爱夜光杯 爱上海

2024

看人集

陈平原：闻窗外事，读圣贤书

魏　泉

2024-04-06

今年，是陈平原老师七十大寿之年。商务印书馆推出了24卷共44种包含了文学史、学术史、文化史、教育史各领域研究专著及散文随笔集的皇皇巨著《陈平原文集》。这是学界一大盛事，因为“陈平原教授的学思历程”，也是改革开放40多年来人文学术演变的“一份生动的时代证言”。

很难相信，陈老师已经70岁了。他一直活跃在学术研究的前沿领域，他的勤于著述、著作等身，学界有目共睹。作为20年前师从陈、夏二位老师的老学生，我想从学术研究和专业话题的侧面，说一说我所知道的陈老师。

七〇后正青春

我第一次见到陈老师是上个世纪末，他到山大做讲座。大讲堂里座无虚席，当讲座开始，陈老师从外面走进来时，满场都是“这么年轻啊”这种感叹。陈老师讲的是“五月四日那一天”，用各种资料、数据、细节及背景分析带领大家“回到现场”，让我第一次了解了五四运动这个被看作中国现代史开端的大事件发生的原因、具体过程以及相关人物所起的作用。不仅是那些林林总总的历史细节引人入胜，陈老师那种不避烦琐地考掘史实的功夫和反复追问事实真相的执着，更加令人钦羡、着迷。

2000年我进北大时，感觉如果不是站在讲台上，陈老师会在校园熙熙攘攘的学生中泯然于众。他常常背着双肩包，捧着一大摞书出入北大图书馆，不认识的话简直看不出他是老师。陈老师的夫人夏晓虹也是北大中文系的教授。有一次，陈老师带陈夏师门的同学们去百旺山游玩，山路上有人上前，给行进中的大家拍了张大合影。照片中，陈老师兴致勃勃地走在一侧。我的一个好友看到这张照片，指着陈老师说“这位同学看起来年纪有点大”，我大笑说这是陈老师啊。我朋友说，怪不得，我还奇怪这里面为什么没有老师呢。

那时的陈老师虽只有40多岁，却已在学界成名多年。1988年，陈老师与黄子平老师、钱理群老师合作的《二十世纪中国文学三人谈》，一出版就引起学界强烈的反响；同年，陈老师的博士论文以《中国小说叙事模式的转变》为题出版；1989年，陈老师撰写的《二十世纪中国小说史》第一卷刊行，这几部力作的横空出世，使三十出头的陈老师即成为当时最为知名的年轻学者之一。

也许是少年成名，让陈老师对“五四”新文化运动时期的陈独秀、胡适、鲁迅、钱玄同等“新青年”们别有一种惺惺相惜的认同。他曾经在课堂上给同学们一一列举出，1919年时从最年轻的胡适到最年老的鲁迅的年龄，“五四”之所以是一个青春洋溢、狂飙突进的时代，从某一方面说，也是因为在《新青年》上发表那些文章的人们，是真正的“新青年”啊。在陈老师看来，晚清及“五四”，留给今天国人最大的思想遗产在于其怀疑精神，他借用鲁迅笔下狂人的追问：“从来如此，便对么?”认为晚清及“五四”的“疑今”与“疑古”，是时代的最强音。“用批判的眼光来审视历史与现状。敢于并善于怀疑，‘重新估定一切价值’，持强烈的自我批判立场，此乃晚清及‘五四’的时代特征，也是其最大的精神遗产。”

陈老师对“五四”的研究，与他对现代中国大学史的研究互相映发，互补互勘，已经超过20年，至今仍是《未完的“五四”》。在陈老师看来，“未完成性”正是“五四”的魅力所在。在他本人身上，既常常折射着梁启超的“少年中国”、陈独秀的“新青年”，以及李大钊的《青春》梦想，也不乏“五四”那代人“壁立千仞的姿态以及自我批判的立场”。他的“五四”研究之所以能进入大众阅读，显得格外有魅力，也正是因为那不仅仅是书斋里外科手术式的冷静剖析，更融合了以意逆志的“了解之同情”，和感同身受的情感代入与思想认同。“五四”经得起后人的言说、审视，甚至毁誉，自有其不朽价值。陈老师在我们弟子眼中，哪怕是已届古来稀的七十“高龄”，仍是一位不折不扣、怀揣着理想和激情的“新青年”。

书写性情不逾矩

在陈老师身上，除了其引人注目的“新青年”特质，最令人印象深刻的还有其文人雅趣。他在2017年生了一场大病，病中以写字作为修养身心、排遣病痛之方，不料竟别辟新界，在书法上自成一家。此后，陈老师不但亲自为自己的各种著作题写书名，还在台北、北京、潮州、广州等好几个地方举办过小型书法作品展。他的书法不是独立意义上的书法艺术展示，而是与书籍装帧、文字趣味相伴而行，醉翁之意不在书法，在乎借书写来寄托情趣。他还在闲暇中“玩”过瓷器，把书法和传统诗文与瓷器结合，制作了一批印有他书法的笔筒、茶杯分赠师友门生，令人爱不释手。

说到文人气，不能不提到《千古文人侠客梦》。这部满纸刀光剑影，纵论豪杰游侠的书稿，竟然在广州火车站被劫，“纸上谈兵”的陈老师却只能束手兴叹，毕竟是书生啊！但是在学术领域，陈老师却是纵横驰骋的猛将，这部以武侠通俗文学作为研究对象的著述，冠以“武侠小说类型研究”的副标题，一下子就提升了通俗文学研究的理论色彩。10年后，当这本书由新世界出版社再版时，陈老师不仅又加进了两篇新的研究论文，还独具匠心地把自己关于图文研究的创获与武侠小说研究相勾连，在章节之中插入了陈洪绶的《水浒叶子》和任熊的《剑侠传》的精美图画。豪杰与游侠，图像与文字，得以在书中相映生辉。

除了在水墨书写和图像研究中有陈老师挥洒不尽的文人气，陈老师的散文写作也是自成一格。作为学者，他很重视品位的高雅，文质彬彬，然后君子。他的文章往往是不俗而能通俗，在知名学者中，他的书可以说是大众读者极多的，做到了雅俗共赏。有些文章看似平淡，不经意，背后其实都有陈老师在文章上的经营和苦心，没有一篇是敷衍粗糙的，都有用力之处和笔墨趣味。陈老师的随笔散文，在我一路看来，感觉是越写越好，真的是“七十而从心所欲不逾矩”了，既能畅所欲言，又极其严谨有分寸，平淡而近自然。套用陈衍对“学人之诗”的描述，陈老师的散文，也是“证据确凿，比例精当”，是真正的“学者之文”。在陈老师著述中，也有多部散文随笔集，其中记人言事，细腻有情，堪与桐城雅洁之文媲美。因此也可以说，陈老师是合“学人之文与文人之文”二而一之，这是一种难以企及的艺术高境。

“做好事不嫌小”

过去30年中对现代中国的学术史研究，陈老师也是中坚之一。他不仅对章太炎、王国维、梁启超、蔡元培、鲁迅、胡适那一代20世纪初的学者不断“追忆”，表彰学术，兼志思慕，也对自己在中大和北大的导师及学界长辈，都有极其细腻生动丰富的回忆文章，感念自己在年轻时候受到各位师长的提携鼓励。让我印象深刻的是，10年前，陈老师60岁的时候，在接受一个媒体访谈时，就着重谈到要给年轻人机会。陈老师自己在培养学生上面是花费了大量心血的，他不但对自己在北大、港中大、华师大所带的弟子尽心尽力，还为普通高校（所谓“双非”的学校）学子大声疾呼，希望国家给予资源上的投入。

陈老师关注教育问题，不仅仅是作为研究课题，更是现实关怀与践行方式。他和夏老师二人的吃穿用度都很普通，也不购置豪宅，却曾毫不张扬地多次在各个学校以捐赠的方式回报社会，捐助教育。就我所知道的：

2018年，在中山大学中文系捐资设立“吴陈饶纪念讲座”基金，纪念他在中大的三位导师吴宏聪、陈则光、饶鸿竞。

2019年，陈老师以他父亲的名义，在家乡韩山师范学院设立“陈北国际交流奖学金”，用于资助家乡的孩子，让他们有机会走出去看世界。这是陈老师向韩山师范学院捐赠家庭藏书后，回馈家乡的又一善举。他说：“我们家三代教书，深知教育是最好的‘投资’。”“所谓‘教育投资’的巨大回报，主要不是金钱，而是知识、教养与人格。家人如此，家乡也不例外。潮州并不富裕，韩师也不完美，但潮州人重视教育这一传统，在这一方水土上可谓根深蒂固。具体到个人，我相信两句大白话：一是‘为善最乐’，二是‘做好事不嫌小’。”

2023年，陈老师和夏老师在中山大学中文系设立“陈夏奖学金”，以奖励研究生年度优秀论文。

回首陈老师40多年的学术研究之路，不仅是与时代的大潮同频共振，更带有鲜明的个性特征和丰厚的人文内涵。从1980年代“三人谈”提出的“二十世纪中国文学”在学界引发“重写文学史”热潮，到2010年代以来的

“重建现代中国人文学”，陈老师从反思现代文学学科开始，一路走来，打通古、近、现、当代的文学史研究，并向学术史、教育史、五四运动史等领域伸出人文学者的触角，旁及图文研究、都市文化研究，甚至网络时代的人文观察等，经过上世纪90年代以民间之力举办《学人》《文学史》，以及依托北大二十世纪中国文化研究中心创办的《现代中国》等学术辑刊，在人文研究领域聚合了一群包括中国大陆、中国台湾和香港地区，甚至日韩与欧美汉学研究的精锐学术力量，以跨学科的问题意识为共同特色，将学院派的近现代文学研究推到了一个令学界瞩目的高度，并积累了“走出现代文学”，重建“现代中国人文学”的巨大能量。

无论学问文章，还是知行合一，陈老师在我们做弟子的心目中，都是高山仰止，是我们愿意终生追随的人。衷心祝祷陈老师青春永驻！

奶奶于漪：一辈子做教师，一辈子学做教师

黄　音

2024-09-10

谈起于漪的教育格言，我们最先想到的是“一辈子做教师，一辈子学做教师”。它是于漪教育人生的写照。每每想起这句话，眼前就浮现出她在教育之路上“小跑前进”的身影，感受到教育生命力量的涌动，自己的身上就有使不完的劲儿。

95岁的于漪，她的一天是怎样度过的？ 7月的一天，一大早起床后，她就开始反复阅读杨浦区全体教师写给她的一封信，随后提笔回信，一写就是整整8页纸。在信中，她道出心声：虽已鲐背之年，还要像你们一样，蓬勃向上，壮怀激烈，以中国特有的教育家精神为高标，以历史师道文化的厚重和时代创新活力的特征自勉自励，努力构建高素质专业化教育人生。下午，应电视台采访要求，对11个访谈提纲一一“备课”，查找资料。傍晚，阅读8种报纸、刊物，摘抄学习。

“选择了做教师，就是选择了与国家富强、民族复兴、人民幸福休戚与共、血脉相连的伟大事业。”心中有明灯一盏，便能照亮前行之路。在于漪的自我认知里，始终称自己是一名“草根教师”，但她也始终要求自己做一个“大写的人”。

“大”的中间是顶天立地的“人”。什么是天？为党培养人成长、成人、成才就是教师的天。什么是地？饱含深情地扎根在中国基础教育实践的土壤之中，把每一件事做实做好。“大”的中间是一横，像张开的两个手臂，拥抱每一个孩子、拥抱教育事业、拥抱时代、拥抱祖国、拥抱世界。这就是身为教师的使命担当，身为教师的生命境界。

有人说：能力成就了名师，但要成为“教育家型”的教师，就得有探索行业共同课题、时代难题的责任与担当。73年的教育人生，教育的理想牵动着于漪的精神世界，教育的价值信念、教师的归属意识、教育深层次的规律，也在一次又一次的自我追问中越发清晰。“教师的身上要有时代的年轮”，在追求卓越的路上，她对教育事业的赤诚之心、光明之心如同一团熊熊燃烧的火焰，感染着身边的教育工作者。

在2024年的上海书展上，有几位老师自发寻找起书展中的“于漪老师”。于漪主编的《基础教育教师学》“新鲜出炉”，这本书探究了中国基础教育教师成长的关键要素与规律，勾画出植根于中国特色社会主义教育沃土的新时代基础教育教师的理想形象。《从“草根教师”到人民教育家——于漪传》一书的首发式在2023年书展上举行，上海市教育发展基金会理事长王荣华当时谈起编写初衷：力争立正传、立大传，同时还要解答一个重要的问题——“人民教育家”是如何炼成的？在这一年的时间里，广大教育工作者、家长、学生手捧《于漪传》，在书中探求问题的答案。每每翻阅这本书，都能感受到在教育奋进的路上，于漪老师与我们同行。

当然，还有《于漪全集（修订版）》。2018年，《于漪全集》首发，它是基础教育特级教师的首部全集。2023年，《于漪全集（修订版）》首发。在首发式上，上海教育出版社社长缪宏才动情地说：“一般的全集每逢10年才做修订，但从2018年到2023年，于漪老师又撰写了100多篇关于教育的文章，所以修订工作大大提前。”全集修订版共600多万字，这是于漪老师一个字一个字在文稿纸上“码”出来的，是她的教育教学思想最朴素、最真实的呈现。

教师写作绝非舞文弄墨，在文字技巧上着力。于漪认为语言有温度，字词知冷暖，教育写作是有灵魂的，人的生命、情的灵犀、事的原委、物的形塑，无不灵动地蕴含其中，纵向思接千载，横向视通万里，把育人之道放在其中琢磨，别有一番滋味，更有新的洞天。“思风发于胸臆，言泉流于唇齿”，皆因对学生的成长、成人、成才“沧海自浅情自深”，故而情动而辞发，或而潺潺淙淙，或而滔滔滚滚，织成教育生命交响曲，评析、激励、反思、自强，立体、多维，增添教育实践的光亮。

“一辈子做教师”，是坚守。三尺讲台一生情，再高的山、再远的路，无论多么崎岖坎坷，也要以万米赛跑的韧劲与勇毅攻克难关。“一辈子学做教师”，是超越。教师的字典里没有一个“够”字，她始终本着一以贯之的探索精神和唯真唯实的治学态度，自我超越。

于漪曾动情地说过：“如果逝去的岁月可以像飞去的燕子重新归来，青春的年华可以再次度过，那么，我将依然选择教师这个太阳底下永恒的事业。”如果时光回溯，在人生的站台上，停靠着开往未来的列车，她依旧会踏上名为“教师”的那一辆，生命与使命结伴同行，教育生命依旧会闪放光芒。

王振义：一株清贫的牡丹，我做到了

李泓冰

2024-09-28

他安坐在沙发上，黑色的皮面磨得很旧了。背后是那幅他最爱的油画《清贫的牡丹》。他喊阿姨给我泡杯咖啡，说他也要。阿姨咕哝，今天喝的第二杯了。我一看是速溶的，说，年轻人都喝手冲，至少是胶囊的，您喝一辈子咖啡，这么不讲究？他笑：有的喝，不错了。

茶几上，放着一张明信片，就是那帧画。我读出上面的话：我愿做一株清贫的牡丹——王振义。他淡淡地说：我想我做到了。

画家曾问他，您的牡丹想要什么颜色？粉红、朱紫？他毫不犹豫：白色。

唯有牡丹真国色。配得上一个有香气的灵魂。

一场秋雨一阵凉，热浪从申城退场了。2024年9月25日，一年中第12次去拜望王振义院士。拿了一束花送他：王老师，再过两个月，您100周岁了。他笑，现在，我是99.9岁。

我说，您“封神”了！他笑，哪里神了？倒是国家把这样重要的奖，给我这个普通医生，很神。

这个月，王院士被授予“共和国勋章”，根据主席令，全国仅四人获此殊荣。

他在国内外获奖无数，但放弃了大部分奖金——那足够买几套上海的好房子，他也放弃了血液学著作稿费，放弃了“神药”专利，只为了奖励后学，为了让同行买得起书，为了让白血病人吃得起药。所以，在生活了100年的上海，他上无片瓦——这间房，不是他的：“瑞金医院为我租的，以后要还。”

家里的一切，都朴素得像停留在上世纪八九十年代。但从不缺鲜花，花影浮动，花香氤氲。他爱花出了名儿。小男孩时，他就蹲在花园凝视：它们为什么有这么多颜色？

他捞起手机，挪动手指，从“收藏”里找出俄罗斯小提琴家马克西姆·文格洛夫演奏的贝多芬《D大调小提琴协奏曲》，他酷爱的第三乐章，辉煌而又轻松，那淳朴的色彩和充沛的活力，让窗外的雨丝都沾染上了欢乐和热情。他陶醉地笑，我是学过小提琴的哟！

在小小卢家湾，百年行行复行行

蜿蜒万里的扬子江，浩荡冲向大洋，吞吐出襟江带海、勾连全球的上海。100多年来，这座城市给了很多人蔚然成家的机缘。

比如王振义。

他的童年，在那些恢宏错落的记忆碎浪里，沉沉浮浮，让他的眼神瞬间明亮——

“小时候，在鸭蛋形的餐桌旁，我爸爸每周都要考校八个孩子的功课，好的表扬，不好的就要惩戒——我是唯一没有被罚过的！”

王家五个儿子，凑成“仁义礼智信”。100岁的次子振义，像少年时一样聪明且谦和的细眉细眼里，泛起了“难般”的得色。

他的家族，是上海近现代发展的缩影。

爷爷王西星从事外贸，有“巨商”之名，曾在上世纪初，组织行商抵制美货，其振臂一呼登上了《申报》，“各具天良，莫徒贻外人之窃笑”；更与知交沈敦和，联手抵御时疫，捐建了红十字会。父亲王文龙供职保险公司，笃信教育救国，子女个个出色。王振义是一代名医，其余兄弟姐妹亦在电力、交通、金融等领域头角峥嵘，而今也在上海的五弟王振信，曾是上海隧道建设公司副总工程师、上海隧道工程设计院院长，对上海地铁有开创之功……

他自己，从萨坡赛小学（今卢湾第一中心小学）的淘气包、震旦大学附中（向明中学前身）的跳级生到震旦医学院（上海交大医学院前身）的年级第一名，毕业时领誓“希波克拉底誓言”，从广慈医院（今瑞金医院）管40多张床的住院医师，到上海第二医科大学校长；从上海卢湾区第一届人民代表大会代表，到全国人大代表；从2010年度国家最高科学技术奖，到2024年“共和国勋章”获得者……几乎把法语当作母语的他，活动半径基本在卢家湾——上海市中心最优雅的区域之一。

在这里，他惊惧过革命义士在眼前遭遇冷枪、愤怒过日占时期在租界铁门外的难民哀号、感动于解放军进城的露宿街头，也在新中国喜滋滋娶回同住高安路的芳邻、校友，美丽的谢医生；更无数次穿梭于高安路老宅、瑞金二路的医院、重庆南路的医学院，从那个风一般的少年，到满腹问号的医者、循循善诱的师者、活人无数的白血病“神药”发明人……

他没有辜负在卢家湾生命里的每一天。

没有人比他更懂，什么是“百年未有之大变局”。“我最盼望国家富强，百姓安稳，让我能做一个好医生。”他的告白，终生不变。

“算了一下，我这辈子只做过四件事”

他是在金山、嘉定以及皖南，都做过“赤脚医生”的。聊起当年他用四味中药，医好了黄山脚下小村流行的痢疾，他还有孩子式的满足——谈及荣誉，他很淡然；说到治病，那份医者的成就感，浓烈得灼人。

“算了一下，我这个人，大约只做过四件事。”他当真掰起了手指头。

“第一件，是解放初，到浙江嘉兴为解放军治疗血吸虫病。”

当时为了渡海解放舟山群岛，战士们在太湖练兵，游泳、驾舟，没想到被湖汊滋生的血吸虫“盯”上了，严重影响战斗力。青年医生王振义挺身而出，妙手回春，立了三等功回来。

“第二件，是抗美援朝，我去了东北中朝边境，为志愿军治病。”

他遇到了“怪病”：一大群战士咳血、头痛，被诊断为肺结核并伴有结核性的脑膜炎，用药却不见效。他注意到，很多战士提及，经常在河汊、田垄里捕捞小鱼小虾，战事紧张，经常来不及烧熟就急急咽下。他恍然大悟，想起熟读的《实用内科学》相关描述，又到显微镜下观察病人的血痰，果然，原来是肺吸虫病！没煮熟的小鱼虾，体内有大量肺吸虫。对症下药，战士们霍然而愈，部队领导大喜过望，授予这位上海来的大个子医生二等功。

“第三件事，是发现了反式维甲酸能治疗急性早幼粒细胞白血病。”

这是最凶险的一种血癌，几乎沾上就意味着被宣判了死亡。他的妻子谢医生是儿科大咖，为了手上一个罹患此病的女孩已无力回天而难过，王振义把精研了七八年的全反式维甲酸，用于临床，把“坏细胞”转化为“好细胞”，女孩起死回生。这样的奇迹一再发生，他的新药使95%的病人症状缓解。白血病治疗的“上海方案”，让国际医学界刮目相看，把国际肿瘤学界最高奖凯特林奖颁给了他，评语中称他是“人类癌症治疗史上应用诱导分化疗法获得成功的第一人”。他的论文，成为全球百年来引证率最高和最具影响的86篇论文之一。

“第四件事，是‘开卷考试’，我来做年轻医生的‘拐杖’。”

这是他晚年自创的考试名目，所考全是“附加题”——血液科每周拿出一个真实疑难病例做课题，由年轻医生提出困惑，他提前上网查阅资料，深思熟虑，每周四到科室来给予回应，共同讨论。这一考，就是20年。年轻医生们临床科研工作太忙，他愿意替他们泛读文献资料，精选给他们，应用于临床。“开卷考试”的结晶，《瑞金医院血液科疑难病例讨论集》已出版了两册。

说起治疗，他细眯的双眸中依然有光。

画好“抛物线”，让弟子们接力攀高

“小陈不容易，这一年在海医做了很多事。现在是海医的校长了。”这“小陈”，说的是海南医科大学校长、中科院院士陈国强，也是他的得意弟子之一。

他的门下，不只桃李芬芳，更有众多足以自立门户的栋梁。他有个“抛物线”理论，“你到了高峰，就意味着要走下坡路了，就要让贤，让更年轻的人才顶上去。这样抛物线才能不断向上——不是说等到你做不动了才让，那就有了起伏，很浪费”。他在血液学研究如日中天之际，把上海血液学研究所所长让位给得意门生陈竺，陈竺将之带入“基因研究”新境界，把研究推向了一个新的高峰。他用这种人才观，托举他优秀的弟子们，陈竺、陈赛娟、陈国强，一代代攀向高处，成就国内科技界难得的“一门四院士”佳话。

聊天中，“为什么呢”是他的口头禅，他会蹙着眉头想想，自问自答。

“阅读，思考，很要紧。要始终会提问题。我的习惯，凡事一定要问为什么，永远不要放过任何问号。”

这话，听他说过N次了。这也是他对学生的期许。

想起刚读到的一则故事：罗素问剑桥哲学教授摩尔：“谁是你最好的学生？”摩尔答：“维特根斯坦——学生中，只有他听课时老是有一大堆问题。”

果然，他的预言成真。有人又问维特根斯坦：“罗素的哲学为什么落伍了？”维特根斯坦答：“因为他再也不问‘为什么’了。”

看来，追问“为什么”，是成就大师最重要的力量——没有之一。

告别时，我说下次再聊。他笑：你也是蛮奇怪的，一直要和这么老的一个人聊天，为什么呢？

——因为每次和你聊过，都像充了电一样呀！

就像贝多芬的小提琴协奏曲，明亮、温暖、快活……

88岁樊树志：世事完缺情可温

叶　檀

2024-12-14

这是一位让人称奇的学者。30岁以后，他坚持“白天一分钟不浪费，晚上一分钟不利用”，把学术研究的时间延长了20年，80岁以后出版了11本（套）书。他喜欢听音乐、看展，上哔哩哔哩看视频，他给学生介绍穿搭心得，鼓励家人做善事……

樊树志，复旦大学教授。很多人说，生命中有这么一位师长、朋友和亲人，何其幸运。

2024年，樊树志先生米寿之年，他出版了200万字的《重写晚明史》五卷本，以及《人世事，几完缺——啊，晚明》。这位研究明代史绕不开的专家，桑榆之年学术力如火山喷发。

不动声色的浩大工程

有的人少年时光不受年龄限制，樊树志先生就是如此。

樊先生退休后，我们隔两三年见一次面。每次见面，他都正儿八经地拿出一纸袋子书，取出一两本，在扉页签好名字，送给我，陆陆续续有《国史概要》《晚明史》《重写晚明史》《江南市镇的早期城市化》，厚厚一大摞，占据了一个小书柜。印象中，他退休后写了300万字左右，一年写30万字，得写10年。

樊先生有本事把历史写得生动无比。有时候在窗下拿着先生的书看，边看边呵呵傻笑，他写朱元璋拿着个钵出去讨饭，那么苦的事，却又那么生动，让人想起长得七扭八歪的一个小和尚是怎么辛苦讨生活的。又说起朱元璋讲给大臣的那些白话——如今天下太平了也，止（只）是户口不明白哩——然后让官员们去搞明白户口。活灵活现，一个威严的、想要“子子孙孙无穷尽也”的大老粗皇帝形象也就出来了。

樊先生的书让人联想起明代白话小说的调调，有着一种烟火气，历史是人过出来的，不是高高在上不接地气的。他的《晚明史》令人想起那个东躲西藏、最后在西南丛林中飘摇的小朝廷，寄托着最后一线儒家文人的希望，而后妃们是靠着坚定的信念支撑度日。

我也能想象明代那个与全世界财富紧密相关的锦绣江南，跟《影梅庵忆语》这样的笔记血肉相连，柳如是、董小宛、陈圆圆这样的稀世美人，穿着薄如蝉翼的红色薄纱，在江边引起万人围观……因为时代变迁，风流总被雨打风吹去。

苦难不动声色地藏在字面下。历史就是这样，让我们知道自己来自何处，基因是什么，不会动不动大惊小怪，也不至于活着跟没活一样。

我对樊先生的认真感到吃惊，并不仅仅是因为曾经跟随他读书，而是因为他的大作《江南市镇的早期城市化》。那是我看第一遍时几乎读不下去，觉得实在重，要重新拿出来读的书。那么重的一本书上，每一页都是资料。他说，几乎跑遍了江南每一个市镇，实地考察当地的经济，查找明清文献，想让一个个市镇复活。此后，他把明代棉纺、丝绸、茶叶、瓷器融入全球贸易、大航海时代，做出从宏观到微观的完整解读。

这是一个不动声色的浩大工程。他怎么会有这样的耐心，一点也不要小聪明，就这么默不作声地一个个小镇去抠。这些枯燥的文字、数据里包含着浓烈的感情，没有真情不可能付出如此多的时间，以至于我以后到某个江南小镇，总是下意识地追随樊先生的足迹，再去翻翻方志里的一小段，暗中想象这些市镇在桨声灯影里运了多少货物，当时的物流节点在什么地方，这些小镇里的人是怎么生活的，一张张织机从早到晚咔啦咔啦地织布，屋后的小河里泊着装原料的船，贸易季节石板路上商人川流不息，一定吵翻了天。晚上天彻底黑了，大家早早上床休息，因为不舍得点油灯。

极致自律的时髦先生

樊先生年轻时总是穿戴整齐，带上厚厚的备课资料，最早到教室，把四块黑板擦干净，静静等上课铃响。他上课几十年，没迟到过一次，板书清清楚楚的，《国史概要》和《国史十六讲》在几十年前就有了影子。

后来用电脑，他从早到晚盯着资料，脑子里有那些板书，手里噼里啪啦打字，退休后的皇皇巨作都靠这台电脑。

总有人好奇地问先生如何养生，他说："工作是最好的养生。"其实，还有自律。

我生病后，樊先生严肃地说："不要过劳，我出版的20多本书，没有一个字是晚上写的，白天一分钟不浪费，晚上一分钟也不利用，这样才能细水长流。"他的女儿樊晔亲小师妹说："爸爸从不'开夜车'，从30岁开始，几十年早睡早起，自律到极致。"

我以为他是老庄的信徒才水滴石穿、细水长流，结果先生特意解释："我年轻时有严重胃病，医生不让熬夜，免得中枢神经过度紧张导致胃出血。”他把文人跟道家联想的诗意打破了，但真实即美。

退休后，他在卧室窗下放一张桌、一把圈椅，边上一张小床，角落里的书架放了满满的旧书，像老的方志、谢国桢先生晚明资料等，好像研究生宿舍。窗外是一片小小的天。他就这么工作到80多岁，坐在那儿10年、20年，总不嫌闷。

我们偶尔去看他，我们坐在床上或者小凳子上，他坐在椅子上，一通海聊，从社会、历史聊到家庭。他告诉我最近在写什么，两只手张开说："书快要出版了，你的博士论文我也用了一段，可惜，当时没有出书。”我跟他说最近经济怎么样，我在干什么，他从不埋怨我半中间去干了其他工作，特别高兴地说，听说了，做得不错，做得不错，我支持。然后开始回忆上世纪五六十年代的事情，告诉我某某先生这些人当时怎么样，感叹："有才啊有才。”最后总结："这本书写好我不再写了，看书写东西多了头会晕，我现在就写写日记，给自己解闷。”我一开始会相信，但过两年，他又出一本书；再过两年，又是一本书。

他认真，但不学究。去图书展览时讲座签售，穿着暗色的小格子呢西装，头发梳得一丝不苟，最喜欢即兴回答环节，“因为不知道会提什么”，蛮有趣的，不要主办方事先准备问题，一点也不好玩。80多岁的人了，给人签名先看看字写得好不好，如果不太板正会解释一句："抱歉，我写字不太稳，不好看了。”

樊先生是时髦的，很绅士的那种时髦。20多年前我们两三个师姐妹跟着樊老师读书，他讲着讲着就点评起我们的着装来："你穿这个不好看，跟你的气质不配。她这顶帽子好，跟衣服搭着老好看的，人要穿得年轻一点有精神气一点，要永远有精神。”他会介绍自己的穿搭心得："你看，这件西装是在一百（第一百货）买的。”我就会注意到他西服里面的淡粉、粉蓝衬衫，很提亮脸色。

与先生亦师亦友，20多年前跟随先生读书的时候每周见面，从他的东北祖上讲到小时候抗战逃难到杭州，那种湿冷真是比东北都冷。恰好，我从小在杭州长大，他就笑了："老杭州话你知道吧，小伢儿、铜火铳儿，杭州话都是儿。"他那种杭州话很少有人说了。

有一次我去他家，那时的老公房很小，"螺蛳壳"一样的客厅，他在角落里放了一台录音机，正在放《三轮车上的小姐真美丽》。

晔亲说："爸爸不是两耳不闻窗外事的老学究，讲究生活趣味，喜欢美术、音乐。儿时家中常放黑胶唱片，现在还听广播里的《音乐下午茶》。他喜欢邓丽君、费玉清、蔡琴的作品，尤其喜欢上海老歌，如《夜来香》《玫瑰玫瑰我爱你》等，对陈歌辛、黎锦光等人推崇备至，百听不厌。"每个人都有永远不老的少年时光可以享受。跟这样的人在一起穿越时光，丰富得不觉简陋。

晚年他常陪着女儿看书画、摄影展，看林风眠、吴冠中的画展，80岁还登山，现在走不动了，开始在哔哩哔哩上看旅游视频沉浸式体验，过过旅游的瘾。只要有创新技术，他肯定会学习用3D神游各个地方。

大概是因为热爱生活，身上的自律和创新又奇妙结合，让他的书既有翔实的史料，也有天马行空的想象力，这些在对明末海盗汪直等人的论证中体现得淋漓尽致。

头发白了的温情少年

樊先生不会来事儿，甚至有些腼腆，不让学生看他，也不探望别人。他的学生不太聚会，生日静悄悄地就过了，过节电话问个好就行，多数时候电话也不打，心里记挂就可以。

晔亲跟我说:“你生病后第一次露面做视频，爸爸坐在电脑前头反反复复地看，我出门上班了他还在看。”我拿着手机，不由得想起他的那张小桌，那个小窗户，那个头发白了的少年人。那年的冬天，我们破天荒重聚了一次。他看着我们，很少说话。生命中有这么一位师长、朋友和亲人，何其幸运。

樊先生现在更不出门了，最近一次见面是不久前《重写晚明史》研讨会。那天是他的生日，樊先生拦住不让说，免得大家送礼，学术会议变成生日派对。

那天，复旦历史系的小会议室挤得满满当当，樊先生坐在最外头，那儿有一台他从家里带来的大电扇，像台鼓风机对着他吹，隔一个多小时他得出去透透气，否则莫名地头昏。问他，还看东西啊？他说还看的，看看就放下了，头昏。

他像一个万花筒，不知道会转出什么花。现在知道他会出去买菜，从不还价，因为大家都不容易，而且他有一张不会“讨价还价”的脸。他还鼓励家里人做些慈善，捐些款，帮助流浪猫狗，为特殊老人采买……有一次去看他，小区门口有只胖乎乎的小黑奶狗吃百家饭，我送到了浙江平顶寺，下次跟樊老师说说，小狗活得挺好的，都做了太爷爷了。

他以前不是特别在意钱，现在更不在乎，多吃一口穷不了，少吃一口富不了。我们个人的日子是大时代的缩影，跟随时代而走。这就是历史吧。

时常想念周采芹

奚美娟
2025-02-08

初 识 采 芹

我与周采芹相识于上世纪80年代，屈指算来，已经有38年了。1987年3月，应英国文化委员会的邀请，我作为上海人艺访英代表团的成员之一，在院长沙叶新的带领下，到英国做一个月的文化交流访问。我们主要任务是观摩学习英国戏剧演出，以及了解英国剧团管理与运营的经验。在此期间，认识了当时在伦敦居住和工作的周采芹。

记得第一次见到采芹是在伦敦唐人街的一家中餐馆，她请我们吃饭。她又说中文又说英语，英语几乎没有亚裔口音，而中文，说的是一口老式上海话，普通话反倒一般般。当时的她正值风华正茂，一派现代感，既漂亮又有韵味。她让我们直呼其名，不要我们按照国内的习惯称谓，叫她周老师什么的。这样，我也就顺了她的心意，几十年来一直当面叫她采芹。第二次见面，她把我们邀请到自己家里。在她伦敦的家中，我印象最深刻的，一是进门客厅有一整面的巨大玻璃墙，当年国内还没有见过这样的装饰；二是客厅的茶几上，单独置放了一张她父亲周信芳先生的剧照，放在一个5英寸×7英寸左右的相框里；三是她卧室里的中式大床，可以挂蚊帐的那种。她请我们坐在床边的地毯上，观看一部录像，是她参与拍摄的英国电影。

艺术知音

在伦敦各自忙碌，与采芹虽只见了这么两次，但每一次我们都会聊起关于表演艺术的专业话题。她那时正在写一本自传《上海的女儿》，几年后我在上海和她见面，从她手中接过了这本自传的中文版。也许是一种缘分吧，从此以后，她每次回上海都约我见面聊天，海阔天空地聊天聊艺术。记得有一回，我背包里放了一张《解放日报》，我们从报纸的中缝广告里查找什么剧院在演出她想看的戏，陪着她一直走到了虹口的解放剧场。还记得那次采芹说的一句话："上海这么一个国际知名的城市，没有一台莎士比亚的戏在上演，是不对的。"

20世纪80年代后期，采芹曾经到话剧《中国梦》的排练场看我排练。后来她和我聊到女演员的表演，她说，国内的年轻女演员在舞台上容易尖着嗓子说话，好像这样就会显得年轻可爱一点。她继而介绍说，英美的女演员走的是相反的路径，越是年轻演员就越会把声音往下调，她们希望从台词的声音表达中，刻画出角色的成熟度和厚度。采芹的这个说法曾让我深受启发，也得以在舞台上举一反三地进行实践与验证，从一定程度上警惕和避免了塑造角色时的"顺拐"状态。古话云：人生得一知己足矣。在对艺术的读解和阐释上也是一样的知音难觅，每次和采芹聊天聊艺术都会觉得身心愉悦，她总能把我逗得开怀大笑。在对表演艺术的一些认知和理论解读上，我们互相深以为然。

在1993年左右吧，冬天的上海又冷又湿。采芹和兄弟姐妹们一起从海外回到上海，参加上海有关方面为周信芳先生举办的纪念活动。那次她住在静安寺附近的锦沧文华酒店。晚上我应约前去看望她，交谈中我们竟然发现，不久前我们在中美两国的外景地，同时参加拍摄了电影《喜福会》。我在影片中扮演的角色，是琳达的母亲，我的戏份是在桂林市郊外拍摄的；而晚年侨居美国旧金山的琳达，正是采芹扮演的角色。电影中，晚年琳达回忆起自己母亲把她嫁到有钱人家里当童养媳时，我和少女琳达就出现在桂林的一个小村庄里。拍摄时我并不知道，这个女儿的后半生故事，是由采芹来扮演的。我俩都说不出的感动和惊喜。隔着大洋彼岸，我们在电影中扮演了一对母女不同时期的角色，而现实生活中，她却是我的长辈。哎呀呀，这是一段多么神奇的缘分！

还有更神奇的，也是在上世纪90年代前几年，上海人艺买下了《喜福会》的改编版权，把小说改编成了一出舞台剧。在上海、深圳、香港等地巡回演出。我在这出话剧中扮演的是其中一位女儿。电影《喜福会》在香港上映的同时，我也正在香港演出舞台剧《喜福会》。因此，由我和采芹共同参演的这部电影《喜福会》，我是在香港观看的。

趁着白天的空当，我自己来到电影院，静静地欣赏这部华裔导演王颖的作品。这也是好莱坞难得的一部以几代华人在美国闯荡生活为题材的影片。采芹的角色经历坎坷，但从小聪明，有主见，被嫁到有钱人家给傻男孩当童养媳后，她装疯卖傻假传神谕，借机逃脱了这段婚姻，颠沛流离到了上海，又到了美国。有一场戏是采芹扮演的老年琳达，与美国出生的女儿在理发店发生冲突，面对倾尽心血培养出来的孩子对自己的不理解，她想起了自己母亲曾经对她的期待，想起了从小长大的中国西南地区的小村庄，以及跨越两个时代两种不同文化的教育和期待方式，她感慨万千，为自己对命运的无能为力而深感失落。她对人物的刻画与表现，尽显在伤心欲绝却又不愿在女儿面前流露的克制里。采芹在这段戏里表演得特别精彩。业内人士常说，最好的表演是有克制的表演。所谓的克制，也是表演分寸感的准确把握。这是我头一回有机会扎扎实实地欣赏到采芹的角色呈现能力。

念旧之人

在生活中，采芹是一位很念旧且有情有义之人。听她说，她每次回上海，必定会专门安排出时间，到浦东看望小时候家里的保姆和司机，并在老保姆家里吃上一顿丰盛可口的饭菜。她曾回味说：红烧肉的汤汁拌饭顶顶好吃了。她也是一位对生活与人性观察细致入微的人，经常妙语连珠、金句迭出，让人听后难以忘记。那年，采芹被李少红导演请回国，参加电视剧《红楼梦》的拍摄。其间她抽空回上海省亲时，得空又与我见面聊天。说起拍摄时有群众围观，而剧组怕影响拍摄工作往往会劝退。她说，这种时候一般都是大妈们比较容易激动，大着嗓门争辩和抗议，而老头们都不声不响转身就走了。他们已经放弃了。说完自己哈哈哈先笑起来。她观察得多么仔细。

她在国内有许多朋友。上世纪80年代也曾在中央戏剧学院教过表演带过班。她曾和我提起那个时期的一些趣事儿。其中讲到有一回被邀请去看戏，结束后领导接见，许多人往前挤。她不习惯这样的场面，只是往后退，退着退着撞到一个人，她一看，那人是侯宝林。他也在往边上退。我听后感慨良多，这也是那一代艺术家们的品性与修养。采芹很喜欢和年轻人打交道。有几次我应约前去她入住的酒店，房间里总会传出许多年轻人的欢声笑语。采芹要说个什么事，经常会眉飞色舞，表情丰富。她人生阅历丰富，见多识广。16岁就被家长送去了英国读书，后来又在伦敦皇家戏剧学院学习表演，演舞台剧，拍电影电视。在伦敦，她早早就凭借着自己独特的艺术魅力，成为独树一帜的亚裔明星。她聪明伶俐，思维敏捷的劲儿，一直到老都不曾褪色。

忘 年 之 交

《喜福会》那部电影拍完之后，采芹的工作重心慢慢移到了美国，后来在洛杉矶的西好莱坞安了家。2017年我参加第13届中美电影节期间，特意前去拜访了她。这是我第二次来到采芹在海外的家中做客。前后跨越30多年。第一次是在伦敦，这次是在洛杉矶。这是一个幽静的社区，她的家在一幢四层左右的公寓里，周边的绿化很美很漂亮。采芹穿了一件大红衣服，在楼下大厅里接我。几年不见，她依旧是一位气质非凡、热情似火的上海女儿。上楼来到她的家，在右边的一排书柜里，我一眼又看到她父亲那张剧照。我脱口而出：这是我在您伦敦的家里见过的那一张吧。她也惊诧：是呀。你的记性真好。周先生剧照旁边多了一张采芹母亲的照片。她指着照片对我说：我天天都在想他们……

气氛静谧、布置精致的房间，也是书香气浓郁的艺术场域。采芹的书架上，有一部小说《红楼梦》，书页里写满了她当年为拍摄电视剧时对所饰人物的理解与角色分析，空白处布满了采芹的工作痕迹，以及她为一个角色的诞生而倾注的心血。我与采芹是隔着辈分的忘年交，但对于艺术，对于自己从事了一辈子的表演专业，我们交流起来毫无拘束，仍然会热情洋溢滔滔不绝……她是如此用功，有职业精神，在她面前我自愧不如。

我们坐在她的客厅里喝咖啡聊天，时间一点一点过去。她告诉我，她母亲曾在上世纪60年代中期去伦敦探视过她。那次母亲话很少，也不太多说自己和父亲的近况。有一天，她母亲在半夜里醒来，睡不着，这时窗外马路上传来警车声响，沉默了一会儿，母亲突然说对她说，为什么警车都在半夜抓人……她觉得她母亲当时一定想到了什么。但母亲没有说。我以往很少见过采芹这般神情。我静静看着她，静静体会着一个海外游子，在半夜里感受母亲忧心忡忡的心情。

那次在闲聊中我还问过她，您在英美两地长期生活与工作，您认为这两个地方最大的不同是什么？她脱口而出：在这里，朋友约着出去吃饭就是为了吃饭。而在伦敦，业内友人们出去吃饭并不仅仅是为了吃饭。这话有些意味深长。采芹说：所以我每年起码要回伦敦两次以上。我大概能感知她所讲的，这两个世界著名城市的文化相异之处。上海、伦敦、洛杉矶，已经在她的生命里留下了不可磨灭的烙印，而伦敦，是她艺术生命的加油站，是她系统学习表演艺术的始发地，也是她人生最重要的阶段，从汲取营养，历尽磨难与沧桑，直至成功、成名与成熟，伦敦见证了这一切。我相信采芹每年都要回伦敦去，是为了触摸那个城市的文化气息，哪怕只是坐在细雨蒙蒙的街边咖啡店，闻闻不同的味道，吸一口湿漉漉新鲜空气，也能得到实实在在的能量。这说来像是有点虚幻，但我能深深理解，就像上海的城市文化之于我一样。

晚餐时，采芹开了一瓶红酒。她为我俩的相聚做了准备，她亲自下厨煎牛排。我举着双手要去帮忙，她大声喊：不要不要，这个牛排你不知道怎么煎。接着她一边煎着牛排一边对我说：你要知道，我一般是不会在家里亲自给别人煎牛排的。我的眼里一热，思绪跳回30多年前初次结识她的那一刻。心里的感动，不是言语能表达的。那天聊了许久许久……我与采芹的友谊，是共同热爱艺术的结晶，我觉得我能理解她，也许还能透过她热烈奔放的性情，感悟到些许她不经意流露的内心世界！

周采芹已经好几年没有回国了。去年周信芳先生130周年的纪念活动，她也没有回来。惦念她！

我眼中的潘迪华

曹可凡
2025-02-14

为拍《白娘娘》债台高筑

乙巳新春，潘迪华的名字忽然飘荡在脑海之中，原因有二：

一是蛇年不期而至，有关《白蛇传》的元素遍布大街小巷。据说，有关“白蛇”的传说可以追溯至唐代，只是到冯梦龙在《警世通言》里留存一篇《白娘子永镇雷峰塔》，有关“白蛇”的传说才不胫流传开来，由此也成为中国戏曲不可或缺的题材。而将“白蛇”形象搬上音乐剧舞台，潘迪华恐怕是华语歌坛首创者。早在1972年，她便花费百万元巨资，制作音乐剧《白娘娘》，音乐出自顾嘉辉之手，剧本则由潘迪华亲自撰写。剧本创作完成后，她专门请挚友琼瑶提供建议。琼瑶予以充分鼓励：“人家赞你胆子大，有魄力，只是略有些冒险。然而，依我之见，演出是否受欢迎，也并非全无把握。现在不少人多半爱搞噱头，但你靠的是真材实料，创作者均为一流艺术家，没有理由不成功！”音乐剧《白娘娘》当年演出相当轰动，只是商业操作失利，百万元真金实银付诸东流，以致观看首场演出的李小龙不由感叹道：“这部《白娘娘》早出生15年，会在香港音乐史上留有一席地。”

《白娘娘》失利后，潘迪华一度债台高筑，甚至连演唱合同也全部消失，又遭逢匪徒入室盗窃，顿时陷入四面楚歌的绝境。但是，她既不后悔，也不抱怨，而是靠信念与勇气走出低谷。潘迪华常说，没有《白娘娘》，便没有今天无惧无畏、傲视天下的音乐朝圣者。因为强烈的冒险精神让她的生命力更加顽强，对音乐的信念更加执着。“音乐不仅是我的一份工作，也是我的价值所在。”她说。

王家卫手中的“上海百搭”

二是王家卫执导的电影《花样年华》恰逢问世25周年，导演特别版作为史上最长版本在全球上映。在此片中，梁朝伟与张曼玉的表演固然可圈可点，然而，潘迪华所饰“房东太太”一角，虽然戏份不多，却也光彩照人，尤其她那一口原汁原味的老派上海话，令人瞬间穿越时空到那一个早已逝去的年代。影片中有一段字幕：“那些消逝了的岁月，仿佛隔着一块积着灰尘的玻璃，看得到，抓不着……”然而，潘迪华的闪亮登场，立刻让昔日模糊的图景变得清晰起来。

有人认为，《花样年华》是《阿飞正传》的延续，王家卫也承认这两部影片的内在脉络关联，并表示，这些影像均为自己对过往岁月的回味，具体时间也许尚无法精确设计，但地点却是明白无误的，那就是上海。大概也因为如此，潘迪华跟王家卫从《阿飞正传》走到了《花样年华》。

虽然在香港居住超过半个世纪，但潘迪华始终保持上海人的生活方式。有人如此描述其住所：“客厅里的乔其纱之造型灯罩，布置的铺着透花白纱巾的沙发，栗壳色的银器橱和同料同色的六人大菜台子，造型老式、经典，犹依稀飘散着1960年代前一种老上海中产阶层的居家芳醇。这样的审美，这样的上海情结，反在今日的上海已不多见。”所以，在王家卫看来，潘迪华自然是《阿飞正传》中“养母”的唯一人选。潘迪华常说，她不会演戏，对拍电影毫无兴致，但王家卫和张叔平这两位上海先生苦口婆心、晓之以理动之以情，最终打动了潘迪华。结果，无心插柳柳成荫，“养母”一角令潘迪华收获迄今为止唯一一座电影最佳配角奖。

因为《阿飞正传》，潘迪华又顺理成章拍摄了侯孝贤的电影《海上花》。不料，在《海上花》香港首映式上，潘迪华与王家卫不期而遇。时隔10年，王家卫发现潘迪华依旧风采不减当年，毫无衰老之态，便当机立断，请她加盟正在拍摄的《花样年华》，并对原有剧本“房东太太”角色进行较大修改，使之更加丰满立体。不仅如此，王家卫还将潘迪华演唱的《梭罗河畔》作为《花样年华》的插曲，这令潘迪华兴奋不已。王家卫成就了作为演员的潘迪华，潘迪华也不知不觉地变成王家卫电影的上海icon（标志）。所以，作家程乃珊感叹道：“潘迪华是香港导演王家卫手中一张上海百搭。几乎王家卫每一部有上海元素的电影，都有潘迪华。可以说，潘迪华是王家卫电影的灵魂，纵使她从没在其中出任过主角，只要看过她的十分上海的身影，王家卫的电影就成为王家卫了，而且一个不小心，她会抢走主角的戏。”王家卫也曾亲自跟我说：“要在香港找这样一个演员，有岁月沉淀的，有如此老派上海口音，且有上乘艺术感悟力和建树的，潘迪华是唯一理想的选择。”

难怪后来李安也带着汤唯专程去潘迪华家学习如何打麻将。潘迪华打麻将时的一颦一笑、一举手一投足，以及纤纤十指与麻将牌的交错、碰撞都仿佛传递着无可言状的幽微情绪，但潘迪华不改直来直去的本色，给李安大泼冷水：“味道这种东西是无法训练出来的，那是一个人在某一特定环境里一点一点浸泡出来的……”

借音乐寄托乡愁

说起将其“泡”出来的上海，潘迪华总有说不尽的回忆。她常常爱唱《橄榄树》，因为从歌词中可以体悟那种思念故乡，但被命运驱使而浪迹天涯的无奈与悲凉。在她心里，上海是她的根，但家又偏偏安在香港，没有一处可以安放自己的灵魂，因此，只能借音乐寄托无限乡愁。除了西洋流行歌曲，上海老歌一直是她歌单中的重头戏。20世纪50年代，姚莉、张露、白光等歌手南下，长居香港，潘迪华得以与其相识，并从她们的歌声里汲取养料。2007年，她以古稀之年，自费推出《50 50 周璇 潘迪华》，熟悉的旋律、新颖的编曲、别具一格的音乐元素，在这些老歌中注入新时代的印迹，使之更适合当代人审美口味，也借此纪念周璇那一代歌唱演员。

2010年，我专程赴香港采访“银嗓子”姚莉，我邀请潘迪华与姚莉一起餐叙，潘迪华欣然前来，共同倾听姚莉回忆《玫瑰玫瑰我爱你》《恭喜恭喜》和《苏州河边》等歌曲背后的故事，以及她与周璇、白虹、龚秋霞等人的交往。当潘迪华听说《苏州河边》其实凝聚陈歌辛与姚莉发乎情止乎礼的那段不可言说的情感时，竟也双眼泛红。后来，我又邀请潘迪华来上海参加《可凡倾听》春节特别节目。听说参加来宾中有周采芹，她激动万分。原来，潘迪华当年在香港唱得最火爆的歌曲，是《叮当歌》(*DING DONG SONG*)，又名《第二春》。在那个年代，西方流行的中国流行歌曲只有两首：一首是《玫瑰玫瑰我爱你》，另一首便是《叮当歌》，而《叮当歌》的原唱即为周采芹。潘迪华还收藏了不少采芹的唱片，只是两人从未谋面。为此，潘迪华特意请香港“奉帮”裁缝定制了一件黑色底配淡湖绿色花瓣旗袍。

节目录制那日，两位上海老人相拥而泣，都为这迟来的相会感慨不已。闲谈间，她们发现，虽然家庭背景不同，人生脉络却有诸多相似之处。譬如她俩一个住蒲石路（长乐路），一个住善钟路（常熟路），相距不过咫尺。两人年轻时都在海外闯荡，并且有一段cabaret经历。cabaret源自法语，原意为酒馆，早在1881年即在蒙马特高地一带流行，为集歌舞与美食于一体的娱乐场所。采芹曾因《苏丝黄的世界》走红，开启长达五年的歌唱生涯；而潘迪华上世纪50年代从香港璇宫夜总会起步，所唱Jazz（爵士乐）风靡港岛，《侬勿要骗我》和《何时君再来》等歌曲通过BBC传遍全球，演唱足迹更是遍布世界各地。而且她两人个性也极为近似，个性直爽、脾气火暴。譬如，周采芹有一回演唱时，有一个西班牙女人一直喋喋不休，采芹勃然大怒，大声说道："Shut up!（闭嘴！）"惊得那女人张大嘴巴，不知如何是好。不过，有趣的是，演出结束后，那位女士的丈夫特意敲开采芹休息室的门，略带幽默地说："我们结婚50年，她总是唠唠叨叨，这是她平生第一次闭嘴。"而潘迪华也有类似经历。她在台北演唱情歌《梦里相思》，有人高声喧哗，令其怒火中烧。于是，她以严肃的口吻警告那位客人："如果我的歌让你感到烦闷，请移步至外面酒廊，不要影响其他宾客。"次日，她才知道那桌人均为当局要客。当然，潘迪华与周采芹声线不同，采芹的声音嗲声嗲气，既尖又细，有点像周璇；而潘迪华则嗓音沙哑低沉，近似白光。那次上海之行，潘迪华带来了50年前Decca公司灌制的唱片 *The world of Tsaichin*（《采芹的世界》），听着唱片里那熟悉的旋律，两位"海上花"轻轻哼唱起那首在她俩生命长河里留下印迹的《第二春》："明明是冷冷清清的长夜/为什么还有叮叮当当的声音/听不出是远还是近/分不出是梦还是真/好像是一串铃打乱了我的心……窗外不再有凄凄切切的幽灵/只听到喜鹊儿齐鸣/今夜的狂风吹来了第二春/又把消沉的夜莺吹醒……"

“谁能阻挡我的爱”

对于潘迪华来说，从70岁到80岁的10年是其艺术黄金时期，收获颇丰。但也失去了生命中最宝贵的一部分，那就是母亲与儿子的离开。潘迪华与母亲其实只相差16岁，可以说，既有母女之情，也如同相知相爱的“姐妹”。母亲自尊、自爱、自立的思想深深影响着潘迪华。潘迪华对母亲极为孝顺。每年母亲生日，她必定给母亲唱老人家最爱听的那首《情人桥》。母亲往生后，潘迪华一直将“她”供奉家中，直至王家卫劝潘迪华放弃执念，还母亲自由，孝顺的潘姐姐才为母亲实施海葬；而儿子的远行则令潘姐姐悲恸欲绝。由于潘姐姐年轻时忙于工作，对儿子疏于管教。儿子成年后，交友不慎，无心向学，生活潦倒，只得借酒浇愁，杯不离手，以致肝癌入侵，走向不归之路。按潘姐姐的话说，她和儿子的关系与《阿飞正传》中养母与旭仔的相处高度重合。儿子过世之时，潘姐姐正准备登场演唱，她抑制住伤痛，坚持按原计划上场，只是唱到情深之处，这才哽咽不止。当观众得知原委，也对潘姐姐的敬业精神佩服有加；当然，相处了23年之久的男人远行也是潘姐姐的情感软肋。她与他几度分分合合，但终究彼此支撑。那位先生曾写下一幅书法：“多情却似总无情，唯觉樽前笑不成。蜡烛有心还惜别，替人垂泪到天明……”这既是他俩感情的真实写照，也是潘姐姐获得的生命动力源泉……然而，当说起这几位至亲的离别，潘姐姐始终保持冷静、理智的状况。她说：“我用自己的爱心与深情，对待自己的至亲，没有任何亏欠，所以内心感到安宁。”只是，当我问她，作为歌手，究竟准备唱到何时？一向坚强的潘姐姐竟然瞬间破防，泪流满面，用哽咽的声音说道：“I will sing until I die.（我将唱到永远。）”的确，只有音乐才是推动她生命齿轮的强大动力，音乐与她相互交错，密不可分……

有位作家说过，大部分人在30岁就已经死了，因为之后的岁月，他们只不过是重复过往的生活，没有任何创新与改变。但潘姐姐却是一部沪港双重奏的传奇，永远在撰写新的乐章……就像她最爱的那首《谁能阻挡我的爱》的歌词："我的爱，对我的亲人，对我的音乐，无人可以阻挡我对他们的爱……"

101岁贺敬之：百折再看高潮来

高　昌

2025-03-22

2024年11月5日，诗人贺敬之度过了百岁寿辰。贺敬之16岁时奔赴延安，在延安，他创作了《南泥湾》《翻身道情》等许多脍炙人口的作品，以及贯穿影响近80年的歌剧《白毛女》。

作为当代杰出的诗人和剧作家，过去的一个世纪，贺敬之见证了中国的沧桑巨变。当2025年的第一缕曙光照亮，这位世纪诗人跨入了101岁——

生活规律且自律

记得去年6月去看望贺老时，他说："我现在什么都写不了了，手抖，写字都困难。身上的零部件常出问题，前些时候因咽喉问题，还在医院待了两个多月。视力稍差，但还能用。主要是耳朵不行，助听器不太管用，借助它也只能听到一点点声音。我搞文艺，可文艺有舞蹈、歌唱、戏剧等，声音听不清了，这让我心里很难过。"其实，借助助听器，贺老和我们交流并没有问题。有时我说话语速快了些，通过工作人员的"翻译"，贺老立刻就能敏捷地反应过来。

我请贺老身边的工作人员透露一些这位长寿老人的日常生活情况，如作息时间、饮食口味、每日读书时间等。工作人员介绍说，贺老每天早上7点起床，7点半吃早饭，12点吃午饭，吃饭时必看电视，主要看新闻、体育赛事等，午睡两小时，晚上6点吃晚饭，9点多睡觉，其中还包括看书和看手机的时间。饮食以青菜、牛肉、鱼为主，少油少盐，常吃水果、酸奶。他每天定时下楼锻炼，坚持做手指操，还会自己到书房整理书籍、资料等，生活规律且自律。有时看到报纸上的好文章、电视上的好戏好节目，他都会很高兴。

贺老的秘书还告诉我一个贺老的生活“秘密”：每顿饭都要生吃一段大葱——大多是一段剥好的葱白。这让我想起《诗刊》原常务副主编丁国成老师告诉我的另一位长寿诗人臧克家先生的生活“秘密”——每顿饭都要生吃几瓣大蒜。臧老活到了100岁，贺老今年也是101岁高龄。同为山东人的两位“百岁诗人”，喜欢葱蒜的饮食习惯与长寿奥秘之间有何科学关联，我因缺乏专业知识，不敢妄下结论。但他们二位质朴本色、真诚直率的性格，则与葱蒜的辛辣之性倒有颇多相似之处。我记得和贺老聊天时，常能听到他直言不讳地表达对人和事的看法，不雕琢、不隐晦，说心里话、实在话、负责任的话。这种敞开心扉的透明真率，让我十分尊敬与认同。

最难忘烽火岁月

撰写一篇诗人贺敬之的印象记，若只是介绍百岁老人的养生生活，那么对这位历经世纪风云的大诗人而言，就显得过于轻浅了。

贺敬之经历过烽烟岁月的跋涉，也经受过政坛风雨的磨洗，但是激情依然不减，反而更增添了阅尽沧海后的深沉和睿智。

我前几日整理老歌唱家孟于的口述资料，得知她与贺敬之在1941年一同入党。算起来，至今党龄已有84年了。当时正值中国共产党成立20周年，

17岁的新党员贺敬之曾经写了一首歌词为党祝贺，题目是《中共廿周年纪念歌》。他当时写道："我们的脚步震动着大地，我们的歌声响彻海洋。我们齐声歌唱，伟大的中国共产党。这歌声奔过无边的草原，它像浩荡的黄河长江……" 这篇歌词由李焕之谱曲后，曾在延安传唱。

我记得有一次去贺老家，他就曾高兴地告诉过我：刚读到上海《新民晚报》的报道，上海一位市民家里发现了《中共廿周年纪念歌》的两张歌谱，是油印在马兰纸（用马兰草制造）上的。

回望漫漫征程，这位老党员、老战士的眼中仍荡漾着赤子般的真切深情。

到延安后，贺敬之起初被安排在自然科学院中学部上高中。他向老师说明了渴望去鲁艺学习的缘由，老师便允许他去鲁艺考场一试。当时报考鲁艺需要提交作品，他正好在奔赴延安的路上写了一组诗歌《跃进》，记录了风雨跋涉的感受，他将《跃进》作为鲁艺的笔试试卷上交，接着参加了面试。当时面试他的是何其芳等老师。何老师先问贺敬之读过什么书，得知他读过《夏伯阳》《铁流》《被开垦的处女地》等苏联文学作品后，便让他分析《被开垦的处女地》中达维多夫和拉古尔洛夫这两个艺术人物的性格特征。贺敬之自觉没答好，有些失望。同去考试的四个人去看榜，他没好意思去。结果同学们捎信回来，鲁艺还是录取了他。后来得知是因为他上交的《跃进》受到了何其芳等老师的赞许。

贺敬之考入鲁艺文学系第三期，是班上最小的学员。他在鲁艺创作了《生活》《不要注脚 —— 献给"鲁艺"》《十月》等名作，还第一时间聆听了毛泽东同志延安文艺座谈会讲话精神的传达。1942年 5月30日，他在鲁艺亲聆了毛泽东同志关于"大鲁艺""小鲁艺"的重要讲话，并与鲁艺师生一同走出"小鲁艺"，到火热的社会生活和斗争的"大鲁艺"中，虚心向工农兵群众学习，创作出了《南泥湾》《白毛女》等诸多佳作。

《雷锋之歌》流传至今

说到自己写的新诗，贺老说："从用功夫、思想感情、写作追求或反响效果来讲，最重要的还是《雷锋之歌》。这首诗是 1963 年写的，过去很久了，现在仍不断有人提起。我当年写'楼梯体'新诗，与要抒发的情感紧密相关，心里想这样写，就写了。这些诗押韵，还有排比和对仗，也是考虑到朗诵因素。"

《雷锋之歌》首发于 1963年4月11日的《中国青年报》，5 月中国青年出版社推出了单行本。谈起创作过程，他说："艾青曾开玩笑，说我把《雷锋之歌》写成章回小说了。"因为这首长诗是在北京、上海等地陆续写成的。诗人先写了前四节，后来又写了后二节。贺老回忆，除北京、上海外，此诗还有一部分是在山东青岛完成的。

雷锋事迹刚发表时，贺敬之刚好与郭小川、柯岩一起去北京医院看望刚做完手术的老革命家王震，王震当时任农垦部部长。他读了雷锋事迹后很感动，便"激将"三位诗人说："你们这些诗人就不为此感动？为什么还不写诗？"三位诗人当即约定去抚顺采访雷锋事迹，但后来郭小川、贺敬之因单位有事未能成行，只有柯岩一人前往。

柯岩在抚顺待了一个多月，读了雷锋的全部日记和笔记，回到北京家中后，流着泪将所见所感讲给贺敬之听，贺敬之听后也落泪了，并很快写出了《雷锋之歌》的前四节。随后，王震邀贺敬之和郭小川去上海参加动员青年支援边疆的工作。在上海，王震又催促贺敬之，最终完成了《雷锋之歌》的后两节。

贺老回忆，王震得知他完成《雷锋之歌》后，专门听他朗诵了手稿。当听到“快摆开 / 你们新的雁阵呵/ 把这大写的‘人’字/ 写向那 /万里长空”时，王震同志从沙发上猛地站起来，大声叫好。等贺敬之朗诵完，他又要过诗稿仔细翻看，点出最喜欢的几段，让贺敬之再念几遍。之后，贺敬之和郭小川一起去复旦大学参加诗歌朗诵会，贺敬之朗诵的便是新创作的《雷锋之歌》。此诗在大学生中反响热烈，一直流传至今。

激情飞扬化为哲思深幽

贺老晚年，尤其是进入 20 世纪八九十年代以来，集中创作了一大批带有古绝色彩的新古体诗。曾有编辑同志给他写信，谈到诗句的格律问题，并提出某稿某句如果改为“意如何”就符合传统平仄了。贺老为此回信说：“关于运用旧体诗形式进行创作的问题，我的浅见与尊意略有不同。‘意如何’这几个字已被杜甫、陈毅等古今大诗人用过多次。如为屈合旧律而不惜摭取陈词，请原谅我不敢遵命。我尊重你们选诗的主张，因此，请你们不必选与你们主张不合，因之须费神加以改造的拙作了。”他还随信附上自己在《贺敬之诗书集自序》中写的一段话：“这些诗不仅节拍（字）整齐，严格押韵（用现代汉语标准语音），同时还有部分律句、律联。就平仄声律要求来说，绝大多数对句的韵脚都押平声（不避三平），除首句以外的出句尾字大都是仄声（不避上尾），因此，至少和古代的古体诗一样，不能说它是无律即无任何格律，只不过不同于近体诗的严律而属于宽律罢了。”

贺老曾为我写过一个书法条幅：“百折再看高潮来。”这句诗就出自他的“新古体诗”《富春江散歌》：“壮哉此行偕入海，钱江怒涛抒我怀。一滴敢报江海信，百折再看高潮来。”他笔下的“百折”体现了忧患，但他充满信心的是“再看高潮来”。诗人借钱江怒涛抒发自己的襟怀和忧思，同时更坚定地表达了自己的信念和思辨。

诗人中青年时期主要从事新诗创作，其新诗大都洋溢着激情，充满明亮色调，而他的新古体诗大部分写于晚年，当年的激情飞扬化为哲思深幽。相对于早期的惊涛拍岸，这些新古体诗变得更深沉淡定、更汪洋恣肆、更辽阔浩渺了。

爱夜光杯 爱上海

2024

谈艺录

冯至与杜甫的相遇

骆玉明

2024-04-14

夜间随意翻书，读到杜甫的《自京赴奉先咏怀》，突然被“霜严衣带断，指直不得结”两句诗惊住了。从前没有特别注意它。此刻，隔着差不多1500年的时光，我好像看见那个瘦弱的中年文人走在冬季的寒夜里，他穿着旧的衣衫，衣带不牢靠，断裂开了。冰凉的风吹进怀里，他一定要把这根断了的衣带打上结。可是手指冻得僵硬，怎么也打不好。他反复打那个结，在深夜的寒风里颤抖着，一副很笨拙的样子。

这是天宝十五载（756），杜甫旅居京城十年，谋求仕宦的机会。他做过各种努力，终于得到一个看管军用品仓库的官职。他离长安赴奉先（陕西蒲城）探望寄居在那里的家人。他经过骊山脚下。骊山上有皇帝的行宫，那里有温泉，有美人和音乐，有奢华的酒宴和快乐的嬉笑。但这是所谓“盛唐”的尽头，民间凋零而悲苦。走来路上，杜甫见到了什么呢？将枯的行尸，虚渺的哀吟？杜甫不再想他的衣带，一个声音从他心底里冲出来，它的震撼在中国历史上永不断绝——“朱门酒肉臭，路有冻死骨”！

一

唐代三位富于创造性的大诗人，李白、王维、杜甫，有人分别将他们称为“诗仙”“诗佛”“诗圣”，因为他们的诗分别体现着中华文化中最重要的道家、释家、儒家三个思想系统的人生精神。读诗的人各有所好，一定要分判高下也很无谓。但区别还是可以说。“仙”和“佛”都是求解脱的，李白的轻快飞扬，王维的清静淡远，都很优美而令人神往。从诗境而言，他们的脚不是踩在泥泞之中的，那会令人不能很好地唱歌。

儒者却不是。严肃的儒者走过被血泪浸染的土地，不能不凝视世间的苦难，拿这苦难锻打诗句，拿这诗句敲击人心。《自京赴奉先咏怀》是杜甫回到家以后写成的，他到家遇到的第一件事是最小的孩子因为饥饿而夭折了。大多数人都经不起这样的冲击，更少有人能够从自身的痛苦中挣扎出来，去看广大的人世。但是杜甫看到和想到的比我们要多。他说自己“生常免租税，名不隶征伐”，享有不缴租税、不服兵役的特权，如果这样的家庭尚且难以为生，那么身份更低下的贫民呢？“默思失业徒，因念远戍卒”，那些人如何在这个世界上活下去？他的忧患悲苦此时变得分外浓重，弥漫于天地之间。

罗素曾经说过一句话：如果不设定上帝的存在，人们将无从讨论生命意义的问题。对于宗教文化而言，这样说是不错的。但中国是一种非宗教类型的文化，宗教对中国人的精神生活影响有限。那么，中国的古人如何理解所谓“生命意义”的问题呢？我们可以看到儒者给出了一种回答。

在孔子的学说里，“仁”是一个核心概念。仁可以指具体的德行，譬如“己所不欲，勿施于人”，譬如“仁者爱人”……同时，“仁”也具有一种抽象性：仁是全德，或者说德性的完成。在这种思想系统里，“生命意义”的问题也得到了回答：追求德性的完成。而“仁”作为一种道德力量，它同时必须体现为对政治责任的承担；儒者试图通过施“仁政”来“治国平天下”，相信可以由此使社会趋于良善，直至实现理想。

但是政治总是要通过权力来实施，而权力和幽暗的人性融合在一起，总是变得贪婪而凶残。这时候，“仁义”很容易成为权力的装饰品，成为涂抹在血腥之上的好看的辞藻。这时候，儒者倘若依然抱守高洁的信念，他们的生命姿态就会显得迂腐而笨拙。杜甫就是这种典型范例。

“三吏”“三别”写尽了战争带给人民的苦难。那是唐王朝在安史叛军的打击下挣扎自救的战争，而成功的代价则是人民的牺牲。作为唐王朝的官员，把这样的战争描述为“正义”是理所当然的，杜甫也据此对走向牺牲的人民发出了抚慰。但是，面对人民在无穷尽的苦难中看不到生路的事实，他没有办法掉头不顾，也没有办法拿王朝的大义来遮掩死亡。“眼枯即见骨，天地终无情！”这是《新安吏》悲从军的少年；“幸有牙齿存，所悲骨髓干”，这是《垂老别》悲从军的老者。他的声音悲愤而嘶哑，这使得他的抚慰显得笨拙而勉强。笨拙是因为杜甫心中的仁爱深厚而执着，使他不懂得取巧。也正因为如此，他的声音才能穿透历史，捶击一切有可能变得麻木的心灵。

甚至杜甫的死都显得笨拙。关于李白之死，传说是他醉酒后投水捕月而溺亡，这个故事表述了人们对李白的理解：如果他将生命结束在病床上，就玷污了“谪仙人”的名号。而关于杜甫之死，史书上是这样记载的：杜甫晚岁乘舟漂泊在湖南，在经过耒阳时，被涨水所阻，多日不得食。耒阳聂县令送来白酒和牛肉，杜甫饱食后一夕而卒。这个死亡的姿态让人感觉不好看，很多人不愿意接受。它是否属实暂且不论，但确实描绘出杜甫潦倒落魄的人生末路。这个衰老多病、被人遗忘的舟中孤客，他嘲笑自己不过是“乾坤一腐儒”，但到了最后的日子依然忧念天下，这个浊乱的世界不可能让他死得优雅。

二

要说谁是中国古代最伟大的诗人，大概选杜甫的人会多一些，只是要达成共识很难。但要说谁是最值得怀念的诗人，我想只有杜甫吧。他的诚实、敏感、多情与才华，都是不可思议的；他永远相信自己有爱的力量，不肯漠视世间的一切不幸与不公，这一点尤其不可思议。他几乎让所有人都感到惭愧。

人们也一直在怀念他。杜诗号称“千家注”，历来拥有最多的研究者。但一直缺乏关于杜甫的优秀的传记。新旧《唐书》的杜甫传不仅简陋，而且有不少错误。诗人冯至感觉这是不应该的，遂自觉承担起撰写第一部现代的《杜甫传》的责任。这部书稿从1951年初开始连载于《新观察》杂志，至1952年由人民文学出版社出版。

冯至曾经是鲁迅的学生，是一位重要的现代诗人，鲁迅称赞他为“中国最为杰出的抒情诗人”（《中国新文学大系小说二集导言》，1936）。同时，他也是杰出的德语文学翻译家与研究者。而《杜甫传》在中国古典文学研究领域内，又是一部体现出极好的文学趣味与学术涵养的佳作。冯至曾经说及对他影响最大的诗人，是杜甫、歌德、里尔克，在他身上，体现了中西文化近乎完美的结合。

作为乱离时代的歌者，杜甫羸弱、穷困、潦倒，晚年常常是衣衫褴褛，步履艰难。但是他拥有不可想象的精神力量。“穷年忧黎元，叹息肠内热”，这种“热”是中华文化的生命热能，它能够穿透历史，让陷于动荡与苦难的人们感受到温情与希望的存在。儒家从孟子开始说人皆可以为圣人，这有一种把对多数人的道德期待提升太高的危险。但杜甫跟我们不一样。在他身上确实有一种从苦难中超升而近乎宗教的神圣光芒。而冯至说到他关心杜甫，就是始于“七七事变”后携家人随校从上海辗转内迁，经历颠沛流离的行程。

他那时写下一首诗："携妻抱女流离日，始信少陵字字真；未解诗中尽血泪，十年佯作太平人。"在《杜甫和我们的时代》一文中，冯至更清楚地写道：

> ……抗战以来，无人不直接或间接地尝到日本侵略者给中国人带来的痛苦，这时再打开杜诗来读，因为亲身的体验，自然更能深一层地认识。杜诗里的字字都是真实：写征役之苦，"三吏""三别"是最被人称道的；写赋敛之繁，《枯棕》《客从南溟来》诸诗最为沉痛；"生还今日事，间道暂时人"，是流亡者的心境；"安得广厦千万间……"谁读到这里不感到杜甫的博大呢；由于贫富过分悬殊而产生的不平在"无贵贱不悲，无富贫亦足"这两句里写得多么有力；"丧乱死多门"，是一个缺乏组织力的民族在战时所遭逢的必然的命运。这还不够，命运还使杜甫有一次陷入贼中，因此产生了《悲陈陶》《悲青坂》《春望》诸诗，这正是沦陷区里人民的血泪，同时他又替我们想象出，一旦胜利了，那些被敌人摧残过的人民必定快乐得"家家卖钗钏，只待献香醪"。

抗战时代的艰难使很多人想起杜甫，也让冯至这位现代诗人和杜甫走到了一起。为什么倾心于杜甫？冯至告诉我们：一是因为"一遇变乱，人民所蒙受的痛苦与杜甫的时代并没有多少不同……我们需要杜甫，有如需要一个朋友替我们陈述痛苦一般"。二是因为"对待艰难，敷衍蒙混固然没有用，超然与洒脱也是一样没有用，只有执着的精神才能克服它。这种精神，正是我们目前迫切需要的"(《杜甫和我们的时代》)。冯至说，关注人间的疾苦，用坚定执着的精神去克服艰难，这就是我们要向杜甫学习的东西。

冯至在抗战中开始研读杜甫，从1947年起开始写作《杜甫传》，当时他的身份是著名现代诗人和德国文学教授。但他在这本书里，充分保持了对一位古典诗人的虔诚和传统学术的谨严。他在《前记》中说:“作者写这部传记，力求每句话都有它的根据，不违背历史。由于史料的缺乏，空白的地方只好任它空白，不敢用个人的想象加以渲染。”这就是有一分材料说一分话，这种谨严可以保证作品本身的可信性。

但是这里会遇到一个困难：古代留存的关于杜甫生平的史料非常之少，而仅有的那些还不尽可信。幸好另有一个便利条件：杜甫的诗歌大量记述了自己的生活经历和他所经历的社会变化，而由于他对国家与社会的深切关怀，这两条线索几乎是完全交织在一起的。杜甫的诗古人称为“诗史”，这同时是社会政治史和个人生活史。

所以，一部《杜甫传》的基础材料就是杜诗。写作的过程，首先是对杜诗的充分解读，在这个基础上，把诗歌与其他各种史料加以比照，剥茧抽丝，去伪存真，探幽索微，写貌传神。虽然前人在杜诗的系年、探源与阐释方面做了大量的工作，冯至使用的仇兆鳌的《杜少陵集详注》，也被誉为集大成之作，但每一个关键问题乃至相关细节的解析，都灌注了作者敏锐的感受与深入的思考。

如此，一些现代诗人在精神上追随了一位古代诗人的生命历程。这是大唐王朝从全盛走向全面崩溃的时代，它壮丽辉煌而又充满苦难；这是一位天才的诗人，他把个人的忧伤、民族的苦难转化为泣血的诗篇，而在诉说苦难时，他仍然告知我们大地之美、人心之美。一个诗人把另一个诗人写出来了。都是因为爱，因为语言与生命的相融，他们创造了美。

三

杜甫研究是一个世界范围的课题，所以总会有新的成就。在传记领域，

《杜甫传》问世之后，朱东润师的《杜甫叙论》出版于1981年，陈贻焮先生的《杜甫评传》三卷出版于1985至1988年，莫砺锋先生的《杜甫评传》出版于1993年。洪业先生用英文写成的《杜甫：中国最伟大的诗人》问世早，1952年就由哈佛大学出版社印行，但至2020年才被译为中文在国内出版。这些都是名家的力作，当然都有各自的创获。但冯至先生的这本书，不仅因为是开创之作而受人尊重，其本身的学术与文学价值也依然存在，并为许多读者所喜爱。我自己在撰写《中国文学史》关于杜甫的一章时，就采纳了冯至先生的一些见解。

古典文学的修养对冯至的新诗创作当然是有作用的。譬如我很喜欢的《我是一条小河》这首诗，显然是从五代牛希济词“记得绿萝裙，处处怜芳草”两句脱化而来，“我流过一座森林/柔波便荡荡地/把那些碧翠的叶影儿/裁剪成你的裙裳”风光旖旎。杜甫对冯至的影响要更深一层。他在西南联大时期完成的《十四行集》名动一时，也代表了其诗风的转变。而那也正是他对杜甫产生浓厚兴趣、准备写《杜甫传》的时期。杜诗深沉、凝练、精丽和注重声律的特点，对那一部分诗作的影响是可以感受的。冯至也多次以十四行诗向杜甫致敬，我们在此谨录一节，作为结束：

你的贫穷在闪烁发光
像一件圣者的烂衣裳，
就是一丝一缕在人间
也有无穷的神的力量。
一切冠盖在它的光前，
只照出来可怜的形象。

木心的字

唐吟方

2024-07-27

木心去世后，对于木心文学家身份的争议一直未断。传统文学圈的认识以是否有小说传世来认定，而木心出名的几乎都是随笔或散文诗，似乎不在文学圈的价值认定体系之内。不过木心出版的一系列文学作品，的确吸引了无数粉丝、读者，如果不抱成见，说木心是游离于主流文学圈的作家并不过分。

我曾去乌镇寻访木心的旧踪。看过他文本中提到的拓印画和中年创作的具有装饰趣味的作品，深感出生于1927年的他敏感、细腻、精致，一方面得力于读书之功，另一方面则蒙受海派文化的熏陶。例如画面明暗交接过渡处，处理得一丝不苟，显示一种上海人才有的优雅气质。

木心不属于激情外露的画家，他中年画的那些人物，形象设计是唯美的，看得出林风眠给他的影响，画面被理性控制着，流露出知识分子的克制与自律。我不太喜欢木心的拓印画，它固然为木心赴美或旅美生活赢得机缘，但过分依赖于拓印过程中的无意识，少了点作为画家的情绪寄托，近乎技术的独语。木心读书让人折服，涉猎极广，不分古今中外。可惜木心美术馆的图书馆在反映木心的读书生活时，只做了极度夸张的一整面书墙，书架上散散落落放置着木心的藏书以及60多幅名人肖像，网红及年轻人喜欢在那里打卡、拍照，却无法让试图了解木心的观众通过藏书走近木心。也许这是图书馆时尚设计的原始意图，只输出形式美感，不希望观众窥探木心形式美感背后的意义来源。

我对木心的字颇有好感。曾遇到的三件作品，都让我眼睛为之一亮，我甚至以为木心虽不以书法闻名，其素养不在绘画之下。1976年写给同道陈巨源的那封信，用古文毛笔写在有光纸上，纸上行走的笔墨，听得见其心灵的倾诉，饱满酣畅，可以想见中年木心振笔作书的状态。信中述及那年秋天他给同行展示“五十纸”的光景：“今秋挟画曝献，匪逞雀屏，实伤骥足。区区五十纸，薄技小道，壮夫大匠不为也。璞运蹙才竭，无亢无卑，其心苦，其诣孤，如此而已矣。是夕观罢，诸公寂然，是耶非耶，璞之不济耶，抑诸公之不鉴，乃有郢人逝矣，谁与尽言之叹。收拾而归，嗒然若丧。途中斜阳余晖，晚晴可爱，就饮小肆，不觉微醺，窃以为明月清风易共适，高山流水固难求也。秋去冬来，珠阁再叙，仗酒使气，诉及前悻。”有不被见赏的郁闷，叹息知音难觅，然后买醉小酒馆，以独饮消遣。才子的自怜与自傲，一一浮现，大概是木心留下来的除手稿外最完整的一个写件，书情文情俱佳。

那封信的信封写得更好，仿佛有民国二谭的味道，跳脱回旋，飒飒生风。1981年的卷子，更接近标准的书法作品。木心懂书法之道，写字有庄敬之心，秉笔落墨，全神贯注，看得出书法的来路与出处，把北碑的刚折融入赵孟頫的遒美，是木心书法里头最有气势的一件。“东吴后人木心书”以及“辛酉夏日如舟屋”款识承接古贤。木心本名孙璞，“东吴后人”让人联想到他是三国孙权的后裔。1981年是木心即将赴美的前一年，这件作品的书写多少见出他人生转折时期的状况。2001年木心在美国仿诗经体《汝坟》写的《遵彼乌镇》，已进入纯手写体的阶段，含蓄纯粹，书卷气逼人，完全是其人本色的映照。这件作品似乎也暗示，出生于乌镇的他将重归乌镇。三件书法清晰展现木心人生几个阶段的自我塑造过程。

木心曾提醒读者："到了你们热衷于我的绘画时，请别忘了我的文学。"或许木心的这段话也适用于他的书法。书法与文学骨肉相连。木心的提醒，似乎也可理解为文学是中国书法不可忽略的背景。

上海妹妹

李 舒
2024-08-07

拿到陈冲的新书《猫鱼》之后，连着几天没有出门，看得如痴如醉。

陈冲的文字让人沉静，我很快读进去，像又在过小辰光的暑假，微微湿润的木地板，妈妈刚刚擦过，电风扇轻轻摇，蓝边瓷碗里烊掉一点点的光明冰砖等着我，香草气味，那味道伴着电风扇的摇摆荡漾着过来，若有若无的甜，带着那么一点诱惑。可是我知道，如果我无法抵抗这种诱惑，一下子全部吃掉，接下来的下午，我将面对的是无尽的空虚，尽管这空虚是必将到来的，可我宁可在此刻，在香味飘到鼻子里的此刻，稍做一点抵抗，只有如此，我才能把这种甜蜜延续得久一点，再久一点。就像读这本书，不舍得读完。

在了解陈冲的文字之前，我们长久以来更熟悉的是作为演员的陈冲。我始终记得第一次看电影《小花》的场景，仿佛是周日，和父母在一起看的，那天广播电视周报被翻了又翻，我爸爸一次次确认播放《小花》的时间，不能错过，连片头也不能错过，因为片头就有陈冲。

我已经不记得电影情节了，大约就是唐国强找妹妹，陈冲是假妹妹，刘晓庆是真妹妹，我觉得这部电影其实不大适合儿童观看，尤其是刘晓庆跪着抬担架，满膝盖都是血的场景，对我来说简直惊悚。但是我爸对此毫不在乎，他甚至没有在这个场景的时候教育我“不忘革命先辈”，一到出现陈冲的镜头，他就流露出一种格外的温情。一般来说，我妈这时候是会表示鄙视的，但是她也没有，她显然也很赞同我爸爸脸上的笑意，我要到很久之后才知道，那是他们青春岁月里曾经有过的一段甜美记忆，但在当时，我有点不服气地说，我觉得刘晓庆演得好。而我母亲的回答是，等你长大了就知道了，陈冲的美，是要长大了的人才晓得的。

不得不说《小花》这部电影确实让我开了点眼界，以至于后来我看《泰坦尼克号》的时候，看见男女主角手拉手转啊转的画面，第一时间就想起，这不就是陈冲和唐国强重逢时的场景？而陈冲的美，我确实也在后来看《红玫瑰与白玫瑰》的时候才意识到，那是一种娇媚、一种痴憨，但底子是悲的，是一种脆弱的忧伤。

读完《猫鱼》第一章《平江路的老房子》，我明白了，陈冲的美，是独属于上海妹妹的——

> 眼前浮现出一个大家都叫“妹妹”的女孩，趴在那扇窗口发呆。春夏秋冬，没人知道她在等待什么，胡思乱想什么——那一个个漫长的午后……
>
> ——《猫鱼》

大约只有上海人才这样称呼小姑娘，像极了《红楼梦》里贾宝玉叫林黛玉，无线电里一声声的“妹妹啊”，要带着一点怜惜和欣赏，才能晓得上海妹妹的好。上海妹妹是嗲的，可是如果你以为上海妹妹只有嗲，那就大错特错了。妹妹的心里有梦想，有的梦想是远大前程，有的梦想是岁月静好，有的妹妹唧唧呱呱，有的妹妹不声不响，可是梦想总是在那里的，不是那么容易就销声匿迹，即便妹妹头上长了白头发，脸上有了皱纹，也不会改变。这是上海妹妹的风骨，甜糯是她们的面子，可是芯子是硬的，哪怕已经有了裂纹，可以敲碎，但绝不妥协。

而陈冲，就是这种上海妹妹的代表。所以她会用“离别后枕头上柔软的凹印”来形容记忆，她看见用绒布擦过的金戒指在阳光下一闪，外婆说，这“象征着他们从此属于对方”，在那些文字里，她满怀热忱，不逃避自己的理想——爱，尽管这在当代是已经被嘲讽的一种情感，可是陈冲仍然歌颂它，并且对此深信不疑。

这种信念感从何处而来？我在《猫鱼》中也找到了答案，她的母亲曾经在父亲最低谷的时候，走过去对他说：“不要交代了！你放心，不管他们把你打成什么样，我只嫁给你！”是的，只有爱可以治愈苦难，只有足够善良，才能酝酿出这样的爱。而这样的善良，曾经切切实实地根植在许多上海妹妹的心里。

在《猫鱼》里，天生丽质是具体的，人如此，文字也如此。

邻家有女

王安忆

2025-01-24

初识辛丽丽是在李牧真老师家中。李牧真老师是上海交响乐团的首席小提琴，师母李岚在上海芭蕾舞团资料室，他们的孩子李洪川自幼习琴，也算得上业中人士。辛丽丽在他家出现就是很自然的事，倒是我这边，说起来颇有一番渊源。

老师祖籍镇江，早年离家闯世界，立住脚后将底下的兄弟络绎带出，大多走新文艺这条路。这个家族显然天赋异禀，再加后生努力，都有建树，全国许多乐团都有他们家的人。只其中的一位时运差些，几经周折，最后在江苏省东海县地方剧团拉大提琴。正值我所在的徐州地区文工团排演样板戏，现代芭蕾舞剧《沂蒙颂》，乐队编制不足，向各方借调人才，于是，他家的兄弟来到我们团坐低音部第一把交椅。

事情的开头尚不出常理，后来的发展却称得上意外之笔。首先，他大哥，即李牧真老师和我家住一条街，抬腿即到。开始是李洪川带了这位叔叔到我家玩，我们也过去玩，到后来，我们自己熟络起来，那位叔叔倒退出了。这和李牧真老师的性格有关系，他和我们很谈得来，并不是说长幼无序，而是随心所欲不逾矩，所以，他们的座上客哪个年龄段都有，就像一所综合性学校。辛丽丽属于高中女生的层级，不仅在岁数，更在风格，看上去像是去补习功课。我们到的时候，往往补习结束，收拾好文具，将书包放在膝上，坐在一边，听大人说话。

人的长大往往是在冷不防间，成长的因素匀速走到某一个阶段，嬗变忽就来临了。大约20世纪将近结束，法国珠宝卡地亚进入上海，在波特曼举办庆典。各界名流汇聚一堂，真可谓星光璀璨。那是个开放的年代，中国走向国际化舞台，购物大厦拔地而起，品牌纷至沓来，敞开了潜力巨大的消费市场，一切都在速成中。香雾云鬟，衣袂飘兮，款款走过辛丽丽。多年来我一直记得那个场景，仿佛电影里的升格效果，也许芭蕾舞演员自有一种轻捷的步履，使她比实际的节律更为舒缓。她穿了一件黑裙，材质是纱还是绸，裙摆奓开，支撑着。如果没有记错的话，她端着一个也是黑色的手袋，这件配件以及姿态让她变得老成，可不是吗？小孩子都是来不及要长大，丑小鸭变天鹅。这一幕让人惊艳，往日里的女学生成了淑女。

事实上，她所经历的远远要超过同年龄的人。芭蕾是个年轻的艺术，别的孩子玩耍的时候，他们就开始职业生涯。但是，正因为自小在相对封闭的环境里学习生活，和社会隔绝，他们又要比同龄人晚熟。有一次，辛丽丽非常生气地对我说，这时候，我与她已经稔熟，常在文艺系统的活动中见面，她告诉我团里有位老师，居然穿着皮鞋踏进练功房。舞台、排练厅、练功房几乎包含着所有的世事，不能有一点瑕疵。你会觉得她过于严苛，同时也心生感动，因她对舞蹈的爱惜。

尽管是芭蕾这样象牙塔尖顶的空间，在平常人眼睛里好比在云端上，但随着事业的展开，也逐渐打通藩篱，接轨外面的大世界。尤其是那个倍速前行的年头，风从八面来，人们走出闭关，面对美丽新天地，耳聪目明。同时呢，视野也是芜杂的。又有一次，辛丽丽问我，你知道什么是“阿诈里”吗？我被问住了，真不知道“阿诈里”是个什么东西。她慢慢解释，大致意思是一种人类，专以骗术为生计，她刚刚就遇到过。这个“阿诈里”的公开身份是演出经纪人，与他们签署合同，说得花好稻好，结果呢，无论去到的地方、演出的场地，以及吃住行，都相差十万八千里。

我听了不由得瞠目结舌，忽然发现，辛丽丽又长大了一点，甚至长到我前面去了。写小说虽然和社会现实贴近，但劳动的方式却是个人的，有一定的孤立性，而此时辛丽丽已经担任上芭的管理工作，不再是单纯的舞者。芭蕾称得上残酷青春，在她这样的年龄，我们这一行还是新人，他们则要退役了。所以，一旦上弦，就是和时间赛跑。

曾经听辛丽丽在创作工作会议上的发言，讲述她带了队伍到巴黎参加国际比赛，飞机凌晨落地，酒店的房间还不能入住，赛事的排练厅又没有轮到使用，怎么办呢，只能乘了地铁，从这头到那头。巴黎矿井似的地铁隧道里，车头的聚光灯，轰隆隆刺破黑暗，就像《悲惨世界》里，冉阿让背着马库斯走过的地下水道，她们则是小姑娘柯赛特，或者更像是冉阿让送给柯赛特的粉红色的大娃娃，在黑暗里的亮格子里飞驰。不晓得多少个来回，钻出地面，迎来巴黎的曙光，然后，穿上水晶鞋。

是2013年夏天吧，暑假在伦敦，看地铁的长廊张贴海报，其中有上海芭蕾舞团的《简·爱》，就知道辛丽丽带团来演出了。想着去看，一时又顾不上，其时，满城众议莫斯科大剧院。除去莫大本身的声誉，还因为50年前，冷战时期，莫大曾经来此地演出，中止于半道，留下个未完成，这一次的造访就有着历史变革的象征，意味分裂弥合，全球化来临。

开始的时候，票务还不那么紧张，科文特皇家剧院的前厅一字摆开几张桌子，推销剧目。等我们到湖区兜一圈回来，形势大变了。票房关闭，只留有一扇退票窗口，虚席以待。我们去得够早，已经排起长队，职员们不断地点数，防止中途插队，弯道超车。有临时走开，再要回到原先的位置，想也别想。据理力争，只会遭到嘲笑，悻悻然退到队尾，从头排起。终于有退票到窗口，人群就是一阵骚乱，人们大声起哄拍手，那幸运者领了票，在羡慕嫉妒恨中落荒而逃。

旅行的时间总是耗不起的，前面传来两张余票，位置在紧边上，几乎退到侧幕里面去了，犹豫再三，还是要下了，那位印度职员同情地看着我们，建议再等等，说不定会有奇迹发生，可是，队伍越来越长，人声嘈杂，大多是来自东欧的旅客，其中的心情相当微妙，离乱里的乡愁，爱恨交加。

那天晚上，我们基本上是听了一场音乐会，只有当演员现身台前，才能看见他们的倩影，惊鸿一瞥，又回去了。科文特花园葡萄美酒夜光杯，我们的《简·爱》在哪里呢？在别族的地盘上，别族的故事，别族的看家本领，来自遥远东方的后学者，什么样的命运在等待呢？后来的结局，正应了宋人辛弃疾的一句词，“众里寻他千百度，蓦然回首，那人却在灯火阑珊处”。也许称不上轰动，可是，无论媒体、风评，或者票房场次，都在上乘，实现了预期。

芭蕾这一门外来艺术，限制性极强。在我看来，越是高尖端，形式越有紧张度，很难移用变通。比如中国的昆曲，就很难编排现代剧，芭蕾也是，倘若表现一个中国故事，需要克服的困难相当大。上芭的几代人，一直坚持开发新剧目，但收效似乎不怎么样。《白毛女》《红色娘子军》是成功的例子，但也仅止于此，它们是特殊时期的产物，最大限度集中人力、物力、财力、政治资源，恐怕难以复制。之后各地的芭蕾舞团都在各自努力，寻找突破口，收效却平平。

我们今天看到的经典，几乎是百年以来积蓄的存量，要说新编一出，谈何容易。上芭做过很多尝试，花的力气真不少，每一次试演，都汇集各路专家讨论，企图独辟蹊径，破除窠臼。提意见总是容易的，看人挑担不吃力，落到具体劳动，可说意见越多越不知所以。主创团队就是一整个蒙，连最初的路数都乱了套。有一次，演出过后，领导连夜开会，可能是太累，更可能是太难，绝望之中，作曲者竟然哭了。辛丽丽过后告诉我，紧接着她补一句：我没有哭！倘若不是十分严肃，我几乎要笑出声来。此一瞬间，她仿佛又回到那个高中女生，天真的、逞强的、倔脾气上来了。

可是，许多画面从眼前历历走过，国际赛事上的数次获奖，一代一代的荣誉，聚光灯射得睁不开眼睛，飞快地打转，仿佛异度空间。芭蕾就是异度空间，与我们的世界平行展开，那里有另一种速度和幻象，浓缩了现实生活的质和量，要以什么样的动能才可纳入其中，简直就要把自己也变成一道光，纳入爱因斯坦相对论。所以，她其实是回不去高中女生了，经历过那样的辉煌时刻，还有，“阿诈里”，在地平线之下的俗世，藏污纳垢，打个滚，再起来，飞上天，身上的负荷要沉重许多。

自12岁走进练功房，先是排在队尾的那个小不点儿，渐渐向前移动，成为领头人。从中国在地的芭蕾，上溯到源头，接触到真谛。她私下告诉我，芭蕾说到底，就是演绎宫廷的故事，于是，在心里早早藏着一个念头，那就是创作一部舞剧，名字叫《溥仪》！我惊诧地看着她，不知道是个什么样的脑子，竟然转出这么一个念头。是的，“溥仪”，这个人物本身就是个象喻，几千年王朝的最后一人，又是在外侮内乱的当口，集多少前情今世于一身，几乎现成的肢体语言，就是为他生来的。故宫红墙绿柳下的自行车，各国进贡的自鸣钟，错了时辰的乱响，西人庄士敦，旧儒翁同龢，天津静园的小偏安，奉天府的傀儡戏……

以后的日子，凡见面我都要追问《溥仪》做得怎么样了？我们会谈很久，谈到后来，仿佛变成真的了。事实上，彼此心里清楚得很，这就是空谈，过过嘴瘾而已。无论政府工程，还是院团建设，需要的都是现代题材，正面的历史叙事，许多国家奖项等在那里，许多政绩也等在那里，财政加持，资金配置，都等在那里。我毕竟是局外人，而辛丽丽身在其中，脱不出来。

她邀我去到上芭看排练，因记得为了穿皮鞋进练功房生气的事情，我坚持要脱鞋，她不让，我说不能坏了规矩，她说不会，你就贴着墙根走一条直线，不要到中间去。她到底变得圆通，谙得人情世故，学会妥协了，这往往意味着成熟。古话说“水至清则无鱼”，有的时候，人就得混沌一点。

从在李牧真老师家的邂逅，至今有多少日子过去，又有多少变故发生，单说老师这一家，李洪川出国多年，就职西班牙马拉加交响乐团，父母亲也跟随移居，又有若干年之后，先后离世。他们所在静安寺的小公寓就此寂静下来，曾经熙来攘往，弦歌不辍，如今关门闭户。我再也没有去过，走过那里，抬头望望，楼房的外墙明显变得陈旧，想它刚起来的时候，是沪上最早的高层建筑，矗立在市廛之中，底下是连绵的屋瓦，现在，几乎成为盆地，四周的摩天大楼都要埋了它。谁想得到那里面的龙腾虎跃。我们走过动荡不安的青涩岁月，尘埃落定，步入向晚的人生季节。不过，根据物质不灭能量守恒的原理，事态的成因只是涣散开来，变成无法命名的存在，寄身于看不见的角落，等待时机来临，诞生新的物种。

2000年开初，宣传部文艺处召集我们吃团年饭，尚长荣、王汝刚、魏松、奚美娟、关栋天夫妇、钱惠丽、马晓晖、张军、廖昌永、茅善玉、辛丽丽济济一堂。千禧年总是给人期盼，天地人运行到这一时刻，是个大机缘。那天我们玩到很晚，非常开心，关栋天和廖昌永反串，前者击拍引唱，后者紧跟上：“今日痛饮庆功酒，来日方长显身手。”气氛就此到了高潮。关栋天回头看我，说：“我要比他长10岁呢。”这差不多就是我和辛丽丽的年龄差，10岁算什么？历史的大变局里，一眨眼的工夫，这么前拉拉，后扯扯，算得上一代人。

幸运的一代人，赶上了最好的当口、最好的时段，做了最好的我们。许多事情在进行中，就还有可展望的前景，眼看着一个周期将要结束，下一个不知怎样开始。辛丽丽的《溥仪》还在思绪中打转，可是，为此量身定制的吴虎生，因为留住他，创作了许多新剧目，不至于辜负天降人才，《简·爱》是一个，《长恨歌》是一个，《剧院魅影》是又一个，在急促的芭蕾生涯里，能有这么多的角色形象，是应该感谢上苍的。时间却不够用了，芭蕾的临界线在逼近他，舞台灯光实在有一点鬼魅，它既是虚拟，又无比现实，就像魔术，刹那间超脱出去，刹那间又垂落脚下。

这本影册记录着辛丽丽的人生片段，舞蹈总是留下美好的影像，演员本身的纤细线条，高倍拍摄中的动态，回眸转身，都是绚丽的瞬间。相形之下，日常状态的生活照不免显得平淡，但是，却有另一种本质性的传奇。有一张儿童时代的集体照，正襟危坐其间，紧紧扎着小辫，眼睛亮亮的那个小孩，不用说，你一眼认出来，就是她，辛丽丽！

“我命由我不由天”的前世今生

韩可胜
2025-02-19

“我乃哪吒三太子，能降妖来会作诗。”“诗人”哪吒的代表作应该是这首：“从来生死都看淡，专和老天对着干。我命由我不由天，小爷成魔不成仙。”其中的名句当然是“我命由我不由天”。

《哪吒之魔童降世》《哪吒之魔童闹海》中反复出现类似的台词：“若前方无路，我便踏出一条路；若天地不容，我便扭转这乾坤”“我命由我不由天，是魔是仙，我自己说了算”“去他个鸟命！我命由我，不由天！是魔是仙，我自己决定”“如果宿命就是一座大山，那我就劈开它”“人是否能够改变命运，我不晓得。我只晓得，不认命是哪吒的命”……让多少在现实生活中深感无奈的人感到振奋。

不过，“我命由我不由天”版权不属于“能降妖来会作诗”的哪吒。它的版权属于东晋时著名的道教学者、医学家、科学家葛洪。

这个葛洪，最近几年走红，是因为他在医药著作《肘后备急方》提供了这样一个药方：“青蒿一握，以水二升渍，绞取汁，尽服之。”有效治疗了岭南瘟疫。1600年后，屠呦呦受此启发，从青蒿中提取青蒿素，用来治疗疟疾，挽救了数百万人生命，成为第一位在自然科学领域获得诺贝尔奖的中国科学家。这件事让当代人又想起了葛洪。葛洪自号抱朴子，职业是道士，常规的工作是炼丹。他在著作《抱朴子》中说“我命在我不在天，还丹成金亿万年”，说的是道家养生，意思是说通过炼丹、服丹，可以延年益寿，从而改变自己的“命”。

到了唐代，又有一位著名的道士，叫吕岩，字洞宾，对的，就是赫赫有名的“八仙”之一的吕洞宾，也擅长炼丹。他在诗中说：“我命从来本自然，果然由我不由天。金丹一服身通圣，可作蓬莱阆苑仙。”吕洞宾的法宝是纯阳剑，创立的武术学派叫纯阳派。民间传说全真教祖师王重阳是他的弟子。其实，一唐一宋，两人相差了300年，但是在道学上确实有所传承，说隔代弟子也不错，就是隔得比较远。

比王重阳更早，北宋还有一位著名的道士张伯端，他有诗曰：“一粒灵丹吞入腹，始知我命不由天。”他说的丹，是内丹，以人的身心中的精气为药物，以神为火候，通过内炼，使精气凝聚不散，结成“金丹大药”。内丹，真不好理解。与之相对的是用矿物质冶炼成丹药，叫外丹，这好理解。虽然许多人，比如大名鼎鼎的唐太宗李世民，据说也因服丹药而死，但炼丹对医药的推动作用是不可否认的。道士们因为炼丹还发明了豆腐。许多中国人，比如说我，都喜欢吃豆腐。

到了明代，思想家袁黄，号了凡，人称“了凡先生”，写了本《了凡四训》，被誉为“东方第一励志奇书”。其中有“我命由我不由天，命由己造，福由己求，一切靠自己”的句子。前人的思想被整合成这七个字，就与哪吒说的一模一样的了。

回淮南——电视剧《六姊妹》勘景记

伊　北

2025-02-21

过了一片宽阔的水面，就进了淮南。

出站口，一位女士向我招手，个子高，步子急，拎起我的箱子就走："走！车在上面。"她是市委宣传部的干部，也是我的中学校友。这次剧组来淮南勘景，是她牵的线。

上到车站门口，车停在路边。车一动，我就问校友，景勘得怎么样。剧组昨天到了，我坐早班高铁回来，落后大部队一天。校友没细讲，只说上午看了几处，下午接着跑。我问现在去哪儿，校友说先吃饭，又瞅了我一眼："整理一下仪容。"

我笑了。剧本写了三年，这一趟熬得狠，人瘦了一圈。可我再疲惫，也不至于太失态，耽误市里的大事。我要求先去酒店洗个脸，校友摆手："来不及了，直接去饭店。"到地方，我进洗手间，凉水拍脸，勉强提了口气。剧组和宣传部的人，快到了。

说实话，这次勘景，我心里没底，最怕的就是剧组要的景，和本地向导想让他们看的景，对不上。好在剧组来之前，宣传部已经踩了点，拍了照片，剧组筛过一遍，这次是带着目标来的，专挑实地考察。我回来，也是为了做好沟通。

几个月前，校友听说大剧《六姊妹》在筹备，主动找我，问能不能介绍制片公司给她。校友看得准，这项目要是能落地淮南，意义非凡。我搭了线，但没多说什么。

站在我的立场，确实难办。我是编剧，写剧本是本分，制片不是我的事，也不该插手。故事发生在淮南，拍摄却未必非得在淮南。成熟的拍摄基地有配套机制，来淮南却是一场未知。别说后面剧组调度，就是眼下这勘景，就够棘手。

硬件是一关，淮南的景合不合适？软件也是一关，本地对接人员靠不靠谱？万一剧组一来，有人摆谱，不肯配合，那不用多想，剧组肯定掉头就走。真要落地，事事都得协调，本地部门要是不上心，几个月的合作根本没办法愉快。

从面上看，我不能偏剧组，也不能偏家乡。要是最终定了淮南，那就是两相情愿，和相亲一样，得先看对眼，才可能有个好结果。必须客观。这么一部大剧，剧组不敢轻易下决定，失误的代价谁都担不起。这是商业，更是艺术。

但说到底，我心里还是向着淮南的。这也是我一大早赶回来的原因。

人还没到，我细问校友上午的勘景情况。她说田家庵码头还不错，尤其是大坝那边，制片人认可。确实，那一片沉淀了淮南不同历史时期的面貌，整个田家庵就是从码头这一块延伸出来的。那儿原先是个红火的港口，如今门洞上还留着伟人的头像。

话没说完，大部队到了。市委宣传部唐部长和几位同志负责接待，我陪同。我们的艺术总监，几位制片人、导演、美术总监都在座。饭桌上，我尽量多说些话，气氛渐渐活络起来，笑声不断。我心里的担忧，松了些。合作的前提是感受，感受很重要。感觉对了，才有后续。

还是那话，淮南是我的老家，可剧组来淮南，并不是我接待，我也没这个本事。要是接待人员一张冷脸，那这事儿八成黄。好在，淮南人的热情、坦率、真诚，给剧组吃了颗定心丸。我看这接待的态度，就知道领导干部们心里有数，他们眼光长远，以诚待人。

午饭后，去民国小镇。一下车，我就觉得这地方能成，气质对路，戏感十足。走进一个巷子，路口几间古旧小院，立马吸引了美术总监的注意。这三间瓦房有戏！那就问宣传干部："这房子能协调吗？"

干部答得爽快："我们来沟通。"

搞，弄，照！这一句，又给剧组添了几分信心。

下雨了，矿业公司原址门口避了会儿雨。雨停了，我们又往巷道深处走，来到一处老院子。房主热情接待，院子里的核桃树少说50年了，枝繁叶茂，地上落了一层鲜核桃，拾起来一闻，异香扑鼻。

院子里还有水井。过去，家住北方的制片人不相信院子里能有水井，到这儿一看，相信了。

有居民看到了我们来，问制片人："你们是来拆迁的吗？"

制片人答不是，来取景。

"这要拍戏了？"

不好说。

另一人反应快："蒋雯丽拍《我们天上见》，也在这儿取过景！"

这条古旧的巷道，藏着生活的艰辛，也透着一丝光亮。

我们又驱车去西边。蔡家岗老火车站，只剩个门头，周围尽是民居，景太杂，没法拍。淮南，曾是全国火车站最多的城市，如今这些老站点，淹没在历史的烟尘中。

然后去八公山，当地人员带我们看二十四节气景点。车刚停下，路边开饭店的老板娘就迎上来，问："拍戏的？"消息传得真快。

她笑着招呼："欢迎你们！"

淮南人，热情。

晚上吃饭前，先开了个小会，气氛有些凝重。时间紧，任务重，关键是这一趟来，得下结论——到底在不在淮南拍？实话说，外地影视城的设备齐全，很多年代戏都在那里拍。淮南的景，零散，真要落地，难度不小。但制片人很有信心，觉得这一圈看下来，还是有基础的。美术老师当场表态，九龙岗那三间瓦房，他连夜画草图，出改造方案。确实，那三间瓦房，加上田家庵码头，都是典型的淮南民居，和剧本里的场景很契合。

饭后返回田区，天公作美，出现一道彩虹。

第二天上午，我去见宣传部邬部长，他表示支持。随后，大部队又去寿县转了一圈。太阳正毒，我和艺术总监、唐部长在大报恩寺门口合影。这张照片，我一直留着。车往回开，前方来消息，说造纸厂那片可以看看。

到四号路，已是下午3点多。一进厂门，大道两侧绿树成荫，像一座城市探险地。厂门口的办公楼上，标语还在：抓质量六亲不认，抓消耗分秒必争，抓纪律铁面无私，抓安全万无一失。废弃的办公楼里，还有人在打乒乓球。一路往里走，看厂房能不能搭景，结果不行，年代太久，安全没法保证。

道路尽头是铁道，再往前就是淮河。朝西看，红白相间的烟囱高高立着，旁边是冷水塔，粗壮敦实，那是田家庵电厂。往东看，也是电厂，那是洛河电厂。

这条四号路，曾是淮南的骄傲。

田家庵电厂，新中国成立前就已创立，新中国成立之后，更是华东的电力供应点。安徽造纸厂，入选过国家第一个五年计划。再往东走，是木材公司、肉联厂、东风化肥厂、洛河电厂……（发电、造纸，都要用水，淮河的作用不可替代）这条路，曾是繁华之地，高档商场，现代楼宇，车水马龙。

这里，曾是淮南工业的核心。

这是工人阶级撑起的地域，是平民的乐园。

转场田家庵电厂生活区，看完，天擦黑，我们又赶去淮南师范学院，看旧教学楼。有些地方能用。等完全黑透，这趟初步堪景算是结束了。

负责接待的干部们全程陪着。关键看了一圈，大家心里有数了。剧组对淮南的景算是满意，但还得搭景，还得协调，难度不小。现有的景，远远不够。好在九龙岗小院旁有块空地，可以用来搭景。如果把九龙岗民国小镇定为主拍摄地，旁边再搭建，可以少转场，节省时间，但投资必然不菲。

美术总监把图画出来了。小巴车上，我探着脖子看，竖起大拇指："王老师，牛！"我、导演、制片人都感叹，做一个项目真不容易。这么大的盘子，以我们这种年纪，能玩几局？珍惜吧。一切都是因缘和合，不说千载难逢，也是十年九不遇。

所幸，我们尽了全力，心往一处靠，往前走。

…………

我要回北京了，校友送我去高铁站。路上，司机师傅忽然感慨了一句："我们淮南，憋得太久了。"从后视镜里见他眼睛一亮，我心头一震。他说出了我多年未解的困惑，也点破了我一直想说却说不出来的话。

我们曾是淮南崛起的受益者，也在它的跌落中失落。淮南怎么办？这个问题始终压在我们心头。我们从这里走出去，带着失落，如今又带着期待回来。眼下做的，也许只是杯水车薪，但如果有机会，淮南就该发出自己的声音。淮南的街头，如今高楼林立，比过去繁华多了，然而还不够。我们需要被讲述、被看见……

列车又驶过那片水域，我望着窗外，出神。回来又离开，是我们的宿命。

部长发消息祝我一路顺风。

又过了一阵，校友又告诉我，在市领导的关怀下，在市委宣传部的协调下，剧组已在九龙岗动工，开始搭景。合作初步达成，一个故事，开始了。

作家会消失吗

高洪雷

2025-03-01

法国女作家杜拉斯生前在巴黎图书沙龙上放言："也许到2027年，写作将会终止，突然终止，没有人再从事写作了。"当时，周围的人快惊掉下巴了。但事后，大家都撇撇嘴，认为老太太在说胡话。

杜拉斯离世29年后，也就是2025年1月，DeepSeek横空出世。谁也不会想到，给出一个指令，DeepSeek就能在10秒钟以内生成一篇连贯的诗歌、散文、评论和短篇小说。可以说，AI带给作家群体的冲击和焦虑是显而易见的，尤其是那些靠东拼西凑、靠替人改编、靠写心灵鸡汤、靠当"御用文人"混日子的作家。直到这一刻，人们方才意识到，难道杜拉斯有一双洞穿未来的天眼，提前预判到了DeepSeek会在2027年前出世？

我想说，AI能够通过大数据和算法生成符合语法、逻辑甚至模仿特定风格的文本，但其本质仍是基于已有数据的重组和概率预测，它缺乏真实的情感体验、主观的生命感悟以及对复杂人性的洞察，而这些，正是文学作品的核心价值所在。例如，AI可以写出一首押韵的诗歌，但难以像海明威那样通过《老人与海》传递人类与命运抗争的哲学。例如，AI也许能基于人给出的指令，写出一篇优美的散文和短篇小说，但它不会解码人生，更不能揣度人类，所以难以创作出像小仲马《茶花女》那样的人性纠缠、滴血含泪的小说。马尔克斯说过："小说是用密码写就的现实，是对世界的一种揣度。"余华进一步解释说："写散文有一个回忆的支点，写短篇小说需要凭空寻找一个构思的支点，这就是两者的不同，只要找到支点，都能在自己的掌控中去完成。但写长篇小说不同，即使你找到支点，你写到一半时，也可能发现不对，就需要去寻找一个新的支点。所以，写短篇小说、写散文是工作，因为能在短时间内完成并能掌控，但写长篇小说是生活，你不知道接下来会发生什么。"

我也想说，写作不仅是文字输出，更是人类认知世界、表达自我的方式。作家通过作品传递价值观、反思社会问题、探索人性边界，这种创造过程与人的主体性紧密相连。AI或许能够替代人类完成资料整理、语言润色或灵感激发，但作品的核心灵魂、独特视角、情感张力和思想深度仍需要作家来主导。AI或许能生成"畅销书"，但无法替代一流作家拿出那种"由真实生命经验淬炼出的具有思想锐度的故事"。AI可能接管新闻快讯、产品描述、企业传记、群体采风一类的功能性写作，但人类作家的价值将在高端文化产品中进一步凸显。

我更想说，科技革命往往重塑而非消灭传统职业。譬如摄影技术出现时，有人担心绘画会消失，可事实上反而催生了印象派、抽象表现主义、新表现主义等新的艺术形式；譬如工业流水线服装充斥市场之后，手工定制和独立设计师品牌反而更受追捧；譬如电子书的出现，并未让纸质书消失，而是拓宽了阅读场景。以上事例说明，技术拓展了可能性，但不是完全取代人类。

我还想补充一点，AI写作可能面临版权归属问题，AI若"洗稿"他人作品可能引发法律纠纷，AI生成的某些有害内容可能涉及伦理责任，而人类作家的原创性始终是文化创新的基石。在不久的将来，官方可能会对AI

的应用场景设限，从而为作家的原创性写作保留空间。

我发现，一些年轻作家已开始实验性运用AI创作。我还发现，日本一个微型小说大赛已经允许AI参赛，但获奖作品因“缺乏意外性与人情味”引发了人们的质疑。这或许预示了A1与人类创作的长期共存状态：前者拓展可能性，后者定义价值。

未来的作家或许更像“创意策展人”，他们需要更深入地思考人性，更敏锐地捕捉时代精神，更熟练地运用AI来突破技术性限制。未来或许会出现“人机协作创作”的新模式，而绝非单方面取代。作家真正危险的从来不是AI，而是放弃对思想深度与情感真实的追求。当AI能够批量生产“标准答案”时，那些“敢于直面问题并进行深度探索”的作家，将显得越发珍贵。

一句话，作家不会消失，但角色可能进化。

别让句尾塌了

周克希

2025-03-03

老舍先生谈如何写戏剧对话时，这样说："有些人，包括演员，往往把一句话的最后部分念得不够响亮。声音一塌，台下便听不清楚。戏曲与曲艺有个好办法，把下句的尾巴安上平声字……有时候，在句尾用'心细'就不如'细心'，'主意'不如'主张'。"

多么考究！

他接着又说，不可能给每句句尾都安上平声字，而且也不该那样。"在句尾平仄互相呼应，相当好听。譬如上句用'吗'字，是平声；下句就用'了'字，是仄声。""留下'气口'也是个好办法。只要留好了气口儿，即使句子稍长，演员也不致把句尾念塌了。"他把这叫作调动句子。"调动句子没有什么一定法则，只要能用心。"

他在写话剧的时候，"总期望能够实现'话到人到'"，也就是期望舞台上的人物开口就响，闻其声知其人。他动笔时，"口中念念有词，所以连一个虚字'了''啊''吗'等，都不轻易放过。耳朵通不过的，就得修改"。写完了，还要朗读许多遍，进行修改。"修改的时候，我是一人班，独自分扮许多人物，手舞足蹈，忽男忽女。""对于我不大熟识的人物，我没法子扮演他。我就只好用辞藻去敷衍，掩饰自己的空虚。这样写出的对话，一念就使我脸红！”

即使是散文，老舍先生认为，平仄的排列也还是需要考虑。“‘张三李四’好听，‘张三王八’就不好听。前者是二平二仄，有起有落；后者是四字皆平，缺乏扬抑。”

他强调在动笔前，要先想过。“像鲁迅先生三四百字一篇的散文，写起来都非常结实，因为他把每个字都想过了。”他语气很重地说，“切记！全想过了再写，不要提笔就挥。如果今后一挥而就的文章都算成功，我敢说，中国以后就会永远没有文艺了！”

全都想过，包括“得尽力找出最恰当的字”。他举了个例子。有人写：“原野上火光熊熊。”这恰当吗？他说：“‘熊熊’在《词源》里的解释，是青色光貌，是我们在炭盆里，常见到的一点火光，用在原野，描写火光的烈和旺，又怎能恰当呢？”

这让我想起时下常会看到的四个字：“籍籍无名。”如果肯“尽力”查一下词典——《现代汉语词典》不够的话，就查《古代汉语词典》之类的词典——那就不难知道，“籍籍”或“藉藉”，都是“喧盛、显赫的样子”。李白的诗句“高名动京师，天下皆籍籍”，苏轼的词句“藉藉声名不负公”，都是例证。当我看到李娟的文章里也赫然写着“那些籍籍无名的作者们”（《记一忘三二》中《古老记》篇）的时候，我真的有点失望了。她的文字是应该像天籁那般清澈纯净，给我们带来惊喜和感动的，但愿她以后不会再有这种不够“尽力”的失误。

写作的万物互联

邱华栋
2025-03-17

广泛地阅读，在今天还是一个特别重要的经验，不仅能拓展知识边界，还会激发写作的灵感。比如，我曾读过一本科普著作叫《白洞》，作者是一个意大利的科学家，叫卡洛·罗韦利。那本书太好看了，湖南科学技术出版社出版的，薄薄的150页，两小时能全看完。《白洞》写得非常前卫，十分精彩，讲的是此时此刻人类中最聪明的一些人在琢磨的一些事儿，而且卡洛·罗韦利的文风就像一个大散文家，看完后我意犹未尽。在读《白洞》的时候，我还在看李零的《风乎舞雩：元大都踏查记》。李零不仅研究考古，而且文史哲都能贯通。我写过一本《北京传》，对北京的山川风物和历史地理，也积累了很多资料，这方面也是我感兴趣的领域。《风乎舞雩：元大都踏查记》第一部分讲元大都中轴线的确立；第二部分是讲元大都的50个"坊"原来在哪个地方，后来怎么演变成了胡同，等等；第三部分是讲景山西侧的河流的走向……都很专业，李零教授很讲究实证，每个地方都要亲自带着学生去看。

读这些物理学家、考古学家的书，特别能激发想象力。比如你看完《白洞》，就会觉得很兴奋，而且，我没想到罗韦利在《白洞》里引用了很多作家、诗人还有哲学家的话。比如他讲黑洞的一个阶段的时候，物理学与文学相交融，他写道：“但丁的神曲说，但丁走到了那个起点的地方，已经无法前进了，说黑洞到这结束了怎么办？这时候引路人都不见了，只有他心爱的姑娘贝亚特里采出现了，然后但丁跟他对视了一眼，然后目光马上就弯曲了，不敢再看。”这样的句子出现在一位当代天体物理学家的著作里，我就明白了，物理学、时间、空间、文学、哲学……这些东西是通的，真的是万物互联。所以我觉得阅读和写作都是一个打开的状态，这个很重要。

我一直在建设着我自己的文学空间：一个是对城市的理解，比如北京这座城市已经有3000年的历史，关于北京，我还能写出什么东西？还有，就是我可能写一本科幻小说，可以说是有一种潜在的梦想和冲动，不知道自己会不会写出来，以及能不能写出来，但我一直在看书，一直在琢磨。

前段时间，我下意识地把波兰作家莱姆的所有中译本翻出来，抚摸了一遍——下意识里，我难道真的要向他学习写一本什么书吗？然后我抽出了他的一本书，叫《完美的真空》，这本书在文体上很有意思，它是通过虚构的书评构建起一个科幻短篇小说集。莱姆的《完美的真空》就是假定有十几篇小说，然后给这并不存在的十几篇科幻小说写书评。以伪书评的方式写成一部科幻小说集，这本身是一个很好的创意，给科幻文学写作带来很有意思的发展。其实，对于写作，创意也特别重要。从写作打开的状态到要把“创意”两个字顶在前头，这些是我的经验。同济大学中文系的张生教授讲了一段话，对我很有启发，他说现在写作专业招的学生都比较年轻，生活经验没那么丰富，到大学来上写作课，主要是来学习写作的技术，了解各种各样的形式。这么多年来，先前的作家已经积累了各种各样的写作形式，在大学里大家要学习的是这些文学的形式。

爱夜光杯 爱上海

2024

行天下

梅城梅娘

俞　果

2024-05-09

杭州的建德梅城，古称严州，也叫梅城。严州古城以前很阔绰，是地位仅次于杭州的浙江第二州府。严州曾分辖建德、寿昌、桐庐、分水、淳安、遂安六县，府治梅城。

2020年6月，我从淳安千岛湖到建德梅城古镇。1700年历史的梅城古意盎然，地灵人杰。

从上海到浙江，一过杭嘉湖平原，即入富阳、桐庐、建德、淳安，再向前进入安徽黄山，古徽州地区。

这一路精华系于一江，即发源于徽州休宁的浙江（指新安江段）。这条江不长，不足600公里，名声却极大，它有三个名字：新安江、富春江、钱塘江。一江三名，历史上全部响当当。

休宁自古有“状元之乡”的美名。滥觞于休宁的新安江，流淌着耕读之风、书香之气，梅城乃诗文之眼。随后的富春江展现出的百里画廊，可谓奇山异水，天下独绝。最后从钱塘县（今杭州）经过的钱塘江，以华丽的身段完成了“天下第一大潮”的高光亮相。百里源流传承，千年文脉序然。

梅城，因沿江城墙雉堞砌筑成梅花形而得名。素有“天下梅花两朵半，北京一朵，南京一朵，严州半朵”之说，梅城北枕乌龙山，为新安江、富春江、兰江三江汇合处。那三江口江面至今辽阔，可知古时多么浩渺。

同行的泉兄多年前来过这儿，一直嚷嚷梅城的梅娘很有名哟。说得众人心旌荡漾，穿街入巷，逐屋找寻。后来吃饭时请教饭庄老板娘，她淡淡一句解惑：那是指过去的船娘。哦，众释然。

说起船娘，原本是指摇橹撑船的“女船夫”，苦活累活。后面才渐渐发展成为一种风情及妩媚。隋炀帝下扬州时，在大运河上不用壮丁划船，偏爱美女背纤，据说这是船娘的由来。严州梅城水域宽阔，历史上曾行驶过“江山船”，有史料佐证。

晚清官员李慈铭的日记里曾记载了满洲镶蓝旗人宝廷娶船妓为妾的糗事。此事就发生在梅城至杭州的富春江、钱塘江上。明清时梅城一带所谓的“江山船”实为花船。宝廷公差路上坐花船，冶游狎妓之余竟然买船女为妾，犯了官场大忌。船至袁浦（今杭州西湖区双浦镇），被县令诘疑质留，吓得他立即上折《途中买妾自行检举疏》，先行认错。后，京城邸报上谕：“宝廷奉命典试，宜如何束身自爱，乃竟于归途买妾，任意妄为，殊出情理之外，宝廷着交部严加议处！”一段骚操作，丢人丢官，断送前程。

宝廷时任礼部右侍郎，大官僚大名士且“清流”骨干，将舟上的逢场作戏延伸到府邸的谈婚论嫁，绯闻变丑闻，朝野哗然。经过此事，市井坊间争相传言，梅城梅娘声名鹊起。

江南水乡，船娘习俗深厚。水上船调也丰富多彩，摇橹撑篙之余说的是吴侬软语，哼的是昆曲小调，糯雅悦耳。《水浒传》《儒林外史》都曾描述过这梅城的人文山水。

今天的梅城虽然基本上都是新建的，但也尽全力保存了部分旧城墙，颇见情怀。从澄清门拾级而上，江天一色。梅城对古城墙保护很有新意，以遗址为基，新旧并列。临江一面为新城墙，向内一米之隔旧城墙，有“元代城墙遗址”古碑。

唐朝，这里有“睦州诗派”（建德县唐时称“睦州”）。清朝，这里又兴“新安画派”。严子陵、杜牧、范仲淹、陆游曾在此任职，谢灵运、李白、孟浩然曾在此游历。乌龙山上玉泉寺，是唐代净土宗五祖少康大师创建的道场。南宋刻版善本“严州本”，就出于此地。

唐朝时有“五言长城”之誉的刘长卿，考取进士后，因耿直屡遭排斥构陷。他被贬睦州，迁谪途中路过长沙，想想自己怎么这样倒霉，便跑去贾谊故居哭吊一番。屈原自沉汨罗江后，西汉贾谊也曾面向汨罗哭吊自己。惺惺相惜何以堪，代代有冤情难已。

这里山清水秀。淳安有海瑞，建德有刘长卿，一代一代的“清流”，借前人酒杯浇自己块垒。“清流”之于社会，从来立于道德制高点上，但他们的作用对于历史进步，到底是幸或不幸，真的很难说。如同“御史”一职，风闻奏事，权力无限，实为双刃剑。握剑的帝王最喜欢他们，低品弹劾高阶，完全等同于帝王的枪手，是一种有效的制约。

今天的建德梅城，退去了许多光环，但依旧风烟俱净，江山共色。虽然没有寻觅到梅娘，但见识了“市小山城寂，船稀野渡忙”的风情。凝望三江汇合口远水悠悠，想起了秦少游的“西湖水滑多娇嫱”，多想及手试水温，这水是滑呢还是涩呢？

写梅城最著名的诗歌，莫过于孟浩然的《宿建德江》。孟浩然在长安时和王维喝酒，突然皇上来了，他赶紧躲到床下。皇上叫他出来作诗，他明谦暗讽吐出来一句名言“不才明主弃”，气得皇上把他撵出长安。他胸闷，孤零零来到了梅城外的新安江。此刻，“多病故人疏”的他，绣口锦心又吐出一首五言绝句——

移舟泊烟渚，
日暮客愁新。
野旷天低树，
江清月近人。

我觉得澄清门上，应该为孟浩然立下这块诗碑。主弃天低树，友疏月近人。这何尝不是一种散淡自得的人生。

亲近老树

高洪波
2024-06-13

好老的树，老榆树；

好粗的树，粗榆树。

这方土地上的圣树、神树、古树，曾为康熙大帝遮阴避雨的护驾树，嘎达梅林歇过凉、麦新烈士驻过足，拴过“胡子”的烈马，挡过“老毛子”的战车。总之，这棵硕大无朋、直径两米的老榆树，现在被我拥抱住，我以耳倾听它的心音，用掌摩挲它粗糙的树皮，我感到自己贴近老榆树的同时，也贴近了故乡的土地、父老乡亲，以及生于斯长于斯的一代代祖先。

大榆树在内蒙古开鲁县城西北30公里处。我是开鲁人，但只可惜长到13岁就随家迁移，故而从小耳闻大榆树，却从无机会见过。今天借故乡一位蒙古族军旅作家一部长篇小说研讨会的机会，我专程拜谒大榆树。

大榆树已拥有了一处院落，名“古榆园”。沿台阶而上，大树的断干直挺挺兀立在空中，像一方柱形的木印，风掠过，印文想必是盖在风中、云上；另有几枝树干虬龙爪般伸展，在天空中腾挪，似在攫取、捕捉着什么。这大树的雄姿让我猛然想起江西南昌青云谱，那是名画家八大山人故居，故居有一株古樟树，与这古榆何其相似乃尔！大概自然界中的树木，一旦“百年树木”之后，可能都具有了这种神韵、灵性和威慑力。

草原的晌午，阳光灿烂若金，金色的阳光射入老榆树的叶隙，地面上盘起闪烁不定的光线，土地是金黄的，阳光是金黄的，树叶也显现出金黄，在这种寂静的金黄中感悟老树，有一种天人合一的幽静。

便遐想数百年前此地，想必是水草肥美，榆树成林，一旦有人类的足迹踏上，老榆树的伙伴们想必一株接一株献身，最后留下这最粗壮、最威严的一株，作为榆树家族最后一名代表，它同时也代表着拓荒的历史，挺立下来。再往后，它成了一株神树，受到远近乡民的膜拜，在乡民的神树崇拜情结中，未尝没有怀念、崇拜自己拓荒者祖先的意蕴。

成了神的大榆树，是因神而大还是因大变神的？二者的因果关系不甚了了。可大榆树的确又大又神气，方圆几十甚至几百平方公里的地面上，它是独一份！

开鲁县是相对年轻的城市，满打满算不过八十几岁。开鲁的先民，来自河北、山东一带，有一个字的发音可以印证这种地域关系，不久前河北涞源有朋友来，听他们把“钢笔”一律称为“钢北”，“笔”“北”不分，恰是我故乡的典型方言。告别大树，我悄悄折下几枚嫩叶，夹带回北京，算是对老榆树的一点纪念。途中我追忆自己的根，记得父亲总说老家在“兰州府”，初之以为在甘肃，此番从老榆树下告别，头脑中猛然灵光一现：兰州府者，乃河北滦州府也。故乡发音，一贯“兰”“滦”不分，这一下明白了自己与河北滦县高家的血缘关系，敢情是冀东人，禁不住得意起来。

若不拜谒老榆树，我肯定还在琢磨自己与甘肃的关系！细想当年甘肃人怎么会闯关东到科尔沁草原谋生？山路阻隔，几无可能。河北滦州人则得地利之便，一日出山海关，三五天便到草甸子，太容易不过了。

有机会到滦县，没准还真能寻到根。

回到北京，首要的事是将此行拜谒大榆树的感触向父母大人禀报。听说我是平生首次见到大榆树，我母亲淡淡一笑，说你早就去过大榆树，非但去过，还住了一年。再细问，才知我不到一周岁时，母亲身为农村工作队成员，在大榆树镇工作了近一年的时间。如此说来，我早在几十年前就享受过老树的荫护，没准还吃过它那香甜的榆钱呢！

茫然中夹杂着愕然，作为短暂的生命个体，在古树面前的渺小感顿时充斥我的身心。儿时的记忆一片空白，但大榆树一定记得我，记得那牙牙学语、蹒跚学步的婴孩……

本以为初相逢，却竟是老相识。荒诞中便具有了极现实的意象。

亲近老树，一如亲近历史和岁月。故乡的大榆树，愿您枝叶繁茂，永葆蓊郁的青春。

生命在路上

俞天白

2024-07-10

生命就是一种经历，人生如逆旅，都意味着在路上。这是踏踏实实的腿脚行走之路，也是琐琐碎碎的日常生活之路，更是坎坎坷坷的与命运抗争之路。为此我有了这样的理念：生命就是在路上。

年纪越大，越认同这是对生命最恰当的概括。我很少有真正概念上的旅行，无非都是因公因事的所谓“出门”或“出差”，零零碎碎的，其路线，仅国内统计，相对完整的有六条，差不多涵盖了整个中国。都说，不到大西北，不知中国的宽广，不到河西走廊，不知中国的多元。我先到大西北，到过西端的伊犁、南端的喀什，而后走通了河西走廊。可以说，我已用双腿丈量了祖国的广度与深度。

宫崎骏在《千与千寻》中说：“我不知将去何方，但我已经在路上。”他是指那种不确定结果的努力，但在路上才有希望，才能理解生命价值何在，却是确实无疑的。生而为人，总是凭借对客观世界的认知、互动、融洽而展示存在，难免要不断地肯定、否定，否定、肯定。最雄辩的验证，就是在路上。

正如黑格尔在《美学》中所说：“凡是始终都是肯定的东西，就会始终都没有生命。生命是向否定以及否定的痛苦前进的，只有通过消除对立和矛盾，生命才变成对它本身是肯定的。”如果只求温饱，满足肉欲，古人早已定义：行尸走肉。这与“人”字无缘。只要持这一生活取向，都是展示生命“在路上”的“一种经历”；不论是人生还是文化艺术，意识到这一点，生命才有价值，生命之树才能常青。

我自幼养成了记日记的习惯，走到哪儿记到哪儿，但直到1982年，才开始有了以“旅途杂记”为名的记录。我到过欧洲，到过日本、南亚、俄罗斯和美国……都及时写了观感发表于报刊，然后收录于我的散文随笔集中了。收录于“杂记”中的，主要是参加作家笔会、编辑组稿、记者采访、文化与经济研讨等自由度都比较大的文化活动中，所为、所见、所闻、所思、所游、所交往，直到2009年。

巧的是，这30多年变动之巨、幅度之大、对社会影响之深，完全值得载入史册。一些景物，今天所见，和我所记的完全两种气象了，像潮州横跨韩江的广济桥，是中国四大古桥之一，我所见的，只是在废旧桥墩上用水泥堆砌出原有的形势，供人想象集梁桥、浮桥、拱桥于一体的建筑是什么样子，今天不仅恢复了原貌，也竭尽了当代的奢华。这些巨变，通过堪称社会精英的这些作家、教授、专家的认识、思考活动，展示于人、存录于世，其价值更是无可替代；同样，我所定义的“生命在路上”，意味着水秀山明，桃红柳绿，鸟兽共生，四季变化，东西各异，这种异质变换所激发出来的活力，经过这些年以除旧更新之名的同质化巨变，却拥有了另一种参考价值。

所记景点对多数朋友都不陌生。但一百个人眼中就有一百个哈姆雷特，自然景观、人文景观同样如此。我写的，只能是我眼中那个时间点的景物。比如扬州的瘦西湖，借西湖以展其美，可以理解，但何以用“瘦”状之？我以我“眼”纠正了坊间引用汪沆之诗而得名的错误，找回“瘦”的真正原因。读者从我眼中这一个哈姆雷特身上，更多的却是感受到岁月的温度。

岁月温度，总是体现在人的身上，体现在种种细节之中。我关注的，始终是“风物”而非景物。“风”是民风，是世态；“物”才是景物。为此，我特别注意细节上的特点，包括林木、庄稼、建筑、耕作方式，甚至河水的颜色。到边远如新疆、黑龙江等地，必争取进入家庭内看看其摆设与习俗。更注意沿途之风尚。从西安到华山途中，像我这样的整车旅客，竟被人转让图利，连续三次！在四川乐山，我却受到大佛脚下一位不知名朋友的一再热情帮助。我相信这些都是属于我独有的观感。

“庐山烟雨浙江潮，未至千般恨不消。到得还来别无事，庐山烟雨浙江潮。”这是苏轼临终前总结人生体验的诗作，参透了禅悟，注满了哲理。回望我的生命之路，时代、社会提供了我足够条件，让我游历了不少地方，直至看山仍是山，看水仍是水，最大的价值，也就是沿途的风景。如今白首忘机，不嫌粗鄙，希望告诉读者的，与这位居士大诗人的人生感悟相同。

上海街区的隐秘路径

龚　静

2024-07-24

站在常有堵塞的瑞金二路上，一阵烦躁，就想此刻马上能进入一片宁静之地。刚巧到绍兴路口，想起来这里有条小弄可通永嘉路，上世纪90年代常走的，新式里弄，从从容容地走，就从安静的绍兴路穿到了安静的永嘉路。二十几年不走了，“弄堂行”还畅否?

试试看。果断拐入绍兴路，破墙开店的水果铺、咖啡店也是有，但立马人流稀少了，竟然还看到了一处单开间的沧浪亭，原来的沧浪亭可是沪上老字号，从雁荡路开到淮海中路，还是飞檐门楣古色古香的风格呢，如今原址老早改弦更张，但怎么到了绍兴路这么一间小门面了？这时代，机器人都出来替代人了，隔马路拍个照，继续走几步，见一弄口，毫不起眼的灰色新式里弄，应该是这里，是否？是！ 20多年前的时空记忆确定，是这里。走，再走，小径收窄，但见笃底一方小路口，对了，就是这样的，不露声色地拐弯，两人行宽的夹弄，眼前红砖墙房子出现，右拐，弄堂宽起来，那个熟悉的弧形铸铁的西班牙式小阳台现身，底楼院墙里探出密密丛丛的枇杷果子，虽然左腿行走不便，可是也情不自禁雀跃，浮现当年从南昌路经过茂名南路到永嘉路再穿过大弄小弄，轻轻巧巧就到了绍兴路的影子，这么想着永嘉路已经到了。这条其实清晰分明的小道此刻似乎私家隐秘通道一样，在密密的大城市缝隙里让人透气，也似穿越密林的阳光一样，筛出一道道透明的金色。

和如今封闭式小区，和街区多隔离的新城市规划相较，早先的城市规划是比较街区化的，一般不设弄堂铁门之类，街和道和居住彼此交融，所谓前店后工场，前门后门，大弄套小里，大马路小街道，而且并非必然的直线直角的划分，斜线有之，弧线有之，拐角更有之，曲径通幽倒是一种常态。出生成长于远离市中心的嘉定西门，老街老宅老公房，我们小孩子也通晓彼此之间的隐秘通径。少时去项泾桥头的老虎灶泡开水，天色若不晚，我喜欢从项泾西街的一个黑漆门洞进去，穿过两进老房子，到底一个门洞，右转一截不算路的小路，其实不过竹篱夹径，没几步就转到了离家近的一个新村，再出来，就到了家门口的水杉泥地。一路还可看天井里的井，晾衣裳的丫杈头，忙家务的面熟陌生的阿姨爷叔，感觉提着热水瓶走路也轻松了点。曲径的尽头不一定花木禅房，却在过程中展露日常的细节皱褶，成为自身生命记忆的有机组成。

也许少时于城市（镇）小径穿梭的感受一直潜伏于身体深处，成年以后依然情有独钟这样的城市皱褶，走进去看看，打开来看看，似乎能行走于笔直大道探得城市的细微，也能收获寻觅之乐。记得上世纪90年代后期，有一阵每周一次去上音公寓楼的林先生家上古琴课。两条路：一从淮海中路到汾阳路复兴中路口，右拐即可；二是自南昌路到襄阳路，穿过一条不起眼的小弄堂，转几个小弯，出去即汾阳路。喜欢第二条路线。那条小弄堂极细小，楼和墙之间的夹缝，走到底，才渐渐看到居民宅子，一路均极窄，真感觉游走在城市的缝隙，往来者亦不多。几年走下来，仿佛在此片街区有了一份私密小地图。

每个人心中大抵都有份城市私密小地图吧。比如从肇嘉浜路口过一段弄堂，去某三甲医院会近一点。比如从巨鹿路一处里弄可到延安中路……这个比如的名单可以一直延续。

上世纪90年代几乎天天要去嘉善路菜场，南昌路、陕西南路、复兴中路，最后左拐入嘉善路，此为大路。当然穿小径啊。从南昌路某处小小的门，进入陕南邨，大路小道，几幢楼一转，就到了陕西南路口，接下来就方便多了。当然，每次还可以看看陕南邨里的居民日常，通常老早子汽车间的平房住户夏天门户大开乘风凉，老楼房里的则少见人影，多见树荫。

出行坐车久了，但凡有穿街走弄的机缘就会高兴。前几年初秋，和同人一起去愚园路采风，那天有街道工作人员陪同，带我们从愚园路的弄堂进，到底右拐穿过一条公房和里弄间小道，穿过飘晒着的衣被，直接就走到了江苏路口的当年傅雷夫妇所居寓所，虽然大门紧闭，透过门栅栏，还是能看到老房攀缘着的藤蔓。这一路脚步情不自禁欢快，如果有块小石头，很愿意像小时候那样踢一脚呢。在车流不息的大马路边上，这些沉静的日常市井，藏着多少现实和历史的幽邃深深。穿梭其中方可深入体会，非拍个照就可。

如今时兴City Walk，谓之城市行走，有的谓之“城市漫游”。城市漫游的意象来源于19世纪上半叶的巴黎。因建筑和建筑之间修建连接通道，拱廊式街道出现，在室内和室外之间获得了另一种空间，诗人波德莱尔等文学艺术家们常逗留于此。这种流连漫游被后来的作家本雅明视为一种城市的创造性。不过，喜欢穿梭城市街区的小道小弄，窃以为和City Walk打卡一些旅游景点还是有些区别，在这些非常纯粹的个人“漫游”中，可以观察到这个城市的内部缝隙，是不那么包装化、景观化的内在，满满偶得随性的趣致。这些缝隙的存在是个人和庞大的城市之间的一种私语，一种慢慢产生温暖而熟稔的可能。这样的时刻，大城市的肌理就不单单是大楼大玻璃窗大马路大宅子等，它是袭满青苔的墙、斑驳翘裂的水泥路、飘在风中的被单，这些比巴洛克柱的小区门楣，宽到过马路要翻两次红灯的大道，修剪得整齐划一的绿化带……更让我觉得自己是城市的一分子了。

在小县城路遇经典

梁 衡

2024-11-26

有事过山东庆云县，这是一个靠近河北边境的小县，只有34万人口。我问当地有什么历史名人？答曰：李之仪。我一时觉得耳熟，又不知其所为。主人说："我住长江头。"我一拍桌子："他竟是你们这里的人？"于是，主客齐声背诵道：

我住长江头，君住长江尾。日日思君不见君，共饮长江水。此水几时休，此恨何时已。只愿君心似我心，定不负相思意。(《卜算子》)

这首词太有名了。但我常常像小学生，学了课文，不记作者。而李之仪这个人确实不如他的这首词有名，其生平也多不为人知。《宋史》上只有112字的小传，也没有留下行状、墓志之类。感谢在这里土生土长的周杰先生穷30年之力搜集资料，编了一本《李之仪传》，我得以请教，补了一课。

李之仪1048年（宋庆历八年）生于庆云镇，卒于1127年，正是靖康之耻，北宋为金所灭之时，终年80岁，算是高寿。他20岁中进士，25岁后到浙江、山西任过县级小官。后在京任枢密院编修，与当时的文坛名人苏东坡、黄庭坚、米芾、秦观、沈括都过从甚密，一度还入过苏东坡的幕府。但正因这种交集，在北宋新旧两党的争斗中他属旧党，随政局变化而曾被三贬出京。

1102年李初贬安徽当涂，在黄庭坚请客的宴席上，见到了歌女杨姝。杨才貌双绝，善弹琴。黄当席赠词一首《好事近·太平州小妓杨姝弹琴送酒》。李即步其韵和之："相见两无言，愁恨又还千叠。别有恼人深处，在懵腾双睫。七弦虽妙不须弹，惟愿醉香颊。只恐近来情绪，似风前秋叶。"两人一见生情，以后来往不断，相处甚欢，他曾有多首诗词专赠杨姝。如"坐来休叹尘劳，相逢难似今朝。不待轻移玉指，自然痒处都消"（《清平乐·殷勤仙友》），这是说杨为他弹琴，还没有开弹，他的心情就已顿然变好。还有，"道骨仙风云外侣，烟鬟雾鬓月边人。何妨沉醉到黄昏"（《浣溪沙·为杨姝作》）；"通中玉冷梦偏长，花影笼阶月浸廊。挽断罗巾留不住，觉来犹有去时香"（《偶书之二》），在被贬官谪居的枯冷岁月里，李从杨处得到不少的安慰。

1105年李之仪58岁，妻子、女儿在几天内相继去世，他心灰意冷，正欲苟度残年，未想到第二年五月遇大赦复官，不胜喜悦。李便与杨姝成婚，准备过两天安分日子。但世事弄人，他这时身在安徽，朝廷却要任命他到长江上游的成都去做官，将面临与新婚妻子的分别。浩浩长江，头尾绵延万里长，李感慨万端便为杨姝写下这首《卜算子·我住长江头》，一不小心，即流传千古。

凡经千年还能流传的作品必是经典，而经典在流传的过程中会渗入文脉，就像河水在地下潜行，又不时地冒出地面。其实我第一次接触这首词时读的并不是原词。那是1957年我小学六年级的时候，家里订有《人民日报》，大人看新闻，我关注副刊，这是我最早的文学启蒙。当时陈毅副总理访问缅甸后写了一首诗《赠缅甸友人》登在报上。我清楚地记得登的不只是诗，而是配有曲谱的歌。歌词是这样的：

我住江之头，君住江之尾，彼此情无限，共饮一江水。我汲川上流，君喝山下水，川流永不息，彼此共甘美。彼此为近邻，友谊长积累，不老如青山，不断似流水。彼此地相连，依山复靠水，反帝获自由，和平同一轨。彼此是胞波（兄弟），语言多同汇，团结而互助，和平力量伟。临水叹浩渺，登山歌石磊，山山皆北向，条条南流水。

到后来我读了宋词，才知道陈毅元帅的这首诗，典出于李作，化用了他的《卜算子》，真是绝妙。陈毅虽为军人，却大有诗才，有许多好诗行世。郭沫若曾夸他："一柱天南百战身，将军本色是诗人。"

正如武术有派、书法有体，好的诗文作品常常可以找到传承，而这传承的源头就是一个经典。即便是李词也可以再上溯到写坚贞爱情的古乐府《上邪》"山无陵，江水为竭，冬雷震震，夏雨雪。天地合，乃敢与君绝"。经典如一个放射性元素，总是在暗处静静地不间断地释放着自己的能量。但经典一旦形成，其含意便可溢出原来的局限，而有了放大效应，举一反三，一粒种子化出满眼绿色。如陈毅诗即由此而写国际友谊。我自己也受这首词的影响，诗文中曾不自觉地冒出过一两句。辛弃疾是比李之仪稍晚的人物，南渡后不为上所用，曾隐居上饶铅山。他发现一处泉水，形如瓢状，就命名为"瓢泉"。辛一生有词600多首，"瓢泉之作"竟占了250首。这泉也奇，虽经千年，但泉形不变，泉水不绝。那年我去访此处名胜，得一首小诗，开头四句即是："君在泉之头，我在泉之尾。泉水淙淙流千年，郁孤台下清江水。"

地以人名。这李之仪的出生地在山东庆云县与河北盐山县的交界处，两县都不大有名，历史上的区划也曾忽鲁忽冀地变来变去。所以现在"盐山历史文化丛书"里收有《李之仪传》，而庆云县城广场上却竖起了一座李之仪雕像，巍巍乎足有三层楼高。李以一词之力，熠熠于僻壤之间，光照两省，流芳千年，他现在还为这块土地继续增辉添色。

按说李当时所处的政治层面可谓不低，交结的重要人物可谓不轻，有传世著作集42卷也可谓不少，但这些都成了过眼云烟。单单这首小词《卜算子》，倒让后人记住了他。细究其理，论内容，词虽是写私人之情，却让人感到了人间的真爱。爱因斯坦的理论促成了原子弹的出现，但他却说人间最大的力量是爱。人疲惫一生，蓦然回首，才发现原来是生活在爱和被爱的包围之中，所以爱恨与生死成了文学永恒的主题。

论手法，这首词以一念之情祭之于万里长江，心事浩茫，举重若轻，遂成一永恒的意象，撞击着人的心灵。其语言又取民歌风格，清新流畅，易于传唱。这是艺术的力量、美的力量。

我在广场上漫步，仰望着李之仪巨大的雕像，还有天上的流云。年年岁岁情相似，岁岁年年文不同，经典原来是一代又一代，流淌在人们心底的河流。我在河之尾，君在河之头。

在伦敦吃烩面

乔　叶

2024-12-26

去年秋天，我和几位师友去德国参加法兰克福书展，书展结束后又去伦敦。已经吃了好几天好些顿西餐，不知怎的就聊起了烩面。同行的田兄和李兄皆是河南人，李兄之前来过英国，说伦敦就有家烩面馆，他曾经来吃过的，味道不错。

那就去吃啊！田兄拍板。我当然也积极响应。河南人有几个不爱吃烩面的呢？我自不能例外。不过这种爱平时也不觉得怎样，在国内，想吃便吃着了。尤其是在郑州那些年，三步五步就是一家烩面馆，手艺不行的店必定活不了几天。也正因为如此寻常，所以很久以来我竟然视之为理所当然的存在，这感觉到北京后才察觉出了差异化，如今到了国外就更明显起来。

挨到了午饭时分，一行人便直奔那家馆子而去。远远地，就瞧见门口支着个活动招牌：伦敦老常家面馆。近前细看，上面贴着四张图片：河南烩面、肉夹馍、香锅肥肠、串烧羊。串烧羊，就是羊肉串。这叫法挺特别。众人在门口议论了一番，合影的合影，单拍的单拍，脸上都是一副欣欣然的样子，跃跃欲试，充满期待。

入店的门厅墙上满满当当，挂着“河南同乡联谊会”“英国河南商会”的牌子以及各种合影。那边厢，熟悉的声浪迎面而来，还有很多熟悉的容颜——虽不知道名字，也明白皆是萍水相逢，但听之望之就能知道这些人都是同胞，都是中国人，那怎么会没有熟悉感呢？

落座，翻菜单，扑面而来的一个字就是：贵，很贵，真贵。从低往高举例：蒜蓉拍黄瓜和红油土豆丝六块八，拌腐竹七块八，皮蛋豆腐八块八，夫妻肺片九块八。这些是凉菜的价。主食系列里肉夹馍是最便宜的，五块八。其他的如羊肉烩面、羊肉泡馍、新疆炒拉条、手工水饺、茄丝捞面、油泼面、青椒肉丝捞面、西红柿鸡蛋捞面……统统都是十一块八。“捞面”这个词让我的视线停顿了好一会儿。这面用老北京话叫“锅挑儿”——从锅里把热面条挑出来，意思就是不带汤，不是汤面，河南就叫捞面。挑和捞异曲同工，都亲切。

亲切归亲切，算账归算账。按照汇率，欧元的十一块八约等于一百块钱人民币。一百块钱吃碗烩面，你敢想？即便是在郑州的豪华酒店里，我也从没有吃过这个价的面。当然，嘴里虽然喊着贵，其实倒也不怎么心疼钱包。穷家富路嘛，总是吃得起的。要知道，这是在伦敦吃烩面呢。

凉菜上来，迫不及待下筷。味道很一般，不好也不差。因为也不是主角，我们的宽容度就高。心心念念的就是面。等面千呼万唤地上来，一看面相我的心就凉下来。汤色不够浓白，气味不够醇厚，甚至闻不出多少羊肉的鲜香，这就很悬。曾听河南烹饪界的行家说：唱戏的腔，厨师的汤。有汤开张，无汤打烊。为啥汤这么要紧？这得从海鲜说起。海鲜在中原没有鲜的，只有干货。想把干货做好，就需要好汤入味，汤就成了豫菜的鲜味之源。面也同理。简而言之，汤是基本功，也是基本面。一般来说，不合格的汤很难煮出好吃的面。

不过，这是在伦敦，会不会属于二般呢？

还是先尝一口吧。

——大失所望。只能说，面做成这样，要是在郑州，老板有着挨打的风险。

就想起我自己做的烩面。偶尔炖羊肉的时候，也顺便做一次。家常手艺，满足自己而已。先是和面，面和好了就醒面。醒好的面会散发出一种自然而然的光润，用手一摸就能摸出弹性。这就是熟软了。熟软了的面，就可以抻烩面了。因为是纯人工做，所以抻出来的烩面都不怎么规则，一碗面里，有宽有窄，宽是自然的宽，窄是自然的窄。有厚有薄。厚是自然的厚，薄也是自然的薄。厚厚薄薄、宽宽窄窄的一碗面煮好，再加上细细的干丝、海带丝和粉条，浇上羊肉汤，最后再撒上一小撮碧生生的香菜便大功告成。末了这一小撮香菜极重要，是用来吊鲜味的。

眼前这碗面，貌似是什么都有的齐全，可就不是那个味儿。

我们就一起看着李兄。李兄挂不住了，喊来服务员，说你们老板呢，叫他来。这时候老板大概率是不在的。服务员果然说不在。我们就笑。李兄就只好和服务员谈话，说，我以前来吃的时候还可以呀，你们这退步得真够快。

对不起，不好意思。服务员笑容可掬。对着这样笑容可掬的脸你能怎么样呢？何况听着也有几分河南腔。也只能说几句便罢了。吐过了槽，肚子还饿着，也便继续吃。于是，一边说着不好吃，一边动着筷子，居然也差不多吃完了。吃完了又坐了好一会儿，喝茶闲聊。显见得这碗面让大家百感交集，于是便你一句我一句地热烈探讨起来：

烩面做成这样，这人气咋还这么足呢？

没有对比就没有伤害。外国人没有吃过更好吃的，就觉得好呗。

那同胞们呢？难道都没有吃过好烩面吗？这些人里肯定有来过不止一次的，也肯定吃过更好吃的，咋还来呢？

因为这是在伦敦，别无他选，有就很好。相比而言，味道就得退而求其次。田兄言简意赅地总结。

众人沉默。这微妙的沉默中自然有着某种意味深长的认同。我想，但凡再来吃面的人大概都是这么想的。这烩面既然是在伦敦，那就可以容忍它的不好吃，而且，甚至会一来再来，一忍再忍。因为，烩面在这里不容易，开烩面馆在这里不容易，在这里能吃到烩面也不容易。而所有的不容易背后，都站着一个词：故乡。

是的，此时此地的此面，不是面，是故乡。故乡是什么？是离开才能拥有之地，是在他乡回望时才能发现之地。——正如在这伦敦的烩面馆里，面对着这碗似是而非的烩面，在这冷却的汤里，在这寡味的面里，我们清晰地看到了故乡的模样。以烩面之名，她把自己的面目聚集在了这碗面里。

离开烩面馆，漫步在伦敦的大街上，不知谁开始算起了日子，说已经出门这么多天了，该回家啦。

是啊，确实是该回家了。

海西人

索南才让

2025-01-03

2009年8月，我从山里去县城采办伙食。我骑着摩托车出山花了一个小时，继而在315国道上驰行了一个半小时（速度不下于90公里），终于在中午前抵达县城农贸市场。等我将两个褡裢塞满东西，搭在车上，检查购物清单，确认无遗漏后，肚子饿得咕咕叫，我去吃了“华英炮仗”，然后返回。

在半道上遇到雷雨，于是绕道去了曲陇口，在已废弃的——原是一名赤脚医生的冬窝子——破旧小屋旁的板房商店里避雨。我买了一包八宝茶，店主用炉火上沸腾的开水冲在厚厚的玻璃杯里给我端过来。我看着他，想起了他的过往。

这位店主是海西人，大家都叫他海西人。某一年，他拉了一车黑山羊来这里贩卖，也可以用马或牛来交换。他每天赶着黑山羊在牧道里逛荡，但山羊的伶俐和敏锐让他吃尽了苦头，怎么也抵挡不住它们往两边的场里面钻。由于人生地不熟，更是孤家寡人，引来了一些牧场主人的刁难。其中有生性好占便宜的安木正加瞅准机会，逮住了黑山羊在他的草场里大量吃草的证据，并将铁丝网边沿一带吃光的草全归咎于海西人（其实是马家的那群逛牧道的马吃的）。海西人贱卖给了安木正加10只山羊，余下的30多只也在不到10天的时间里，被另外一些人用同样的或类似的借口瓜分了。

海西人自觉没脸回故乡，遂要求租用赤脚医生的那间勉强住人的破屋。几个黑山羊新主子出于愧疚的心理，便共同为其办妥了这件事。破屋永远属于海西人了。

但这下是无心插柳柳成荫。海西人用贱卖山羊的钱买办了一些烟酒杂货，开了一家小到不能再小的商店——叫酒馆其实更合适——没想到生意出奇地好，这里的人喝酒就像喝汽水，看着已经是醉了，可打几个响嗝，渐渐地又醒了；抽烟就像吸空气，眼瞅着人都干枯了，好像一点火星整个人就会爆燃，但他们吐吐舌头，喝口酒，就又变好了。

海西人每个月少说也得进四五次货，慢慢地积累了一点资财，小店也多了些货物，这下子，从不光顾的妇女们也三三两两地来了，这个买一件衬衫，那个买一条裤子，或是袜子。等他进了白糖、酱醋、蜡烛、毛线和碗碟之后，她们来的数量和次数都超过了男人。

男人只有两种人，一种是来喝酒抽烟聊天吹牛的，另一种是买烟买酒的。其他来此的各种可能性都被妇女包圆了。因为来的妇女多，海西人很快就和一个女士眉来眼去谈恋爱了。这女人恰好就是最后一个巧取豪夺他山羊的那个男人的寡居女儿，是巧合还是报复都无所谓。反正他盖了崭新的板房，结婚了。

说了这么多，没说海西人的名字叫哈斯楞。他有浓密而油亮的眉毛、宽阔的鼻子和脸盘。他是典型的高地蒙古人长相。他的身高在没有靴子的衬托下不出众。要说特点，这些都不算。哈斯楞的头发才算是他本人最中意且别人也格外关注的，他的头发是黑色的（大可不必把他想得不正常），足够的长度和马尾般的粗糙使人联想到堆积在一起的铁路枕木。他的可称之为堆积的头发堆积于他的脑后，一直到第13到第14节脊椎间，到这里，头发便按照自然规律减少了，像个锥子。

哈斯楞一结婚，就更加勤勉持家，到如今我来避雨，他已家境殷实，不复当年落魄。

我喝着盖碗茶，有一搭没一搭地和哈斯楞聊着。一杯冰糖茶水喝了大半，我自个儿起身抄起一直在炉火上沸腾的水壶，将杯子添满。下午过半，天气胶着，隐隐再次有闷雷之声从天边铺盖过来。我接了一个电话，是妹妹打来的。妹妹中学毕业后直接去了技校，学的是兽医专业，因此注定未来的工作是在牧区。可她一心想离开这里，草原的绿色让她患上了眼疾，是那种一旦长时间看着绿色就会泪流不止，并且头痛的病（真是一种奇怪、闻所未闻的病），这就和未来的工作产生了矛盾。她倒是不担心，整天无所事事，不是谈爱情就是看爱情小说，至于专业书一页都不翻。她说到工作的事，大约已有眉目，由朋友介绍，打算去海西的一家乡间兽医站。那里少有绿色。

挂了电话，不觉莞尔。我对海西人说，我妹妹真要去当海西人了。他说好呀，戈壁滩没有绿色。

蝴蝶飞过大海

陈丹燕
2025-01-19

我有过许多重要的旅行，但是我总是偏好拥有一种小而安静、独特的文化的国家。比如相对于英国，我更喜爱多探索爱尔兰，因此我写了《驰想日》；相对于印度，我更喜爱斯里兰卡；相对于澳大利亚，如果有机会探索新西兰，我会更有兴趣。

新西兰正好是我准备写中国古老月季的全球化故事大洋洲的一站，其中重要的原因是，新西兰在2014年纪念月季进入新西兰200周年时，致敬的那株月季，在新西兰被称为Slater's crimson China；在中国，则是赤龙含珠，这是一株在宋朝就已经流行于中国庭院的杂交月季，在中国已经有超过1000年的开放历史。而我从2022年开始，一直在世界各地寻找仍旧活着的中国古老月季，新西兰月季协会致敬这枝中国月季时说：这是进入新西兰的第一枝月季，至今仍旧流行。这句话深深打动了我。

迈克金写作中心是坐落在一座休眠火山上的一栋历史建筑，山坡上长着高大的树，园子里恰好种着一株中国古老变色月季，我到达的时候正是早春，它已经开了花。这是一个非常新西兰式的环境，安静、绿色、舒适，在厨房做饭时能看到山下的大海。西海岸的春天常常大风大雨，但刹那又阳光四射。这就是一个能让我出门找月季，回来写笔记的地方。我找到了那枝古老的赤龙含珠，我在新西兰月季联合会的帮助下收集了足够的资料，他们甚至帮我借好了书，送到我所在的德文港。在一个私人的花园里见到久违的赤龙含珠时，就像见到自己的长辈那样温暖和感动，特别是在我父母都已经去世了以后。这就是个令人流下幸福眼泪的时刻。

我是这样感激这个安静的老房子和外面的小院子，院子里住着的四只鹌鹑和有时来拜访的两只鹦鹉。

在我的驻留作家经验里，慢慢我能体会到，一个职业作家有机会从日常的写作生活和日常生活中脱离出来，在一个独立的、没有日常担忧的时间段完全专注于自己的内心生活和写作生活，总是会给写作生活带来深远的影响，甚至写作道路上的转变也会随之而来。我个人的各地驻留经历帮助我完成了好几次重要的转变，让我成为现在的自己。

广州印迹

姚锡娟
2025-02-04

我对于吃要求不高。从不求山珍海味，只求合胃口。记得幼时父亲带我去吃过几次喜宴，每当端上“鱼翅”，我便要下桌嬉戏去了，我情愿吃家常的咸菜豆瓣汤、炒黄豆芽。当然我对江南“腌笃鲜”有眷恋之情，尤其是汤里面的笋，更是我的钟爱，以致自己说出过这样的话：“此生是为笋和水蜜桃而来……”

在上海，吃过鸡鸭鱼肉，唯独没有吃过鹅。到广州，我也是过了物资匮乏时期才尝到了鹅肉，并且是烧鹅。它与广州驰名的白切鸡、清蒸鱼等相比，毫不逊色。一盘焦皮嫩肉、油色晶亮的烧鹅上桌，绝配一碟酸梅酱，我可以来上几大块。

还有米粉。广州米粉的种类何其之多，肠粉、炒粉、汤粉，我都爱吃。也不一定要有肉相佐，就是喜欢米粉的本质。纯纯地卷成形似猪肠的粉，放一点熟油，一点调制过的酱油，再来点酸辣酱，那味道，胃口再差也能美滋滋地滑溜下肚。哦，还有一种名为“濑粉”的，竟与上海的“烂糊面”有异曲同工之妙。

广州的汤实在是好，很难不被它俘虏。成家后我也学会了一二：粉粉的莲藕排骨汤，放点绿豆陈皮，其味甚佳，也合秋冬时宜；还有萝卜排骨汤、鱼头汤、西洋菜汤、枸杞瘦肉汤……我虽厨艺马虎，但货真价实，一点味精不放，已非常“甜”了！

非广州籍朋友许是要问，汤是甜的？没错，且听我道出由来。初到广州时，休息日我便会去熊文老家吃饭。他母亲极其善良贤惠、俭朴耐劳，又煮得一手好菜。每每去吃饭，除了有白切鸡、清蒸鱼、酿豆腐等轮换之外，定有一道靓汤。她见我喝了汤，总要笑眯眯地问我：“甜唔甜啊？”我十分疑惑，这汤明明是咸的，怎么问我甜不甜呢？我含糊地点点头。事后求熊文解惑，他笑着告诉我，广州话“甜唔甜”的意思是“鲜不鲜”。原来如此，以后见问此话，便连连点头应声：“甜，甜！”

广州水果品种繁多，且很多是我在上海时吃不到的。譬如番石榴，番，说明它是外来品种。我爱吃本地出产的，它有一个性感的名字叫“胭脂红”，有一个粗俗的名字叫“鸡屎果”。我喜欢这种水果的味道，喜欢它淡青中泛出薄胭脂色的小巧果实。它酸而不涩，甜而不腻，其籽还有止泻功效。至于为什么叫出“鸡屎果”这个名，慢慢我才体会出来。鸡屎是形容它的臭味，也恰恰是这果的特殊香味。另一层则是爱极了的意思吧，就好像我们叫“臭小子”“傻蛋”那样，极尽宠溺之情。

再就是杨桃了，我爱它的清甜，爱它的多汁。因为经常称赞杨桃，研究鲁迅的三姐就告诉我，鲁迅先生也爱吃杨桃，有他的文为证：“广东的花果，在‘外江佬’的眼里，自然依然是奇特的。我所最爱吃的是‘杨桃’，滑而脆，酸而甜……”咦，感觉何其相似！

到广州工作以后，常常会有意无意间重合到鲁迅先生的足迹。我去中山图书馆借书，因为广东省立中山图书馆的所在地原为中山大学的一部分，鲁迅先生曾于1927年任教于中山大学，其间居住在校园内的钟楼二楼。走在图书馆花园的草径上，我抬头凝望那近在咫尺的黄色钟楼，浮想联翩，不禁有了“今月曾经照古人”的感慨！

高第街，一个老古的名字，让人想起“状元及第”之喜。可不，广州还有一味粥唤“及第粥”，内容丰富，极为鲜美，“过口”难忘。上世纪60年代的高第街很热闹，商品琳琅满目，行人摩肩接踵，有一段时间我也会去那里买东西。去了高第街，就会去“许地”弯一下。这是鲁迅夫人许广平先生童年生活的地方，是鲁迅先生抵达广州后的第一个访问点。可不，又重合上大先生的足迹了！

鲁迅先生在广州的生活丰富多彩。他与许广平先生相恋相爱，有评论说这是他一生中最柔软的日子，同时也完成了他许多重要的创作。我惊喜地发现，他与许先生常去永汉电影院、南关影剧院观影，这也是自己去过的场所啊！我还在南关影剧院演出过此生唯一的儿童剧《娃娃店》，饰演一个6岁的娃娃小胖胖。让我兴奋的还有，原来鲁迅先生与许广平先生也是我中意的“美利权冰室”吃客，有他的文为证：“次至美利权冰室食冰酪，至太平馆分馆午餐”。

幸运的是，2021年12月，我应深圳广播电台飞扬971之邀，朗诵了大先生的名篇《一件小事》。此后又在广州、三水复演。演出让我获得了难忘的感受。

当我沉浸于作品中，朗诵到“风全住了，路上还很静。我走着，一面想，几乎怕敢想到我自己”时，我低头侧抬起右手，遮挡住自己的脸，像是要遮挡住内心的羞愧，喃喃地拷问着灵魂……

大先生说：“独有这一件小事，却总是浮在我眼前，有时反更分明，教我惭愧，催我自新，并且增长我的勇气和希望。”

我被触动着，联想到自我、联想到……

此一刻，我是否重合了大先生的心迹了呢？

爱夜光杯 爱上海

2024

恋上海

浦东老八样还有各种羊

陈佳勇

2024-04-25

家有小儿即将“小升初”，平时作业辅导我很少参与，唯一出力的就是周末送小朋友去上书法班，做好车夫角色。因而，在他心中我是怎样的父亲，这样的问题我从来不问。问了，就是自讨没趣，但不问并不等于不晓得，时不时地还能从许多生活细节中流露出来。

有一回，他上小学二年级，周六晚上在网上同老外在线聊天，锻炼英语口语。老外老师问他最喜欢什么食物，随口回答“beef”。老外老师又问你妈妈最喜欢什么食物，脱口而出“coffee and cheese cake”。老外老师接着问道：“那你爸爸最喜欢什么食物呢？”我家小儿沉默了10秒钟，最后口齿清晰地说出了“sheep noodle”这两个单词。老外老师很是惊讶，连问两句“Really？”。那天我恰好在一旁陪读，我一听就知道，我家小儿想要表达的是“羊肉面”，而且他确实很努力，花了整整10秒钟来琢磨这个英文中根本没有的“羊肉面”应该怎么翻译。但那一刻，我十分羞愧，没想到在小朋友心中，我竟然是这么一个只知道吃羊肉面的爸爸。尽管我很想跟他讲sheep是绵羊的意思，这么翻译不大合适，但这些都不重要了。我想，网络另一端的那位远在美国阿肯色州的老外老师此刻也一定是蒙的，他断然不会知道这里的“羊肉面”，其实专指上海浦东一带的带皮热气羊肉，且必须把羊肉蘸足酱油，再放到阳春面里，组合成这一碗极其美味的sheep noodle。他一定在想，你们中国人吃东西，真的太疯狂了，羊排就羊排，面就面，这个绵羊和面，又是什么样的组合啊？

我所心心念念的那碗羊肉面，其实有着比较狭隘的地域限定。打小就接受的美食教育告诉我，羊肉就应该是这么烂糊的，带皮的，只蘸酱油，不蘸甜面酱。而且我们沈庄的羊肉历史悠久，就是比周浦羊肉、召稼楼羊肉要好。需要说明的是，在小时候，周浦和召稼楼这两处地方就是我心目中的“远方”了。观念的“垮塌”，主要始于走出童年生活地的那一刻，我惊讶地发现原来白切羊肉这种食物，竟然沪郊各地都有。别说什么沈庄羊肉了，就连周浦羊肉跳出本地之后，要和人家比拼，也是需要自己先掂量一番的。譬如七宝老镇说自己羊肉好，那七宝确实名气大，奈何还有庄行羊肉、真如羊肉、大场羊肉，如此排名下来，周浦羊肉的地位都岌岌可危了，谁还会在乎沈庄羊肉的感受？

我最近就感受了一次“羊肉震撼”，且深深地“扎痛”了我的心。那次聚餐，一位朋友因工作调动去了闵行华漕镇，便随手带了两盒刚出锅的热气羊肉过来，说华漕羊肉很棒的。我很不以为然，心想怎么又冒出来个华漕羊肉？我客气地拿起筷子尝了一块，很软糯，然后又尝了一块，接着便很不客气地尝了好几块。感叹好吃的同时，内心的失落感陡增，我真的没有想到，一道白切羊肉，光在上海就能卷成这样，我对于“故乡羊肉”的乡情与乡愁，被卷碎了。

其实，所谓乡情与乡愁，在现代大都市里本就没啥土壤。上海属于繁华之地，但大家对于上海的直观印象主要停留在市中心，不大会留意沪郊的这些街镇，但其实这些街镇仍保留了很强的江南水乡文化的特征，在我看来，这是上海地域文化的最外层。渐渐往里走，市中心也有老城厢，这是中间层，走到最里面，才是最繁华的高楼大厦。只不过，市政变迁之后，市中心的居民口中尚能保留“老南市”“老卢湾”一说，但在沪郊却不大有“老南汇”这种说法。唯一相通的，莫过于依托对某种食物的惦念，来承载既往的情结，好比“老南市”“老卢湾”的情结，现今主要留存在各种“浇头面”上，而作为“消失的南汇人”，所依托的食物最典型的莫过于浦东老八样。

我曾经试图让小朋友也喜欢上羊肉面，但失败了。反思之后，我感觉或许可以用一大桌菜，凭借量的优势，来增加他喜欢的概率。譬如浦东老八样里的那些菜，是我熟悉且惦念的，若小朋友也能喜欢上几样，便形成了饮食口味上的“传承”，那该多好啊。为了达到这个目的，年前我特意安排了一趟怀旧饮食之旅，专门去了周浦镇上的“闻鲜老八样”。这家饭店现在名声在外，但对我而言更亲近，因为饭店老板是我母亲的小学同班同学，两人是好姐妹，且打小看着我长大。那天相当于自己人吃饭，一道道菜端上来，走油肉、扣三丝、蒸三鲜、响油鳝丝、红烧划水、油焖笋，都是我爱吃的。重点是冷菜大拼盘，将红肠、白斩鸡、白切肉、猪肝、爆鱼、糖醋小排、肉松、皮蛋、花生米、黄瓜、芹菜放在一起，那就是我儿时年夜饭或参加婚宴酒席上的“明星菜”啊。再吃上春卷和八宝饭，圆满的一餐饭，各种回味。我光顾着吃，家属顺势发了个朋友圈，把菜肴凑了个九宫格，很快底下陆续有人评论：“昨天他不是刚在晚报上发了篇文章《减肥茶》吗？”“有减肥茶不怕。”……我才不管这些，完全沉浸在故乡的食物中，光春卷就连吃了五个。

回程的路上，我问小朋友这顿饭好吃吗？他回答：“怎么都是红烧的，一个味道，颜色也差不多。”我终于明白，我所心心念念的老八样，在他那里其实都一样，都不如他要吃的烤肉，对，就是beef，牛肉。

上海人的清爽

羊　郎

2024-05-26

上海人的文化基因里有“清爽”两字。上海人讲究清爽，这是刻在骨子里的，所谓“清爽呒没老坑”，是上海人对人、对事的赞叹。

在世俗弄堂里泡过的上海人，侪晓得人的头势要清爽。戏话讲，噱头，噱头，噱在头上。有苗头，有卖相，叫作花头势浓。过去上海人家经济条件差，为了在外面有点腔调，只能在头势上做点小花头。不管是三七开还是五五开，或者一面倒，顶顶要紧是不能看上去污糟糟，汏头汏清爽，头发梳整齐，才会纹丝不乱，需要时再上点发蜡定型，就能体面出客去了。那时没有那么多花里胡哨的化妆水，乖巧的上海女人却有自家浸泡的刨花水，用木梳蘸一点，在头上梳弄一番，即刻头上清香怡人。

上海人讲究穿衣打扮，但是短缺经济的年代，男男女女身上的衣着千篇一律，非灰即蓝，上海人戏谑此谓“灰色的群山，蓝色的大海”。然而上海人讲究的“行头”清爽，主要指的是简单而不简陋，得体自在。记得我的老外公健在时洗衣物是除“污”必净，他说衣裳旧点还不要紧，但是汏勿清爽晾在天井里、弄堂里要被邻舍隔壁看不起的。旧衣裳汏得发白了，主人也有面子，这个面子就是“清爽”。上海人重视出客去的穿着，所谓翻“行头”也是有讲究的。清爽不仅是干净，还包括颜色的搭配，不能污勿三白勿四，要看上去三青四绿。春晚上受到广泛赞誉的舞蹈《只此青绿》的颜色格调契合了上海人的审美情趣。此外，在上海人看来“行头”和出行目的、所用的交通工具要搭调，否则眼睛里看上去也是一种不清爽。

上海人的屋里向要清爽。过去弄堂里七十二家房客的时代，印象最深的是家家户户床上都有一块床沿布。因为多数人家住房拮据，邻居串门不少人都坐在床沿上，床单不可能常常换洗，于是就有了床沿布，那块待客落座的床沿布必须是干净的。现在物质条件好了，但是屋里的东西也不是越多越好，上海人要的是整洁简约。该有的都有，可有可无的则省略；为使用方便，该放在外面的放在外面，而可以收纳起来的一概收纳起来。东西少了，视野里就清了；视野里清了，心里就爽了。

和人打交道，言谈很重要。上海人要求“嘴巴清爽点”。基本要求是言谈中“切口”、冒犯人的脏话、粗话要避免。要求高一点还有口头语“话搭头”要少一点。过去经常听到的口头语是“这个，这个……”，“就是讲，就是讲……”，现在经常听到的是“然后，然后……”。这些话搭头在言谈中多了，听者从耳朵里到心里都觉得不清爽了。还有，与人交谈难免会有家长里短，底线是不搬弄是非，即使说人短，也是点到为止。当然言语简洁，表述清楚是上海人特别推崇的，一句闲话可以讲清的，不讲两句，否则就变成了啰里啰唆的“饭泡粥”。

上海人常讲手头要清爽。不贪小便宜，不揩公家油。过去大家经济条件脚碰脚。在公用灶披间里，家家户户的油盐酱醋都不上锁的，邻里之间应急先挪用的，事后一定会打招呼，有借有还，再借不难。暗黜黜偷电、偷水的一定被人看不起。

上海是一个讲信用的社会，讲究做事情手势要清爽，经得起明里暗里的考验。商店里的买卖讲究公平，童叟无欺。过去用杆秤，总要当着顾客的面，秤杆端平，倘若秤杆“跷”一点，是让顾客开心。那些切东西一刀准，报价一口清的营业员更是备受上海人称赞。手势清爽的上海人讲究的是“生活做得煞煞清”，不要让人“揩屁股”，说到的事一定做到。现在有些装修、搬家的活，事先一个价，半途再加价的事情绝对被上海人嗤之以鼻。

海纳百川是上海的城市精神，上海人来自五湖四海，无论是新上海人还是老上海人，侪是上海这方土地上的上海人，延续好上海的优秀文化，涵养好上海这一方净土，都要做一个清清爽爽的上海人。

逛动物园是件正经事

王家骏

2024-06-10

在最近一次去上海动物园以前，我不知道有个叫“花蚀”的网红作家，也不知道他写过一本《逛动物园是件正经事》的书。

上海动物园，在1980年1月1日以前，被称为“西郊公园”。20世纪70年代，我还在读小学。读书是一件正经的事，我们希望在备受煎熬的正经事情以外，做一些不正经的事，到西郊公园看动物，尤其是大象“版纳”，就是最想做的一件不正经的事。记得“版纳”刚被送到上海，就卷起了一股大象风，电影、连环画纷纷亮相。我用粉笔在弄堂里到处画“版纳”，表达自己对这头大象的喜爱。

在我们儿童时代，去西郊公园，还有一件隆重的仪式：吃一碗盖浇饭。西郊公园的盖浇饭分为素浇和荤浇两种，勾着薄芡，真可谓“一碗销魂”，是50岁以上整整一代上海人的集体记忆。

去上海动物园，要走与别人不一样的路，才能看到别人看不到的精彩。沿着新泾港边上的小路一直往北走，你就会找到1984年成立的上海动物园的兽医院。在兽医院的手术室里，关着一只猴子，非常乖巧的样子。兽医院里的虞医生说：“它才不乖，它是猴王，和别的猴子打架，把疝气都打出来了，马上要做手术。”看来，为了争夺霸权，动物界的战斗，也不输给人类啊。其实，丛林法则就是动物们赖以生存的自然法则。

到了育幼室，一只几个月大的狒狒在宝宝床上怯怯地看着我们。饲养员说，狒狒王国等级森严，这是狒狒老大和一头年轻狒狒“偷情”生下的孩子。在狒狒世界，这个小狒狒没有出生的权利，一生出来就要被狒狒王后处以死刑，是饲养员眼疾手快，把它救了出来。饲养员说，小狒狒长大后也不能送回狒狒的笼舍，狒狒王后会一眼认出它，把它弄死。未来，等小狒狒长大后，会被送到没有狒狒的其他动物园，开枝散叶，建立自己的族群。原来，人类的宫斗剧，也是丛林法则的一部分啊。

1954年6月，国务院办公厅通告上海市人民政府，将西双版纳傣族人民献给毛泽东主席的一头野生大象转交上海饲养展出。1955年5月，象房等一批动物笼舍建成，这样，西郊公园的功能开始实现从文化休闲公园向动物园的转变，大象也成为入驻西郊公园的第一批动物。

在倡导人与自然和谐共生的今天，动物丰容成为动物园的一项重要工作。

今天的上海动物园，大象丰容真正做到了“以象为本”。早晨，饲养员来到象房，用木榔头在围栏上轻轻一敲，大象便主动过来，跷起粗大的象腿，搁在围栏的空隙处，让饲养员用锉刀等工具为自己做“脚摩”。饲养员说，野生的大象每天要跋涉数十公里去寻找食物，脚底和趾甲有足够的活动，圈养的大象则需要人类每天为它们做这样的“脚摩”，修磨趾甲、去除脚底的石子等杂物。看来，人类的“脚摩”业务可以跨界发展了。

上海动物园的斑嘴环企鹅散步是网红打卡项目。据说每次企鹅出来散步，围观的游客人山人海，伴着饲养员生动形象的讲解，有些调皮的小企鹅会“人来疯”地扇着翅膀欢快地奔跑，这时的安保人员和饲养员会及时劝阻想要和企鹅亲密接触的游客，那些看似呆萌的小企鹅，咬起人来还是很痛的。

看上海动物园，高潮一定在熊猫馆。早晨7点，熊猫馆的玻璃上全是雾气，根本看不到里面熊猫的踪影。两位女同志一个拿着抹布、一个拿着塑料桶，正在擦拭玻璃上的雾气。我以为是动物园的工作人员，一问，才知道她们就是大名鼎鼎的“猫粉”。每天早上乘着地铁，来到动物园看熊猫，有时候还做直播，向粉丝介绍熊猫的日常生活。如果游人在熊猫馆边上大声喧哗，她们就会轻声阻止。像这样的“猫粉”，在上海动物园有十来个。去得多了，彼此认识，还会打上招呼，一个“猫粉”说，她最近刚抽空去了成都大熊猫基地参观。自己所有的时间，不是在看大熊猫，就是在看大熊猫的路上。据说，在“猫粉”的眼中，大熊猫是一头像喵星人一样可爱乖巧的动物，而一个“熊”字，则既威武又熊样，是他们不能接受的。

上海最早的市立动物园，是1931年当时的市教育局设立在文庙路对面的“芹圃”，1949年后成为求知中学，我曾在那里读书。现在是敬业中学的一部分。这也是我和动物园之间的缘分。在忙碌转个不停的世界里，抽一点时间，去动物园看看憨态可掬的大熊猫，听一声威震山林的虎啸，从动物身上寻找人类的劣根性，看似那么不正经，其实是一件比正经事还要正经的事。

历经95年

吴　霜

2024-09-09

一张报纸，经风历雨，将近百年不衰，其影响深远，发行南疆北海，整个中国甚至海外哪里看不到《新民晚报》呢？在我还是很小的时候，就总是看到爸爸吴祖光在读这张报纸，报纸的开张不是很大，全部打开是大张报纸的二分之一大。我就问爸爸为什么。爸爸告诉我，晚报都是这样的，它会比日报小一半。

我和《新民晚报》的真正结缘其实是在我的父母都离世以后。那时候的我已经常常在电脑前打字写文章了。我开始有文章发表在报章上，还是我爸爸给我的建议。那时候我还在国外读书，他在给我的信里说，你为什么不把在美国的生活和经历写成文章呢，那些和在国内完全不同的生活体验一定会引起国内读者的兴趣。从那时起，我就开始写了。我的文章真的开始在国内的一些报章杂志上面见读者。慢慢地，我逐渐在写作中学习到了写作的规律，懂得了什么叫作起承转合，也懂得了怎样控制篇幅字数。而在这时，我得到了《新民晚报》副刊《夜光杯》编辑的约稿邀请，开启专栏。从那以后直到现在，已经是第15个年头。

我有时会想，这是不是就是一种传承？说到这个，我记得在我很小的时候，家里每天都有很多张报纸到来，邮递员送来报纸，读者大多是我爸爸，他在作为一个作家的同时也是一个读者。他读很多的文字，报纸的、杂志的、书籍的，更多的时间里他写作，写文章、写剧本、作诗词。这是一种影响，并不是刻意的但绝对是深切的。在这样的父亲身边长大，后来的我不拿笔都难。

在《新民晚报》95周年的历史中，有许多使每一辈“新民报人”引以为豪的记载。我爸爸亦师亦友的好朋友陈铭德伯伯是最初《新民报》的创办人。我还是个小孩的时候，爸爸和陈伯伯经常见面，有时会带着我。印象中陈伯伯是一个操着南方口音、态度和蔼、说话幽默的老人。《新民报》是陈伯伯等几个年轻人在1929年9月9日在南京创刊的，也就是现在的《新民晚报》的前身。所以，后来我爸爸经常称陈铭德伯伯“老板”应该就是来源于此。

在《新民晚报》历史中有过许多光荣一刻，其中有一次与我爸爸有关，就是毛主席诗词《沁园春·雪》首次公开发表于《新民报·晚刊》副刊《西方夜谭》上。当时主持发表诗词的年轻编辑就是我爸爸。他曾说过，他那时曾为此事拜访过柳亚子先生，并仔细寻找在各处流传的不同片段，最后放在一起领略求证，才得以将诗词准确发表。而诗词的发表曾经是一次冒险经历，因为当时的中国共产党并未取得政权，国民党的官方报纸不可能发表这首词。我爸爸那时只有28岁，他大胆地做了一个判断：官方报纸刊登不了，我们是民办报纸，他们管不到我们，怎么不能登？于是，1945年11月14日，《沁园春·雪》得以公开发表，一经面世，立即引起了巨大轰动。

我爸爸不是一个喜欢渲染张扬的人，或许他一直就觉得主张发表毛主席的这首诗词本身就是一件正义且正常的事情，并不值得广而告之。所以在很多年里我并不知道脍炙人口的毛主席的伟大诗词《沁园春·雪》的最初发表与我爸爸有关。我在长大成人的很多年后，经人询问才去问爸爸，他才很淡定地说："是啊，那是我编辑发表的，在当时的《新民报》也就是现在的《新民晚报》上。"

我爸爸可能并不觉得那是一件多么惊天动地的事情，主要是那首词本身才是惊天地泣鬼神的存在。他对我说："毛主席的诗词着实震撼，我很年轻，也读诗也写作，看到好的作品会认真品味。而《沁园春·雪》传达出的气势气吞山河，这样的词必须让她面见世人。"

承载过首发之作《沁园春·雪》的《新民晚报》如今是95岁高龄了。我继承了爸爸的那支笔，也在为这张秀丽而精美的报纸写作文章。在我眼里，《新民晚报》就是一位端庄大气总是不老的美女，站立上海，智慧而自信。我为能够有机会为她添上淡彩一笔而骄傲无比。

何以新华路

何　菲

2024-11-13

每年魔都深秋至初冬法国梧桐叶渐渐凋落的季节，是新华路最为高光的时节。

对于刹那间诗意的领略和对平凡细微之美的玩味，是中国江南人的独擅之处。易感的他们能在一草一木的荣枯往复中汲取生命流转的美学况味。尤其这几年，人们开始寻找东方的沉寂之美和与城市风物的同频共振，也从注重外表的过度装饰，慢慢转为内求。而新华路及其周边的大小马路、阡陌交通是最适合人与城市深度捆绑互动的街区。风物迷人，烟火味浓，更重要的是步行友好、骑行友好，能让人用零碎时间获得高情绪价值，可谓藏在市中心的“诗和远方”。

最近我与东方卫视导演高峰做了一场90分钟沉浸式City Walk长直播，探索百年新华人文之美。一气呵成，没有任何剪辑，反响良好。作为新华居民，小区三两栋楼，绿地窄小，出门就是马路，也因此给了我把脚下的土地，多盘、多遛、多发现的机会。

这片魔都“哥伦比亚生活圈”——新华路街道已经给我盘出包浆了，丈量过几乎这片区域的每一道褶皱和肌理。这个“圈”地处长宁区东部，与徐汇区交界，最东头是兴国路，是近距离欣赏武康大楼的绝佳位置。最西头的凯旋路，我原以为它建于解放初期，未承想它也是1925年工部局越界筑路的产物，最著名的是曾经的沪杭铁路联络线，如今的上海轨交线。这个“圈”曾属于老上海公共租界沪西越界筑路区域，类似租界的近郊。

开埠以来，上海成为外国人在亚洲的黄金落脚地。当时美商普益地产公司在哥伦比亚路（今番禺路），以及安和寺路（今新华路）周边，购地百余亩兴建高级住宅区，作为在沪侨民和达官贵人聚居的后花园，这片整体区域被命名为“哥伦比亚生活圈”。由匈牙利著名建筑设计师邬达克担任主设计师。邬达克纪念馆也坐落于此。

我在这片区域生活了十几年，这个“圈”的前世今生不少都被我挖掘出来：比如新华路和法华镇路之间曾是法华浜，浜上有香花桥、种德桥等；比如交通大学里两棵300多年的银杏树曾是当年法华寺大雄宝殿前的原物；比如红庄曾是一片茭白地，1947年由旧上海中国农民银行投资，征地建造新式里弄住宅；比如到邬达克设计的29栋不同国家风格的“外国弄堂”里，如今哪些房子代表了老钱old money，哪些则是七十二家房客。

在这场City Walk长直播中，我与高峰说了我的独家发现：院子里栽种棕榈树、屋顶倾斜度更高，是邬达克圈的鲜明特色。即使是老洋房，也多是乡村别墅。

归纳起来，我觉得这片区域的魅力主要体现在四个方面。

其一，它是上海的门面。浓荫密布、花木扶疏的新华路是上海最早作为景观道路打造的路段之一。“外国弄堂”、各国风格老别墅、红色革命家旧居、昔日总领事馆、公使领事官邸、近代民族资本家私邸、影城、民族乐团等星罗棋布。漫步时，路上时常能看见文艺界退休人士、老派文化名人。类似“寻找新华路”的黄包车、新华书店电话亭快闪店等装置艺术，时常在这片街区闪现，盖因新华路有着隐忍而不失优雅的性感，有着欲说还休的故事感和浑然天成的氛围感，颇能诠释何谓海派。

其二，它是上海的里子。这片街区像一件经典款大牌风衣，衣料、剪裁、针脚、纽扣悉数禁得起仔细琢磨端详，不仅有物理层面的精细，更有精神层面的洒脱，构成了浑然天成的优雅、实用和高级。

它从布局到细节皆有功夫，作为一种让大部分普通人安心过日子的空间一直存在着，保存了常常被忽视的世俗文化和市民价值。中西新旧的冲突与融合成为这个区域的重要线索，它不仅是个完整的社区符号，更是个微缩的、开放的，有着精细颗粒度的上海。

其三，它不停进行着微更新，而这种更新总能与这片区域的气质、观点、现实生活相适配。它既非一目了然的生机勃勃万象更新，也不是寂灭无聊，而表现出动态恒定的哲学追求，所以久处不厌。

其四，它的文脉源远流长。对旧物旧情旧人旧厂房旧时光的珍存与涵养，有节制有策划的吐故纳新，是这片区域的一贯调性，勾勒出人文与生活业态的整体气质。这气质不仅可以呈现为法华镇路的千年石础和银杏树，也可以呈现为孙科、马相伯、于右任、贺绿汀、荣漱仁、董竹君、陈香梅、邬达克等不胜枚举的住客，也可以是交通大学、复旦中学、少年儿童出版社、光华医院，是西区老大房、红宝石西饼店和终年排队的秋霞阁鲜肉大包，这气质也能被称为：文脉。

因此,关于上海精致社区生活的大多数元素都在这一带伏藏、栖息并焕活。

新华路是以小见大的上海缩影。

从辖区面积来说，新华社区是个小地方，但在社会治理、公共服务等城市软实力方面，新华路呈现出精致务实、民生为大的风格。它的空间格局里，商业生活配套与产业结构布局实现远和近、疏与密的有机融合。

这片区域有种十分温和恒定的东西，也能迅速找到适合自己各个时期发展的坐标和思路，不紧不慢跟随上海乃至国家发展的节奏，走出风格，体现价值，保有专属魅力。

只因它从未顾盼自雄，只因它始终心量如海。

她来中国看申花

沈坤彧
2024-11-24

英国人吉玛又来中国了，这是一年中的第三次。

几个星期前，她在微信上匆匆忙忙发了条消息给我，还没见上面就直奔成都去了。在那个结局早已注定的周末，她和数千申花球迷盘踞于凤凰山球场的看台一隅，拼尽全力喊破喉咙为球场上的11个人助威。好像喊得再响一些，就有可能扭转命运的走向了。

其实都是徒劳，他们比谁都清楚。因为另一块场地上，原本在积分上就领先的上海海港已早早锁定胜局，这意味着凤凰山无论发生什么，都没有意义了。

让我换一种说法，那个周末下午站在看台上的申花球迷，与其说是来见证球队捧起他们在中超历史上的第一座联赛冠军奖杯，不如说是来祈盼一个奇迹；与其说渴求奇迹的发生，不如说仅仅是想陪伴球队到赛季的终点。

正是这种大限度的听天由命，让他们从上海启程搭乘飞往成都航班的身影显得尤其悲壮，而我的朋友吉玛是从英国谢菲尔德启程的。

她上一次来是今年年初，当时花了将近1.8万元买了往返机票，为了在现场看一场申花的超级杯决赛。那场比赛前，我们在乌鲁木齐路上的小馆子里吃饭。席间聊起当时中国政府已经开始实施的过境免签政策，她有些遗憾地撇撇嘴，说免签的国家里没有英国，所以自己每次来还得办签证。后来英国也加入了免签行列，但对于她来说没有帮助，144小时怎么够！

说起来让人有些难以理解，但事实就是这样：英国人吉玛是个申花球迷。

作为一名以拍摄纪录片为生的自由职业者，吉玛多年前从网上的新闻里关注到中超。她有一个昔日的同窗好友，后来迁居上海。2017年，她来上海探望好友，顺便去虹口看了场申花的比赛，被申花球迷的助威阵仗感染到了。通过那个朋友，她找到了球迷组织中体量最大的一支：蓝魔。从那时候起，她办了年卡，加入了蓝魔。她决定，自己有一天要完成一部关于这些上海球迷的纪录片。

我们后来讨论过第一次见面的时间，只记得是申花在某场德比落败后、球迷一起吃夜宵的时候。但那些年他们德比几乎总是输，也就想不起哪一场了。那一晚，长着一双温驯鹿眼的吉玛不声不响挤在一桌球迷中间，笑盈盈的，边上放一台摄像机。

她后来告诉我，自己之前来过中国，在一个外地城市学了中文。所以大家只要说普通话，她都能听懂。那晚我问她："都说老外看中国女孩的眼光和中国人不一样，那你看看在座的男孩子，觉得谁最帅？"她红着脸笑，喝下一口啤酒。她是一个很腼腆的人，但喝酒时却毫不含糊，这提醒你她真的是一个英国人。

按照原计划，这部纪录片到那年年底申花赢下足协杯决赛时就可以有一个完美的收官了。但让人意外的是，她此后竟然始终没有停下自己记录的脚步。

那几年，她照例每年总要在上海待上一阵。她扛着摄像机坐飞机、睡绿皮火车或者是搭球迷自驾的车，和蓝魔们追着球队到处跑。

申花球迷待她很热情，吃饭是必不肯算她份子钱的。他们说："你是外国人，是我们的客人！"但吉玛温柔却坚定地拒绝："我是你们的朋友，不是客人。"去年11月，她在苏州奥体中心见证了球队1比0击败山东鲁能，捧起足协杯冠军。算起来，那是她第三次在现场见证球队捧杯了。

吉玛是一名自由职业者，这些年英国整体的经济情况并不景气，也给她的收入带来了不小的冲击。但其他地方可以手紧一些，上海是一定要来的。

我替她粗算算，仅这一年里她就来了三趟上海，每次都要待上一个月左右。连机票带食宿，也得花掉小10万元了。问她，英国的家人和朋友是不是觉得她疯了。明明家门口就能看到世界上最精彩的联赛，何苦要把辛苦挣的钱折腾个精光，飞越半个地球来看中超？竟然还是看中超！她笑笑，说他们是感到有点奇怪，但大家都尊重她的爱好。

在上海，围绕申花的一切都是激情的，血脉贲张的；回到谢菲尔德，她就回归了平静而按部就班的生活，而身边的朋友们也都已结婚了。

有一次她去朋友家聚会，那是一个典型的幸福之家：有孩子，有狗，有花园。大家吃饭喝酒聊天，和平时一样。但那晚走出朋友家，她哭了。因为突然被一阵伤感击中，想到自己其实一无所有。

在她讲述的瞬间，我突然理解了她。一切关于足球，而又不仅仅是足球。上海和申花犹如她生活中打开的一道门，感到现实难以忍受的时候，就可以掰着手指头算算机票钱存够了没有。足球是激情，也是慰藉。

喜欢这张上海报纸的理由

梁晓声
2024-12-31

《新民晚报》当然是国内报龄很长的报之一；屈指算来，快百年了。我是知青时，便常从上海知青口中听说《新民晚报》了。他们谈起《新民晚报》，像谈上海的主要“特产”那么津津乐道。给我的印象是——《新民晚报》联系着他们每一个人的家庭记忆，如柴米油盐酱醋茶那般，与上海人的日常密不可分。用他们的话说就是：“哪个上海人不看《新民晚报》呢？即使自己家没订，还不看邻居家订的吗？”

然而我向《新民晚报》投稿，似乎是2000年以后的事；已记不清当年投了几篇了，依稀记得，有一篇写的是在五角场吃阳春面的事——我一直觉得，自己当年在五角场吃过的雪菜阳春面，是我吃过的滋味最好的阳春面。

近年又开始为《新民晚报》写稿，委实是由于《夜光杯》编辑向我诚挚地约稿。

数字媒体对于纸质报的冲击是不争的事实——不少曾有过副刊的报，副刊早已取消了呀！

编辑告诉我：“《新民晚报》的副刊《夜光杯》不但还在，而且仍受读者的欢迎啊！”

她的热忱感染了我，便又为《新民晚报》——确切地说，是为它的副刊

《夜光杯》写起稿来。

我喜欢上海，一向认为它是中国管理水平和文明程度双高的城市。

我对普遍的上海人心怀好感，相比起来，觉得上海人之为人处世，其实是甚讲诚信的，不爱夸海口。普遍的他们，一旦承诺之事，往往是认真对待，很靠谱的。

我偏爱《新民晚报》之报名。“新民”二字，最合我对民族大业之所期；而“夜光杯”三字相对于晚报，无疑是起得恰当又有温度的副刊之名！

祝《新民晚报》越办越好！祝《夜光杯》更受读者欢迎！

烟火气里的上海幽默

马尚龙

2025-01-07

“烟火气”是这些年来使用频率极高的词汇，烟火气基本上是俗常的市井生活的代名词，上海自然有上海的烟火气。于是，就会有这么一个问题，上海烟火气里有什么？肯定不止是笃笃笃卖糖粥的童谣，不止是早饭的四大金刚，不止是本邦菜的浓油赤酱。上海的烟火气是立体的，它体现了江南的生活，也体现了上海人的表达方式——上海的烟火气里，至少还有上海的幽默与调皮。

生活的市井在变化，但是“嘲叽叽”的上海幽默，一直像是饭店的隐藏菜单，只有熟客才知道它隐藏在哪里。

很久以前，上海有过“毛脚女婿”文化。第一次上门要备足“机关枪（火腿）”“手榴弹（四瓶老酒）”“400发子弹（两条香烟）”和“炸药包（奶油蛋糕）”。当年备齐这四件厚礼，出汗归出汗，自嘲归自嘲。这就是上海的市井。男人早晨买菜倒马桶，曾经也是上海的市井。最窘迫的年代，一个男人手提马桶出门，被称作“单喇叭”，如果另一只手还提了只痰盂罐，那就是“双喇叭”了。可以对应的年代，恰是上世纪70年代末上海人刚刚见识到单喇叭、双喇叭录音机的时候。

上海人特别喜欢吃大闸蟹，这是全中国都知道的。吃大闸蟹，属于上海的餐食标签。围绕着大闸蟹，引发出来的上海幽默，足以上升到经典。

1976年秋天，有漫画家画了三公一母缚起来的四只大闸蟹，来形容“四人帮”，这是只有欢喜吃大闸蟹的漫画家才会有的艺术灵感。在那时候，欢喜吃大闸蟹，要么是上海人，要么是欢喜上海的人。当时北方人是不吃大闸蟹的。1976年10月，恰好是大闸蟹“九雌十雄”年度大戏的开幕时节，大闸蟹又一直被讽喻为横行霸道的角儿。很有可能，其时某位画家一壶酒，三两知己，蟹脚扳扳，突然灵感大发，一幅漫画就这样家喻户晓。

这是集上海的语言、餐食、市井，乃至幽默于一体的绝妙汇合。

大闸蟹散发出来的市井文化，早就有之。比如“飞机上吊大闸蟹，悬空八只脚”；一个人字写不好，被人家说是“蟹爬”。蟹本身是佳肴，但是切入上海的市井文化，都是反面角色。要是蟹有人的脑子，一定是想不通吧。

上海交响乐团新址，昵称是“馄饨皮”。

11年前，上海交响乐团新址落成，请市民取个昵称。就像给动物园珍稀动物取名一样。应该是出乎主办者的意料，却又让主办者拍案叫绝，最后的昵称是“馄饨皮”。因为上交演奏厅的屋顶是波浪式矩形，夜间在暖色调的照明衬托下，神似馄饨皮。神似点在于，馄饨是上海人的钟爱。“馄饨皮”其实也是一种漫画式表达。即使上交演奏厅屋顶是圆顶，上海人也决计不会称之为饺子皮的。

还有相当多的上海俗语，也都是由上海的市井生活细节而来，通过上海话，转换成上海的市井幽默。“侬花露水老浓的”，是借着上海特有的花露水，来嘲讽花里胡哨的人或者路路通的人。如果上海没有花露水，如果不是用上海话来表达，这句俗语就完全没有了“花露水老浓”的味道了。

通常，上海人似乎不以幽默见长，脱口秀小品之类的明星很少上海籍，但是这不能表明上海人不幽默，至多可以说，脱口秀是北方人的绝活，南人不善北道。像“馄饨皮”这样的幽默，才是上海的特产。在馄饨皮的“馅”里，是上海人的自嘲、自信，是上海人的烟火气。去上交听了音乐会的男女，一身正装，没有一个会觉得贝多芬、拉赫玛尼诺夫、柴可夫斯基……会被“馄饨皮”三字煞了风景的。听闻有些新时代建筑，外观奇特前卫，也是被民众起了绰号的，很是形象，还有很巧妙、很正面的联想，当作昵称不失为美谈，虽然也有新建筑的主人似乎不喜欢。

烟火气中的上海幽默，来自俗常的上海生活、上海话语。上海的俗常话语，就是上海话了。上海话是上海人的烟火气，上海人的烟火气里，自有上海人的幽默。

上海的年夜饭

叶　辛

2025-01-16

今年的元旦和春节离得近，不足一个月的时间。早在元旦之前，上海的宾馆、酒楼、大饭店乃至不少中档大厦里的饭馆，都推出了年夜饭，品种繁多，格调不一，突出各自菜肴的特色，吸引着路人。

年夜饭啊年夜饭，在我们这一代人的青少年时期，是家庭生活中的一件大事。进入腊月中旬，年夜饭已经成为邻里间的一个话题。首先说到的，就是鸡、鸭、鱼、肉四个大菜要配齐。所谓配齐，就是鸡鸭要整只上桌，鱼要整条端上来，肉至少得是一锅的红烧肉，或者是一整块做得红亮晶莹的东坡肉。其实是不是苏东坡当年的做法，人们不会深究，人们要的是苏东坡这个大文人的名气。长大后经常出差，几乎走遍了全国所有省份，餐桌上吃到的东坡肉、东坡肘子、东坡红烧肉各有各的烧法，菜色形状和味道迥然不同，食客也从不深究，要的是苏东坡的名气，只要是道道地地的肉就行了。如若老家有人来，带了家乡的活鸡活鸭和新鲜的鱼，更是会引得邻居们热议。

四个大菜有了，年夜饭的主要食品似乎已经有底。其余的菜肴，就得由女主人各显神通了。宁波人有宁波人的规矩，苏州、无锡、常州、扬州、镇江各地定居上海的家庭，都有各自家庭的特色。总而言之，在四个大菜的基础上，起码要有四个冷盆、四个热炒，加上两道点心和汤。点心里最好要有糕，寓意节节高，来年全家人都能往高处走。汤呢，经常以一只大砂锅端上来为代表，里面蛋饺、粉丝、咸肉、肉丸等配料丰富多彩得数不过来，说是汤，其实菜比汤多。汤不够了可以加，边加边吃。当然，年夜饭少不了酒，上海那时没什么好酒，七宝大曲是上世纪50年代推出的高度白酒，神仙大曲是八九十年代红过一阵子的白酒，但是酒质、酒体、酒味都不能和以茅五汾为代表的白酒相比。但是上海人独辟蹊径，说我们不爱喝白酒，我们的文化是喝黄酒，古越龙山、女儿红、加饭酒、善酿包括后来改良推出的石库门黑标和红标。只要是酒就行，在这一点上，上海文化也发挥着一点自我安慰的作用：不要那么讲究嘛，将就一点就行了。

这一切的一切，都是上海年夜饭的话题。现在全家人相聚，只要是老少几代，能够有七八个人，都到饭店里去聚。有老人在的，老人发话；老人不在的，就由兄弟姐妹中的老大召集。也有例外，那就是几兄妹中最有出息的那一位出面召集。自然也由他买单。所谓出息，无非三种：一是做生意、办实业发了财，吃顿饭对他是毛毛雨。二是事业有成，收入不菲，平时忙忙碌碌，兄弟姐妹少见面，出头召集。三是当了官的，出面相邀兄弟姐妹团圆，在尽情吃喝之间放松身心，享受幸福的亲情。在吃年夜饭的场合，什么话都可以说，什么情绪都可以发泄，什么牢骚都可以发一发，都是亲人。至于菜肴，那已经不是主要的了，所订的饭店有啥特色菜和新品或名菜，就订什么菜，请客买单的人不会在乎。酒也讲究起来了，90年代我调回上海那几年，兴的是五粮液；茅台酒嘛，难买。记得我调回上海时，茅台酒当年的一把手邹开良遗憾地对我说，这么大的上海，茅台的销量不足100吨，我怎么也想不通这个问题。现在呢，我问茅台集团，他们说今天的上海人接受茅台酒了，上海市场我们供应1100吨酒，苏浙两省的酒还时常往上海送。故而茅台酒在今天的年夜饭餐桌上，也成了主角。一年忙到头，总得吃得丰盛点，喝得讲究一点。所谓讲究一点，在上海话的内蕴中就是要最好的。

年夜饭的氛围，总的是融洽的，欢快的，幸福感满满的，尽欢而散的。当然也有在饭桌上酒醉后失态的。不过都是至爱亲朋，睡过一晚，春节相逢时，一切也就过去了。

上海人曾经的年夜饭，团聚总和守岁连接在一起。吃饱喝足了，一大家人坐在一起，仍不会散。老规矩是要过了半夜12点，才去入睡。为什么呢？过了12点，就是迎来新的一年。清醒地迎来新的一年，据说也有吉祥如意的蕴含。坐着干什么呢？嗑瓜子，吃花生，还有五香豆，当然少不了糖果。糖果是给孩子们吃的。过年的糖果一定要选糖纸五颜六色的，为的当然是悦目。其中的大白兔奶糖更是点睛之笔。

大年夜，白天忙不过来的家长会选择在年夜饭之后的这段空档，炒瓜子炒花生，瓜子分成南瓜子、西瓜子，还有香瓜子，炒得喷喷香，趁热端上来，让坚持守岁的老人、小辈们边吃边聊。忙进忙出的家长还会把大年初一早餐、午饭、晚饭的菜肴准备好。真正到了大年初一，得尽量少做一点。其间的寓意是家庭里一年到头都丰衣足食，不但事儿得少做，连地也不能扫。半夜之前，还得把家里的清洁卫生打扫一遍。老人们说大年初一到初三扫地，是会把来年的财运扫出去的。提倡过革命化春节的那些年里，说这是封建迷信，得像“四旧”一样破除。发展到今天，这样的意识已然淡化了。年夜饭也不像原来那么讲究了。吃吃喝喝已是次要的，但聚会活动还是要有的。不但家庭成员之间的聚会还在延续，连朋友之间也借吃年夜饭的名义聚一聚，为的也是联络感情，增进友谊。

上海的年夜饭，随着过年的脚步越来越近，又提上了议事日程。

这真是年年岁岁花相似，岁岁年年人不同。读者朋友，你准备好今年的年夜饭了吗？

上海裁缝师傅

程小莹

2025-02-11

路口，老弄堂过街楼，裁缝铺。店主是上海老爷叔。老裁缝三十几年守铺子。老底子，过年过节，扯一段布头料作，做一身新衣裳。现在，寻上门的，是女人缝缝补补的生计。就此意义，老爷叔一辈子还真不缺女人。

老爷叔，姓杨，人称“杨格里”——“格里”在沪语，疑似“那家伙”之解;“杨格里”便有“姓杨的那家伙”之意。几十年前，这条马路还是马路菜场。杨格里就在过街楼下面摆摊。先摆台蝴蝶牌缝纫机，后来搭个棚，摆只煤饼炉子，搁只熨斗；台子就好摊开来，上面烫衣裤。又加一把铜吊，隔壁三号里天井有自来水龙头，接一吊水，滚水开着，泡茶。小铺子就有了人气。

“这是啥辰光的事体了。”杨格里忆往昔，“叫我烫衬衫的人，都是穿府绸衬衫的，后来有树脂领，再后来，就是的确良。当然也有假领头。那都是老客人，一个个老克勒。现在有人搬到老远，浦东、松江、闵行，照样跑过来看我。”

杨格里埋头踏缝纫机，就在这个弄堂口过街楼下。一脚踏下去，轻快的嗒嗒嗒，几十年下来。一边踏，一边讲闲话。

杨格里啰苏，讲闲话头不抬，跟着缝纫机声音的节奏，眼镜滑落下来，架于鼻尖，眼睛翻起来，从眼镜架上头，露出炯炯目光朝人看。

他讲，他看人老准的。还看世界。

杨格里的客户，现在还有很多外国人。对过高档住宅小区里，杨格里晓得，外国人住得多。“我这里外国人生意大概要占20%。”杨格里讲，“现在交流老便当的。伊要跟我讲啥，先打外国字在手机上，然后，用翻译软件翻成中文，递给我看。当然，这样翻译过来的文字，你要稍许花点精力去猜，明白大概是啥意思。”

那天，杨格里手头正在干活——给一只旧背包的背带拷边。就说这只背包，一个外国女人的，修背带，寻得来两趟。不好意思了。本来不想帮伊弄的。老烦的。昨天夜里已经弄了一个半钟头。背带磨损了，毛拉拉的，露出里面的白色衬里。要重新做衬里，再原封拷边，针脚还要老样子的细密。

看这只包，是名牌。晓得。外国女人给他看手机，上面的中文翻得怪里怪气——大有名的品牌，德国国防军战时军需品，背带修补，建议送德累斯顿军工厂。杨格里言毕，周边人几只头一道凑上来，看那只包。

先前，杨格里还帮人做衣裳，西装旗袍也做。近10年不做了。专门缝补修改，生意还是好。杨格里讲：“现在做一条裤子100多块，人家买一条裤子也就是一两百块。你说是吧。”

有些人，来时为改衣服，一去不复返。有只女人，一本正经请他改裙子，尺寸横量竖量，腰围臀围，下摆到膝盖上面多少，裙边翻翘；忙得要死，生活做好，人不见了。足足过去三年，来了，说是之前出国了，改裙子本来就是想带出去穿的，但那时候，事体多，忘记了。问题是，三年后，伊来拿，再穿裙子，横竖套不进去。“女人讲我改小了，尺寸弄错。我讲——侬迭只女人，三年里，吃奶油牛肉，胖得结棍了。”讲不清爽。只好再按女人的尺寸重新改。烦吧。前后总共改两次，只好收一趟钞票。

现在忘记性大的人太多。杨格里指着墙根一只筐，说:“里厢全是改好后没有人来取的衣物。喏，这条裙子还是新的，样子老好，放在这里已经三四年了。迭只女人漂亮，但面孔我已经忘了。只记得漂亮。”

没有人来取的衣物，上面都用大头针别着一张字条，隐约可见是老底子的蓝色复写纸写的，一式二份。

那件改过的老式派克大衣，钞票倒是先付了，一直没来拿。一般钞票先付的少，所以记得住。

大多数都是先做生活，后付钞票。结果就是不来。生活白做。家里还有几箩筐这样的衣物，加起来，上百件都有。辰光最长的，大概有10年。“老讨厌的哦。放着占地方。掼又不好掼。万一哪一天，人家来拿呢?”

爱夜光杯 爱上海

2024

叙往事

老街邮局

李春雷
2024-05-13

前些天，回到故乡邯郸，在老城区闲步。

串城街的南端，就是古城南门。出南门东行，便是小河路。小河路与中华大街交会处南侧，坐落着一家邮局——中华街邮局。这座只有三层楼的老式建筑，在高楼夹缝里与繁华时尚中，明显落伍了。

虽然浑身绿油油，却是门可罗雀。特别是门口的水泥台阶，年久失修，多处碎裂。

这一切，似曾相识。注目凝视，心底猛然“嗡”的一声，仿佛弹响了一架钢琴。这蜂鸣般的琴声，犹如万千只无形巨手，一下子把我抛进时光隧道，推向了38年前。

1986年，我刚从乡下来到邯郸师专英语系读书，满头浓发，浑身青涩，虽然瘦瘦弱弱，却也暗生野心。那真是一个文学年代啊，似乎每一只小鸟、每一棵小树都在交头接耳地探讨着文学的秘密，酝酿着自己的作家梦。

由于痴爱文学，我曾苦苦地写作多篇散文，偷偷地装进信封，频频地寄往全国各地。但不久之后，幼稚的稿子们便似成熟的信鸽，翩翩飞回，更像铩羽而归的士兵，垂头丧气。我呆呆地坐在学校门口的学步桥上，心壁落满蝙蝠，冰冰凉凉，似乎自己就是那个愚昧可笑的寿陵少年。

那年春天，我虔诚地前往中华大街南段的报社，拜访一位编辑先生。编辑先生草草翻过，基本否定。几天后，我又精心修改了一篇散文，信心满满地再次登门讨教。不料，仍是被拒绝。现在想来，当时的社会风气，已经变味儿了。

我懊恼至极，心灰意冷。什么春光、春风、春色，俱是一片黑暗和苦涩。

返回途中，路过中华街邮局。

彼时的邮局，好像刚刚建成，五层楼，新崭崭，绿翠翠，在周边低矮且灰黄的建筑群中，宛若一位傲立群芳的新娘。门口是几个书报摊，摆满了最新的报纸杂志，花花绿绿、香香喷喷。大堂里更是熙熙攘攘，人们都在忙着寄信、汇款、拍电报、打长途电话……

满心暗火的我，坐在门口的台阶上，气急败坏地胡思乱想。赌气之下，斗胆把稿子寄给了国内散文界最权威的《散文》杂志。这家期刊位于天津市赤峰道24号，是基层作者的最高梦想。过去，我自惭形秽，从不敢投寄稿件。

寄出之后，似乎释然，便也就抛之脑后了。毕竟，只是一时冲动。

万万没有想到，仅仅一周之后，编辑回信了。我清楚地记得，那是一个小小的牛皮纸信封，捏在手里，软塌塌、轻飘飘。开始，我的心底本能地涌起一股浓烟迷雾般的懊丧，以为又是退稿。少顷，蓦地意识到了什么，一团红烈烈的火光骤然升腾。我小心翼翼地拆开来，果然，只有一页巴掌大小的便笺，写着几行字，大意是文笔不错，下期刊用，特此通知。编辑老师的名字，我仍然铭记：魏久环。

那本是一个黄昏，阴阴沉沉，半明半昧，但对于我却是另一番天地。恍然间，我感觉黑乎乎的世界顿时天地澄明，日月同辉，芬芳四溢，滴青流翠。

这就是我的处女作！

不久，我收到一张19元的汇款单。

这就是我的第一笔稿费。我的写作热情，在那个烂漫的季节，火一般燃烧起来。

从此，我走上了文学之路。奔跑着、跌撞着、苦痛着、欢乐着，直到现在。

白云苍狗，恍若隔世。今日梦醒，猛然觉悟：这里，正是我梦想起飞的地方！哦，这个冷清的邮局，还是当年模样，只是老旧了。是的，时代变化了，谁还寄信呢，谁还汇款呢，谁还拍电报呢，谁还打长途电话呢，谁还购买杂志呢。

我默默地看着寂寞的它，它也静静地看着孤独的我。相看两不厌，会心却无言。怅然若失中，眼前悄然涌起一团铺天盖地的白雾。

在这无边的白雾里，在这浩瀚的光影里，我隐隐约约地看见一幅无声且缓慢的黑白画面：一个满头华发、浑身沧桑的中年人，怔怔地坐在台阶上。而后，毅然走进邮局，再次寄出了一封信……

只是，这封信，能寄给谁呢？

轻描淡写

梅子涵

2024-06-27

评论家在当编辑的时候，轻描淡写地邀请我写过小说。她说："你写个小说吧。"

我也不热烈地答应："好的。"

她高兴地笑笑。

她说话和笑，都是同样温和、婉转，轻描淡写，不会多说一两句话，只说非说不可的那几句话。

后来，我就写了一篇小说，她刊登了。又轻描淡写地说再写一篇，我就又写了一篇。她没有对我说写得好不好，是我问她写得还可以吗？她笑笑说："那当然了。"

我们不常见面，见面好像都是在会上。大家都发言，她的发言都写在稿子上，认真看着稿子说，温和、婉转，音调从不升高，没有摆弄的语句，句句不惊人，完全消融了评论家的样子，就好像非常知道，文学在生活里也要像生活，吃相应该平常，就如夹一小筷子菜放进自己碗里，放进嘴中，不重音朗诵赞美诗，也不眉头皱拢，露出嫌弃，恰如其分的笑意总在神情，是一派善意的美学。

我对她说过："你温和得真恰当，我们都是要认真地想一想文学言说的吃相了。”

她笑笑说:“是吗？都像我这样也不好。”

后来，她当总编了。出版了新书会寄给我。也说要请我吃饭。后来真的吃了一次饭。副总编和她一起来。那真是请我吃饭，她不怎么吃，也不说可以不说的话。我不认识副总编，副总编和我说着话，她听着，就好像是副总编请我吃饭，她陪着副总编一起来，坐得如同椅子一样安静。

安静的交往。交往得看不出交往。每一次都有记忆，又不容易总找到记忆，的确有些平淡，但却认为她是朋友！从来也没有想过要热络，但只要想起，见到，就总舒舒服服，面对面的时候，不需要摆姿势，找语句。

她送了一本她自己的评论书，书里夹了条子：请注意……页，……页，那儿有她对我小说的评论，为她的刊物写的第一篇小说、第二篇小说，也还有我写的别的。第一篇小说写的是混乱年月的混乱，火车晚点大半天也犹如准点到达，一切的混乱都大摇大摆，行驶没有时刻表，因为混乱的心里没有表没有钟。第二篇小说是两个不熟悉的男女中学生在咖啡馆遇见，大大方方聊聊天，聊完了说再见，没有别的插曲。

它们分别叫《我们没有表》《咖啡馆纪事》。

秋天了，在最重要城市的那幢重要大楼里，依然是开会和发言，发完了言到大楼对面吃饭。我站在大门口想着要不要吃饭呢，还是回酒店休息，她慢慢走过来。我问:“吃饭吗？”

她笑笑说:“回家去了。”她住在这个最重要的城市。

我说:“吃完饭走吧。”

她笑笑说:“走了。”她笑得无力。

她右转弯，腿迈得很慢，我喊了一声:“身体不舒服吗？”

她没有回头，举起右手挥了挥。

她走得很慢，走了。

这便是我们的交往，气质很特别。我也只能这样记叙她，很平淡的记叙文，轻描淡写，小溪流水。

我没有告诉过她，学习儿童文学时，我和她一起听过课，她是课代表，我在她的大学进修，好多年之前了，我总是坐在大教室的最后一排，听的是共同老师的课。如果告诉她，她是不是会笑笑说："我看见过你。"她当了评论家，我写小说，都在儿童文学的名义下。

记一个人，叙二三事，是小学生开始写作文的练习，也是写作文学的基础艺术。我继续记另外一个人。

他留着很长很密的胡子，和很长的头发合拢在一起。

他能歌会舞，从小便是文艺人。唱船工号子，也唱《心雨》。他唱《我的太阳》时，我很想建议他把胡子和头发都剪掉一些，不要缠得太密，帕瓦罗蒂没有这么密。不过我没有说，因为唱《我的太阳》和胡子、头发没有关系。我敢上台唱歌，是他鼓励的，他非常会鼓励人，他鼓励人的时候像一个很结实的大提篮，有坐垫，有靠垫，你不心慌，他也站在上面，拎着和你一起上去。

他爱喝一点儿酒，喝的风度很好。

他必须准时吃饭，过了时间，连胡子也会气喘吁吁。

他写儿童文学。他常搁下自己的日程，接受出版社的盛情邀请，把盛情列为日程。邀请他的都是朋友，他珍惜朋友，他是一个把朋友放在心当中的人，所以总能盛情地把邀请写得成功。朋友心花怒放，他安心地看着心花怒放。

他柔情得很。

他粗犷在外，胡子和头发太多，目光深陷其中，会被忽略了眼睛里的柔情。

他喜欢上海，母亲年轻时在上海住过，走在上海的路上，他脚步流连，像踩在母亲的脚印里。他总是自言自语说，“我母亲喜欢上海”。我们陪着他流连地走。

他不是一个口才滔滔不绝的人，有时喊你一声，却没有下文，下文是你心里的微微温暖。他专心地听人说话，眼神凝定，从不东张西望。东张西望、心不在焉的人太多了。

难得开开玩笑，也是好小孩般的纯粹，他会学着我上海口音的普通话，我听着却觉得他是羡慕我上海口音的普通话讲得好听。

那一回，我乘船去出版社催促一本书的出版，心情不晴朗。他住在出版社的那个城市，来陪着我吃饭。吃了饭，我打车去码头，刚坐下，他敲敲车窗，我摇下窗，他递给我50元钱，我说：“我有钱的！”他说：“拿着！”

他的手掌很厚，一整张50元，很多年前的价值。

车开了，我回头看他，他朝我挥手，手掌很厚。

我一直没有对他说谢谢。

我的心里一直有泪水。它是我的晴朗。

多年后，我们的分别也是在开会之后。

从会场出来，他往左转，我往右转，我们住的不是一个酒店。

那是夜晚，我仍旧看得清他的温暖、柔情的目光，他说：“那就再见了。”

我说：“再见。”

后来，就真的再见了。

我依然记得很平淡，轻描淡写，小溪流水。

我们都是在文学里结识，但是，他们是评论家、作家不是我要记叙的原因，虽轻描淡写，没有写出多少话，却是准备了不少日子，因为，他们都是美好的人。

美好的人，右拐，左转，都走不失。

上海知青

肖复兴

2024-07-14

小林是上海知青。在北大荒，我们在一个生产队。他不怎么爱说话，就是闷头干活儿。会哭的孩子有奶吃，只会闷头干活儿，在队上头头那儿，不得烟抽。上海知青一般不仅能干，而且说话甜，很有人缘，不少人很快就调到机务开拖拉机康拜因，那时，流行一句俗语：上机务，下农工。小林一直在农工班干农活，夏天收麦子，秋天收大豆，冬天到七星河修水利。

我和小林不熟，来往不多。那年，我暂时调到师部宣传队，干了小一年。夏天，北大荒常有暴雨来袭，麦收时候，来得最多最猛。那一年来得尤其猛，连续好多天下个不停，老农说天要漏了！麦子都泡在雨水里，拖拉机康拜因无法下地，收麦子，只好人工干。知青们人手一把镰刀，冒雨下地抢收麦子归仓。我奉命写了个小节目《小镰刀战胜拖拉机》，在三江平原到处演。麦收结束，演出完毕，雨季过去了，长舒一口气，算是消停了。忽然想起我的那一箱子书。从北京来北大荒，我带了两个箱子，一个箱子装的是满满一箱子书，虽不是珍奇的版本，却藏有我青春时节蠢蠢欲动的文学梦。知青带去的箱子，都放在队里用茅草搭建的简陋窝棚里，下了这么大的雨，窝棚肯定被雨浇得漏成了筛子眼儿，我人又不在队上，我那一箱子书，还不都让雨水泡烂了呀。

宣传队休整的时候，我请假赶紧过七星河往队里跑。回到队里，先着急忙慌地要去看我那一箱子书。同学对我说："放心吧！早有人替你保存好了！"便是小林。尽管雨中收麦子那么累，一身湿淋淋的衣服没换，先跑进窝棚，用厚厚的草帘子，好几层，替我把箱子像包粽子一样，包得严严实实的。别看他不言不语的，知道那一箱子书是你的命根子！同学又这样对我说。

50多年过去了，那一箱子的书好多散失了，仅存的几本书页间残留的雨水洇湿的黄渍，清晰还在，斑斑物证一样，书写着小林对我的情谊。

小童也是上海知青，在我们队上所有女知青中，她长得最漂亮，个头高挑，亭亭玉立，还写得一手漂亮的好字。那一年，我被调到团部编写知青诗选，缺一个会刻钢板的人，我推荐了她，和她相处了一个来月，心里暗想，这样秀外慧中的好女子，不知哪个男知青有福气能够娶到她？娶到她的是我们队上的统计小陈，也是上海知青，人长得英俊挺拔，和小童郎才女貌、天造地设的一对。不仅我一个人，几乎全队的人都觉得，没有比他们更般配的了。我和他们两口子很熟悉，他们到北京，我到上海，总要见上一面叙旧。那一年，我到上海淮海路的新华书店签名售书，很多队上的上海知青来捧场。小童自然也来了，没见到小陈，一问才知道小陈在加班。我知道，小陈已经是一家单位的基建处的处长，大星期天的，还要加班。小童告诉我，他正带着一帮工人在工地上加紧干活儿，中午休息的时候，他会抽空赶过来。

中午，小陈真的来了。令我没有想到的是，他居然是开着大卡车来的。我异常惊讶，星期天的淮海路上，这大卡车，他是怎么开过来的呀！一身工服，一脸汗珠，他对我说："你就别担心我是怎么开过来的了，你好不容易来一趟上海，我怎么也得来看看你呀！"然后，他笑着又对我说，"不是开着这卡车，我还真的过不来淮海路了呢，它是我的通行证！"

从来没有一个人，只为了看你，竟然是开着大卡车，穿过喧嚣的闹市，隆隆响着，赶了过来。以前没有，以后也不会有。

知青的友情，有时候就是这样让人意外，真挚又真实，感动并感叹。那是因为有青春时节的滋养，有漫长时光的磨砺，让这一份友情打上了岁月结实的包浆，才会给你一个出其不意的意外惊喜，如魔术师蓦然间变出的一捧鲜花，芬芳在你的眼前和日后长久的记忆里。

上海知青！

琼瑶往事

章华明
2024-09-17

女作家琼瑶名闻天下，但很少有人知道，上世纪40年代，琼瑶之父陈致平（1908—2002）曾任教同济大学，琼瑶得以“教职员子女”身份经常进出校园……

陈致平祖籍湖南衡阳，毕业于辅仁大学文学院历史系。抗战爆发后，陈致平逃难至成都，在私立光华大学（华东师范大学前身之一）任教。陈致平与太太袁行恕育有二子二女。其中，双胞胎长女、长子1938年春出生于成都。长女取名“陈喆”，谱名陈诗喆，小名凤凰。这就是琼瑶。1942年，陈致平偕全家回到故乡衡阳。1944年战火逼近衡阳，他不得不挈妇将雏再次走上迁徙之路，1945年秋，和同济大学产生交集：他被迁至四川宜宾郊区李庄古镇的同济大学“公共科”延聘为讲师，并在附中兼课。因条件有限，陈致平只能只身前往李庄，袁行恕则应堂妹、泸南中学创始人袁行勋（袁彬）之邀至泸南中学任教。

汤从伊是河南光山人，1945年在同济大学附中任地理教员。他与陈致平被安排住在一套单身宿舍的前后两间房里。汤从伊回忆：陈致平长我10岁，我向以师长视之，他还是我1948年初结婚时的介绍人。

从李庄迁回上海后，因原吴淞校舍毁于日军炮火，为了解决教师住房问题，学校租用了距学校不远的外滩礼查大楼（即浦江饭店，今中国证券博物馆）附楼金山大楼部分房间作为教师宿舍，陈致平一家也住在这里。办公地点在四川北路2066号（今新复兴初级中学），距金山大楼不到两公里。汤从伊说："1946年初冬，我们随校返回上海，继续在同济大学任教。不久，袁行恕也带着两双儿女辗转来到上海，全家得以团聚。当时，他们住在同济大学所租借的礼查饭店教授楼，我从江湾同济大学附中到市区时，常去他家中探望。"

琼瑶家里有一张书桌。白天，爸爸在书桌上备课、改作业，晚上，妈妈铺上棉被，书桌就成了琼瑶和弟妹们的床。有史料称，当时上海物价飞涨，琼瑶一家生活极为清苦。琼瑶一个当律师的舅舅力劝陈致平改行，否则孩子们都会饿死。一席话，说得陈致平大怒。其实，这是江湖传说，因为琼瑶并没有一个在上海当律师的舅舅。不过，解放战争时期，大学教师总体收入不高，更谈不上富裕，这也是事实。作为同济大学讲师，陈致平1947年8月至1948年7月任期内的月薪为340元。但据南京大学牛力博士的研究，和今天大学教师的工资构成一样，这340元只是"岗位工资"，是教师全部工资收入中的一小部分，其他还有各类补助、加成，这些都会随着物价上涨而相应上涨，所以琼瑶一家虽然生活清贫，但还不至于"穷困潦倒"到要饿死。何况，袁行恕才貌双全且勤劳有加，系可靠教国文、美术谋生的"职业妇女"。

在汤从伊眼中，当时的琼瑶还不过是"一位十多岁的俊秀寡言的小姑娘"。有史料称，琼瑶到上海后即转入同济大学附小读书，这也是误传。首先，同济大学当时没有附小。其次，琼瑶自己曾回忆说："9岁，父亲执教于同济大学，我们举家迁往上海。记得上学第一天，母亲牵着我的手，站在上海第十六区国民小学的走廊上，观赏那些高年级学生的壁报。"显然，琼瑶就读的是"上海第十六区国民小学"。严格来说，这所学校的名称应是"上海市第十六区中心国民学校”，前身是1869年创办于虹口密勒路（今峨嵋路）上的“尤来旬学校”。上海解放后称虹口区第一中心小学。

正是在上海市第十六区中心国民学校“观赏那些高年级学生的壁报”时，琼瑶受到深深触动，从而开始迷上写作，并常常以父母之间的日常对话为素材，让父母笑到肚子疼。当然，其中也有她自己的影子。不久，她请父亲帮忙将习作——小说《可怜的小青》寄给了上海《大公报》。1947年12月6日，上海《大公报》第9版《现代儿童》栏目发表了琼瑶的《可怜的小青》，署名“陈喆”。就这样，琼瑶将她的处女作留给了上海。值得关注的是，同期发表的还有上海《大公报》《现代儿童》栏目主编、儿童文学家陈伯吹的《不上轨道的小火车头》。

琼瑶祖父陈墨西（1869—1960）在留学日本期间加入同盟会，曾参加辛亥革命、讨袁护国运动、北伐战争。后回归故里潜心从教，深受乡里爱戴。1948年初，因战事逼近，陈致平让袁行恕带着儿女回到衡阳，只身一人留在上海。琼瑶入衡阳私立刚直小学，从此告别上海。

在畈田蒋村寻找艾青

郑宇民
2024-12-13

诗人艾青穷其一生都在寻找。离开母亲找母亲，离开家乡找家乡，离开自己找自己。他很小就离开了家庭走向世界，却四次回到故土，找到老樟，找到老乡。他从小失去母爱却找见了大爱，他是大堰河的儿子，是大樟树的儿子，是人民的儿子。

一

1992年，我有幸参与安排艾青与其夫人高瑛的家乡行活动。在欢迎会上，艾青先生说，“家乡真美，绿油油的土地，水灵灵的田野”。他回到了魂牵梦萦的畈田蒋村，在乳娘的墓前安放了纪念碑，同时也专门提起了他的生身母亲楼仙筹，说她也是苦命人，也是疼儿子的母亲，当年他离开家乡远行的时候，生母偷偷地塞给他一个装有400块大洋的布包。

艾青说，亲娘给了生命，乳娘给了哺养，还有一位樟树娘，给了信念与力量。当地的风俗，儿时认古樟为娘，就有生长的力量。他在千年的老樟树下留影，向樟树娘报告，我回来了，感恩你赋予力量。艾青还找见了大堰河的亲生儿子蒋正银，两位兄弟紧紧相拥，艾青说，我一直在寻找与我对应的另一个我，一个与我形影不离、血肉相连的人，就是你。当年乳母哺育我的时候，我的身后还有一个嗷嗷待哺的你。你的母亲也是我的母亲，我们一样爱母亲，我们一起爱母亲，我不在了，你要代我上坟烧纸祭母亲。

那一次，艾青先生送我一套《艾青全集》，一共五卷，他在前四卷上都题了词签了名，唯独第五卷的扉页留下了空白，我至今也没有明白，他为什么要签这许多卷而在最后一卷留空，是告别告白，还是人生阅历的留白？是告诉我他有生之年不会再回金华，还是提示我们人生答案要靠自己寻找？

艾青一生都在寻找。

离开母亲找母亲，离开家乡找家乡，离开自己找自己。

寻找文心，寻找自由。艾青最早学的是绘画，他爱西湖，“耐人眷恋的湖心亭使我的心灵不住的颤震”。他有一颗举杯邀月的心，但是没有找见对酌谈心的人。湖心游痕，带着破碎的心远渡重洋，去寻找自由与和平，“虔爱着自由，恨战争，为了这，苦恼着，为了这，绞着心，流着汗，闪出泪光，紧握着拳头，捶着桌面”；“让我们不要再走了吧，也不要回到避难所去！我们应该有一个钢盔，每个人应该带上自己的钢盔”。

寻找太阳，寻找海浪。“太阳向我滚来，我乃有对于人类再生之确信”；“我从阴暗处，怅望着，白的亮的，波涛般跳跃的宇宙，那是生活的叫喊着的海啊！”

他成为第一个吹芦笛的诗人。“将吹送出，对于凌侮过它的世界的、毁灭的咒诅的歌。而且我要将它高高的举起”，“把它送给海，送给海的波”。

寻找黎明，寻找温暖。“黎明啊，要是你知道我曾对你，有比对自己的恋人，更不敢拂逆和迫切的期待啊——我将带着呼唤、带着歌唱，投奔到你温煦的怀里。”

寻找桥梁，寻找道路。“桥是土地与土地的联系，桥是河流与道路的爱情，桥是船只与车辆点头致敬的驿站；桥是乘船者与步行者挥手告别的地方。”桥是冲破阻断，大路朝天的踏板，艾青愿意做这样的踏板，愿意成为伫立在水边的桥。

寻找大树，寻找山村。“一棵树，一棵树，彼此孤立地兀立着……但是在泥土的覆盖下，它们的根伸长着，在看不见的深处，它们把根须纠缠在一起”;“我的诗献给生长我的小小的乡村——卑微的、没有人注意的小小的乡村，它像中国大地上的千百万的乡村。它存在于我的心里，像母亲存在儿子心里”;“为什么我的眼里常含泪水？因为我对这土地爱得深沉……”

二

艾青穷其一生都在寻找。他从小失去母爱却找见了大爱，他是大堰河的儿子，是大樟树的儿子，是人民的儿子。“大堰河以养育我而养育她的家，而我，是吃了你的奶而被养育了的”，“在她流尽了她的乳液之后，她就开始用抱过我的两臂劳动了”，艾青找到了母爱，也找到了报答母爱的大爱，爱土地，爱人民。

他很小就离开了家庭，却从来没有离开过心心念念的家乡，四次回到故土，找到老樟，找到老乡，找到那些个小小的山村，“它们从乡村通到溪流、山岗和树林，通到森林后面的另一个乡村”。

艾青终其一生都在寻找。起初是为了寻找母爱，于是，就有了《大堰河——我的保姆》；为了证明自己不是克亲的，他把自己叫作艾青，于是，人们忘记了蒋海澄，却记住了具有人民基因的大诗人；艾青说，是保姆的乳汁改变了他的基因，于是，他找到了人民性，找到了民族性；他找到延安宝塔，找到了革命性，找到了引路的人民领袖，毛主席说，“艾青同志，有些事情想与你聊聊”。聊什么呢？就是时代性和人民性。毛主席用杨家岭窑洞的灯光点亮了革命文艺的方向，艾青以一步之遥的距离接受了窑洞灯光的照耀，他从内心敬仰人民领袖，他写了《毛泽东》，“他以对人民的爱，博得人民的信仰，他不断地思考，不断地概括，一手推开仇敌，一手包进更多的朋友，‘集中’是他的天才的战略——把最大的力量压向最大的敌人”。于是，艾青找到了时代性，“我忠实于时代，献身于时代，我爱它胜于我曾经爱过的一切，为了它的到来，我愿意交付出我的生命”。阳光与深邃，忠诚与责任，表达与表现，进步与坚守，寻找与创造，艾青一生都在创造价值又被新的价值感召，他一生都在寻找，找到了真理，找到了真性，也找到了他的家乡，找到了爱他的人和被他爱的人。同时，他又被当作求真求知的思想引领和价值感召而被人们寻找。我们能找到他吗？我们能在哪里找到他呢？

艾青写《大堰河——我的保姆》距今已经91年，我与他见面也已时隔32年。世事变迁，血与火，沉与浮，生与死，已经成了已往，但是他的已往对现在有什么昭示，对当代青年有什么启迪？他专注学问是巨学鸿生，他坐过监狱是锋镝余生，投奔革命在延安文艺座谈会上他谈笑风生，在新疆边漠流放他绝处逢生，他四次故乡之行也曾经逸趣横生。他是一个职业的革命诗人，是一个时代的诗人，他所有的思考都是诗的思考，所有的语言都是诗的语言。他从1992年回乡寻找蒋正银的那一刻开始是不是对人生有了新的思考？是不是兰芝再生、蝶化庄生，革命性中显现出浓厚的中国古老文化的传统性？我一直在想，艾青1992年的故乡之行，不只是为了安放乳母的纪念石碑，不只是为了寻找正银兄弟，五卷之中留下的空白到底传导了什么信息？我们应该像当年的艾青一样去寻找，在艾青的诗句里找时代，在人生长河中找大堰河，在新时代里找传承，在基本制度中找基因，中华民族的基因、共产党人民性的基因、中华民族性本善的基因。寻找艾青，到艾青的家乡寻找家国的基因。

三

于是，我驱车来到了畈田蒋村。32年过去，村里人都已陌生。在村口遇见村民蒋根水，他告诉我，全村1400人，土改时全村有14个地主、4户富农，现在没有地主，但基本都是“富农”。我看了一户人家，从事纺织品外贸加工，缝纫机把无纺布缝合成四方的罩袋，里面安放点火装置，一问，是孔明灯，出口法国。这里离义乌近，有许多想象不到的新产品漂洋过海。时代真是奇幻，千年之前的孔明灯竟然会通过艾青的故乡去了艾青曾经求学过的法国。

这里是艾青的出生地，也是吴晗的外婆家。村边有两口塘，一口叫周弓塘，一口叫埠洋塘。池塘里长满了大荷叶，有花朵也有莲蓬。塘的那边有个村就是大叶荷村，那里有一位姓曹的女子，来到了畈田蒋村，成了艾青的乳娘，艾青的诗里称她为大堰河（大叶荷）。两口塘之间有条小路，长满杂草，路的尽头就是大叶荷的墓地。1992年安放的碑还在，虽然碑文已经模糊，但艾青的手迹“爱你、敬你”四个字还很鲜明，鲜明得令人肃然起敬。

我找到了大叶荷的故居，也是艾青5岁之前生活的地方，空间很小，一间卧室，一间厨房，门墙上挂着当年艾青画过的关云长。在这间屋子里，镌刻着艾青对乳娘的记忆，“搭好了灶火之后，拍去了围裙上的炭灰之后，把饭煮熟了之后，拿起第一个鸡蛋之后，她用厚大的手掌把我抱在怀里，抚摸我”。

我也找到了大樟树。千年樟，已经没有树冠，苍劲的树干指向天空，是一方土地的守护神。1300多年的生长史，500年为春，500年为秋，大年大知，阅尽人间沧桑。

环绕树身一周，有十多人合抱的围度，中间已经空心，露出一间房那样大的位置，像一个巨大的怀抱，在艾青之前和之后应该有成千上万的孩子投入过这个怀抱。千年老樟真是一位令人敬畏的长者，多少体面的人物在它面前都只是一个孩子，多么漫长的年代兴替在它面前都只是一道刻痕，多少人间的悲喜故事在它面前都只是一个胎记。艾青在这棵大树下写了《藏枪记》《双尖山》，也在这里留下了灵魂的印记。

在找到大樟树的那一刻，我就感悟到，人生苦短，在千年樟面前，我们只是一颗被风沙吹动的种子；在长者面前，我们才能找到自己。它见证风，见证沙，见证山河改道，见证生，见证死，见证时代更替，见证芸芸众生的来去匆匆、寻寻觅觅。人生的“寻找”就是憧憬、就是未来预期的动力，“寻找”的全部过程就是生命的全部内涵，人生的真实，就是受价值感召寻找意义的周而复始的循环。

我似乎在畈田蒋村的大樟树下找到了艾青。他从畈田蒋出发，去杭州寻找艺文之心，去法国寻找自由与和平，去延安寻找太阳与宝塔，去新疆寻找大路与桥梁，而后，又回头去寻找山村与大地，寻找故土与樟树。他在畈田蒋村出生，又在畈田蒋村找到归宿。

村民蒋根水带我去看已初具规模的艾青公园，在半径一华里地的园田中间有一片圆圆的高地，上面矗立着一圈松树，松树下是留给艾青安放骨灰的场地。谁曾想到，人生只是绕了一个圆圈。从这里出发，在外面绕一圈又回到了原点，公园是一个圈，墓地是一个圈，人生一辈子也是一个圈。“寻找”只是一个循环，人生是圆的，思念是圆的，完成人生的这个闭环，必须锲而不舍地追寻前尘。

我们在畈田蒋村找见了艾青，找见了艾青的“游痕”，找见了艾青的灵魂，找见了扶杖高吟、举盏邀月、追寻前尘的伟大诗人。

新兵连

王丽萍

2025-01-12

温暖的、带着红薯与板栗焦香的气味抚摸着人的脸颊，面前的阳光映照着我与战友的脸。这是2024年12月的一个午后，我和小青、玲玲、阿琴一起坐在杭州一家酒店的阳台上。时光穿梭，我们说好了要一起回忆，而回忆早已经势不可当地糅入在我们看得见的道路上，滚滚而来。

这永生难忘的仓库

1981年10月23日上午，杭州城站。我第一次跟我的杭州女兵见面。她们是小青、玲玲、阿琴。我属于小豆芽型，弱不禁风，灰头土脸；小青、阿琴则是满面红扑扑，用现在的话说就是血色很好，元气满满；玲玲又高又仙，杭州话说“条杆儿冒好”就是她这种九头鸟身材的人。

一个大家叫她“王干事”的干部带领我们从杭州出发，途经上海去往安徽当兵。20世纪80年代，当兵，特别是女兵，非常非常光荣。而我们也都是人生第一次离开父母，离开家乡，也充满了即将展翅高飞的辽远遥阔。火车上，我们互相看着对方，我跟小青并排，玲玲与阿琴并排，我们穿着还没有领章帽徽的军棉袄，脚踩发的军球鞋，小声地说着话，蒙蒙细雨中，我们来到上海。

那个时候，杭州到上海要五个小时的车程，摇摇晃晃我们就到了上海，天空依旧阴沉湿冷，下着小雨。我们在“王干事”的带领下来到了靠近上海火车北站的一家小旅馆，记忆里我们睡的是上下铺。我跟小青嘀嘀咕咕聊天，十七八岁的我们，年轻到不知什么叫害怕，只有对未来的好奇与激动。甚至那一夜我们都辗转反侧，难以入眠。第二天一早，我们坐上了从上海北站开往安徽铜陵的火车。火车上，我们继续叽叽喳喳言无不尽，我记得我坐在窗边，满眼满心都是憧憬与新奇。窗外的景色渐渐开阔起来，绿色慢慢被淹没，树梢孤零零地划过，房子也越来越小。

我们在安徽繁昌火车站下车，一辆大卡车在火车站前等着我们，大家都身手矫健跃上卡车，我们扶栏而站，车开得很快，眼前的景色与我们生活的杭州城千差万别，随着天色暗下来，我们几个女兵的手拉到了一起。

深深浅浅的泥地，卡车颠簸了很久后，把我们送到了一个叫安徽南陵县的某个开阔的操场。黄昏的光芒里，我们看见一些年轻的男兵（也是集训的新兵）还有干部站在那里迎接我们。我们怯生生地跳下车来，为了显示自己即将成为军人，我们对着空气和人群微笑，露出了因为年轻而闪亮的八颗牙。一位姓蒋的女兵班班长英姿飒爽地带我们来到了住宿地：一个仓库。

那个仓库我永生难忘，因为在我的世界里，它极大极大，后来我常常在梦里遇见那个仓库。仓库估计有两层楼那么高。在仓库墙的上端，各有一个小小的气窗。这使得仓库越发显得空旷。我们被安排到了一角，只见地上放着10个棕垫，上面铺着部队发的军用褥子和被子，我们4个杭州女兵和6个来自浙江象山的女兵共10人就要睡到仓库的地上，开始我们为期三个月的新兵连生活。

晚上了，山里的空气透明干净，天空无比辽阔，静到听得见自己的刘海拂过额头的声息。我看见一个女兵端来一盆热水，蒋班长说：“大家先对付一下子洗洗吧。”然后指着仓库外面说，“大家要方便的话晚上就在那个木桶上解决。”

这一盆热水，等轮到我这边的时候，已经彻彻底底凉掉。我愣了愣。晚上，我把军被子举过头顶，嘴里咬着手电筒给父亲写信，我说：我想回家。

那封信，被新兵连的通信员塞入自行车的后座椅上的信袋里，然后送往南陵县邮局，经过分发，再寄往杭州。等杭州老父亲收到信的时候，已经是一周或者10天之后的事儿了。老父亲坐在阳台上，打开我写的信，信很短，我说：“我们10个女兵用一盆水，我想回家。”

老父亲抖着手看完那封信，然后，他沉默了好多天。某一天，他在房里回信。他斜着身体写字，似乎要用自己的臂弯给我一点点的保护，因而所有的字都是斜排的。他写着写着，忘记他眼泪一颗一颗掉下来，泪水模糊了钢笔字迹；他继续写，上面的字迹花掉了，他也顾不上了。他卷起信叠好，找出牛皮信封，贴上早已买好的邮票，然后步行到解放路路口的邮局，寄出。初冬的杭州，梧桐树叶变得枯枯黄黄散落一地，父亲后来说，我一个南方人，参加过抗美援朝，在刺骨寒冷的冬天去了战场。你现在是军人了，你不能掉眼泪。

永远不和父母诉苦

等我收到父亲信的时候，已经是12月。那个时候，我已经在新兵连待了一个多月了。我们是在一天训练结束后，由蒋班长将我们的来信发放。我捂住信小跑着来到两个仓库之间的走廊，那里不会有人来打搅你。可是强劲的穿堂风呼啸而过，抖着的信纸也呼啦啦地作响。我打开信很惊讶，因为看不清信的具体内容，信纸有点干硬，上面的字显然被泪水打湿，凝固后结成一团团的模糊。我在那个风口伫立许久，从那天起，我发誓：永远不要跟父母诉苦！

那封信改变了我，一夜长大。以后所有的辛苦与艰难我都学习自己扛，决不抱怨也不埋怨。我因命运的牵引来到皖南山区当兵，我并不知道如果选择了其他人生道路会有怎样的命运。在你年轻的时候，并没有太多选择的权利。人生道路虽然崎岖蜿蜒，可该你走的路你一步都少不了。所有情感累积的过程，也是你性格磨炼与养成的使然。我不知不觉地变得坚强，独立，能够面对生活里的挫败，也开始跟集体融为一体。有一次半夜紧急集合，我掉了队，我吭哧吭哧地继续走着，与另外两个掉队的男兵相遇，他们一起鼓励我坚持下去……很多年以后，其中的一个战友，来上海找过我，我们相逢一刻，都情不自禁回忆起新兵连的点点滴滴，他说，新兵连让一个男孩子成为男子汉，而我在心里默默地说，新兵连也让一个女孩子成了一个战士。

我皮肤开始变黑，身体健壮起来，饭量巨大，且动作麻利。我学会了在炊事班包包子、包饺子，在冰冷的河水里洗床单被子，甚至还学会了一点点当地的方言。我打靶的成绩很好，五发子弹40环；我融入新的生活中了，像队列训练紧急集合对我而言，都不在话下了。

那个时候，我们挺期待的一件事儿，就是新兵连的拉歌活动。我们坐在男兵训练的仓库里，跟男兵们一起拉歌。这也是我人生里第一次知道什么叫部队的拉歌。大家济济一堂非常兴奋。一个男兵站起来，立正，敬礼，双手的幅度很大，他指挥着，让大家跟着他的手势朝统一的方向做出排山倒海的姿势来。他扯着嗓子大声吼道："八班八班来一个！二班二班冲冲冲！"此时此刻，仓库里回荡着震耳欲聋的喊声，大家跟着他的节拍大声地吼起来！于是八班开始唱歌，一曲结束，掌声还没有响起，那个战士又站了起来："对面唱得好不好?”大家齐呼:“好!”战士继续吼得震天动地:“再来一个要不要?”大家欢腾:“要!”战士:“八班唱歌声音大!”全体一起呼喊:“打雷刮风都不怕!”战士:“欢迎他们来一个!”我们全体按着节奏鼓掌:哗!哗!哗!哗哗哗哗!

仓库的气窗很高,此时此刻,外面的月亮恰到好处地浮在窗户上,屋内却是热火朝天的激情与血气方刚的昂扬。我大声地由衷地跟着大家一起喊,一起叫,时间变得淋漓尽致且你的情绪与感受也被这些前所未见的人与事占据,你不知不觉融入其中。

那个时候,除了每周的拉歌,还有每天黄昏的时候,我们女兵就到河边洗衣服。12月了,风飕飕飕,树枝的末梢伸入天空。河水刺骨冰冷,你接触河水的一刹那,感觉你的手指要被冻断了。空中还有点点雾气,仿佛是山里的呼吸吐了出来,周围的天色暗暗的,不一会儿,河边被我们的嬉笑声打破了平静。我的手居然经过新兵连之后,神奇一般地不再长冻疮了。

另一份期待,就是我们女兵的每周大事,去洗澡!

对,是去洗澡!洗澡的地方是在附近仓库的一个生活区,有男女两间浴室。一间估计可以容纳10个人。我们一般是中午饭后排队出发,一个人拿一只脸盆,里面有毛巾、肥皂,随身背着的军用书包里,还有换洗的衣裤。我们集体出发,排队穿过田埂,心情因为即将来到的沐浴而让人豁然开朗心驰荡漾。远远看着的澡堂,非常不起眼,平房,只有从烟囱里冒出来的烟雾,是我们此时此刻最愉快的向往了。

澡堂的上方有个气窗,从那里望出去,外面是湛蓝的天和可爱的云。而你的身边,是一个个年轻饱满、鲜艳活泼的身体……肥皂水淌下来的沫沫滑过小腿,带着年轻胴体的气息,弥漫在小小浴室。是的,我们还会在洗澡的时候打打闹闹、叽叽喳喳。当我们一个一个洗好了澡出来,人人神清气爽、风轻云淡，脸都白了好多，脸孔红扑扑的，湿漉漉的头发搭在双肩，走路一跳一跳。皖南的冬天，阳光格外珍贵，近处有狗在叫唤，远处看见稀疏的枫叶，金黄的大地以及老屋的袅袅炊烟，仿佛在对我们女兵说：“嘿，你好啊女兵！”

岁月如歌青春做证

我们四个杭州女兵依旧保持着美好的关系。小青长得很美，她是那种很标致的古典美人的样子，非常白，长眉、丹凤眼，说话永远不紧不慢，神情却有一种迷离的朦胧感。有一次打靶她脱靶了，哭得昏天黑地，我俩站在两个仓库之间的走廊里，我掏出不知道哪儿来的高粱饴给她，她慢条斯理地剥着糖纸，眼泪乱溅，却有条不紊地将剥开的高粱饴放入嘴里，我看见她鲜艳的嘴唇上有糖衣的粘黏，浮在她嘴唇上一层透明的薄衣，她不哭了。40年后，我和小青回忆起高粱饴和眼泪的故事，忍不住叹息青春的痕迹如此透明鲜亮。

还有玲玲，她有着好看的纤细的长长脖颈，身板笔挺，待人处事比较稳当，当年就觉得她以后会当干部，若干年后，她在部队立功提干，转业之后果真成了一名优秀的干部。

阿琴则是个爽朗的人，喜欢大笑，为人爱憎分明，白是白，黑就是黑。我喜欢她快人快语的样子，她什么话都会“掼过去”，什么心事，都会“吞落去”。现在的她，已经是个快乐简单的漂亮奶奶了。

1981年12月初，我们迎来了发领章帽徽的难忘时刻，这意味着从这一天起，我们可以正式佩戴领章帽徽，成为名副其实的军人了。

这是很光荣的时刻。新兵连给我们请来了摄影师。应该是繁昌县或者南陵县照相馆的师傅。新兵连连队的一间平房里，靠墙是一张木头长凳子，你坐下，对着前面的照相机，拍照的师傅说：“头正一点点。笑起来。”

我们各自拍了自己军旅生涯的第一张军装照。

当然，我们四个女兵也要合影。我们站成两排，我跟小青坐在前面，玲玲与阿琴站在我们身后，对着镜头羞涩地、美好地微笑。阿琴在照片的后面写道：“摄于1981年12月，皖，南陵某部队新兵连。”

从那以后，我穿上了军装，成为一个兵。1982年1月，我们结束了新兵连生活分到各个部队，开始了我们难忘的军旅生活。

一直很喜欢那首歌《祖国不会忘记》，歌中唱道：“在茫茫的人海里/我是哪一个/在奔腾的浪花里/我是哪一朵……”在滚滚岁月洪流里，我们女兵何尝不是时代浪花里的那小小的一朵？

2024年12月的一天，我与小青、玲玲、阿琴在杭州相逢。我们拥抱在一起，时光仿佛停滞不前，却又奔涌而去。

我们按照1981年我们在新兵连里照片的座位，一起对着镜头，玲玲喊：“笑起来，笑起来。”

我的眼泪无声地落下，正如歌中所唱：“不需要你认识我/不渴望你知道我/我把青春融进/融进祖国的江河……”岁月如歌，青春做证。

梅香淑韵

梁波罗

2025-02-27

2025年2月27日，乙巳年元宵甫过，喜闻李炳淑荣获第33届上海白玉兰戏剧艺术奖“特别贡献奖”，十分欣慰。对于她在京剧梅派艺术领域中所取得的杰出成就，自有专业人士评说，我记述的仅是与她交集中的几件轶事。

记得上世纪50年代末，我尚在上海戏剧学院表演系求学，曾被上海戏曲学校的两台京昆大戏所震撼：俞振飞、言慧珠两位校长联袂出演的《墙头马上》和李炳淑领衔、全员小将出演的《杨门女将》，前者典雅缱绻，后者荡气回肠！对于李炳淑，之前有所耳闻，因我在高中阶段，出于对戏曲的酷爱，参加过京剧名票杨畹农先生创办的“梅剧进修会”，杨先生授戏独特：唱腔皆用简谱标注，识谱者很易接受，故颇受年轻戏迷青睐。高中毕业后，我决定专攻话剧专业，考入上海戏剧学院。一天在石门二路转车，巧遇杨先生，此时他已被调往上海戏曲学校专授梅派了，他不无得意地告诉我，最近收了两位女弟子，各有特色——安徽的李炳淑和上海的杨春霞。故此，从那时起我对李的作品格外留意；而真正见到本尊，却在1979年她来上影厂拍摄傅超武导演的京剧电影《白蛇传》时，她欣喜地告诉我，早年在杨老师家的玻璃台板下见过我的照片！师出同门的缘分，似乎冥冥之中一步跨越陌生，彼此变得亲近熟络起来。

上世纪80年代中期，我们都40岁开外，彼时经常有文联或企业家组团各路名家巡演，炳淑的《一轮红日照胸间》很受南北观众欢迎，加之她为人大气谦和、乐于助人，所以人缘超好。一次在厦门演出，我们下榻同一宾馆，一天中午会务组通知，让我顺便告知李炳淑下去餐厅用膳，拎起电话的瞬间，突然想跟她开个玩笑："喂，是李炳淑同志吗？"当时盛行"小姐""先生"之类称谓，不知怎么脱口而出"同志"，似乎此人来自老区。"我是，您哪位？""俺是你的戏迷，一直崇拜你，俺听说你来厦门，特地从山东赶来看你，总算找到你咧！"我想，改操山东方言也许更符合老区人的身份，可是山东话非我强项，随时都有可能被揭穿。"哦，真谢谢你！"她居然没听出我的声音，我窃喜！"俺——俺想请你吃个饭……"对方一个停顿："这——这可不成！我们……有纪律，规定不能……不能私自外出的！"听得出她是在设法抵御戏迷的热忱，原以为玩笑很快结束，她的深信不疑，反倒激发我将伪装进行到底！"这样啊？那……俺们'聂'个影（时常听得老乡把'摄影'误读为'聂影'），俺在大堂等你！"我已经憋不住了，实在不忍再捉弄她，扑哧笑出声来；她这才缓过神，从笑声中分辨出我的声音："是……梁兄吧？吓了我一跳！""通知你吃饭去！"我恢复常态说，"居然连我的声音都听不出来！""我是在想——哪个山东观众会找到福建来？""那么蹩脚的山东话你都信，真服了你了！"从此，这个笑话就在坊间传开了——炳淑的忠厚贤淑，梁兄的幽默诙谐……直到多年之后，见面聊起这搞笑桥段，依然令人哑然失笑。

炳淑在继承、传播梅派艺术上可谓不遗余力，在支持文艺界同行的艺术实践上，同样也是不吝精力的。譬如2006年春，《戏剧大舞台》栏目为我做了个戏曲专辑，她应邀作为嘉宾，不但交流了电影与戏曲表演的异同，还和主持人张民权三人共唱了一段黄梅戏《天仙配》选段《槐荫开口把话提》。

2007年12月23日，我的著作《艺海拾贝》问世，她和程乃珊、马莉莉、黄达亮一起来到福州路上海书城出席首发仪式，声势浩大、场面壮观。2016年1月15日在上海文艺会堂举办我的第二本著作《艺海波澜》读者见面会，再次邀她和唐国强、茅善玉、崔杰出席，在探讨京剧唱词文学性的环节，对梅派名剧《生死恨》的唱段《说什么花好月圆人亦寿》进行唱词解析，原想请她示范，坐着哼唱几句，一向温婉的她手一摆说："坐着唱不出气势。"随即站起身来，依稀当年穆桂英"我不挂帅谁挂帅"的威风凛凛，执意在无伴奏的情况下，满宫满调地将这段西皮流水完整呈现，酣畅淋漓，声震屋宇，在场读者大呼过瘾；面对这一切，我心中顿生敬佩之情，要知道，那年她已74岁，而且还动过手术……

前些年她在手术后理疗过程中，我们经常通过电话交流养生心经，互为勉励。近年由于种种原因鲜有联系，心中却不无惦念；今年春节文联领导上门来探望，我还特别询问几位京剧界老友的近况。近日获悉炳淑获此殊荣，十分振奋，梅香淑韵，她当之无愧！回首往事遂写下此文，谨以文字编织的七色花环，献上我的敬意和祝福！

爱夜光杯 爱上海

2024

念故人

丹凤朝阳，燕飞人间

佟瑞欣
2024-04-21

我经常会在安静的时候想起丹凤老师，这位美丽、低调又做了无数好事却从不张扬的人。我们想在剧团为她塑一座像，总要有人为好人做一点事情。

今年，经过民盟上海市委的批准，我们在上影演员剧团的小屋成立了丹凤支部，我相信丹凤老师一定会乐见其成，这是对她电影事业以及盟务工作的一种认可。

《小燕子》传唱几代人

王丹凤，新中国二十二大明星之一。20世纪40年代，17岁的她在影片《新渔光曲》中饰演女主角渔家女而被瞩目。1957年，电影《护士日记》里，她唱的这首插曲“小燕子，穿花衣，年年春天来这里……”成为一代又一代中国人童年时必唱的歌曲。

在我担任上影演员剧团团长以后，我曾多次来到华东医院9楼探望王丹凤老师。我记得，一年岁末，当我步入病房，丹凤老师正斜坐在窗边悠悠地梳着头，阳光打在丹凤老师的背后，那镶金的轮廓和年轮般的阴影，让我肃然起敬。

我不敢上前，怕打扰到老人，但我的脑海里，几十年来的银幕记忆如火车窗外的风景飞速地闪回，《护士日记》《女理发师》《家》《春满人间》《海魂》……我仿佛感受到了时空交错，努力地想象，70多年前的丹凤老师，是多么风华青春？又有多少人为之倾慕？

我还记得，在另一个阳光明媚的午后，我带着女儿和儿子一同前往，孩子们小心翼翼地望着眼前面容清秀、白发如银的奶奶，仿佛也被丹凤老师跨越世纪的气韵所惊艳，但从他们的眼神中可以看出，他们感到陌生。于是，我唱起了“小燕子，穿花衣，年年春天来这里……”“哦！原来是唱《小燕子》的奶奶！”孩子们一瞬间就明白了，他们的眼神发亮了，在他们小的时候，尤其是过年的时候，大家都会要求孩子唱歌，唱得最多的，当然就是《小燕子》。我小的时候如此，我的孩子亦如此，相信现在的孩子也如此。就这么一首《小燕子》，跨越大江南北、春秋年华，竟然愈唱愈新，真可谓奇迹！

“永远不要离开舞台！”

每次临走的时候，我总会给照顾丹凤老师的阿姨送一点小礼物以表心意，我希望她能把丹凤老师照顾得更好一些，因为我很爱丹凤老师，上影演员剧团很爱丹凤老师。丹凤老师曾对我说：“如果我再年轻一点，我真想跟你一起合作拍一部戏！”这句话让我记忆犹新，丹凤老师是我们大家的偶像，她那么美丽、那么和蔼，相信有无数的男演员期盼着能和丹凤老师一起拍戏。我从来没有奢望，能有一天和丹凤老师合作，丹凤老师说出的话，让我感到由衷幸福。

后来，我向丹凤老师提出了一个请求，请她为上影演员剧团留下手印，并写下一两句祝福的话。丹凤老师爽快地答应了，于是，在武康路“星光大道”上，留下了丹凤老师纤细秀丽的手印。丹凤老师为我们写下了“永远不要离开舞台!”

是啊，她也是一位优秀的话剧演员，我们上影演员剧团的很多前辈艺术家都是从舞台走向银幕。在90多岁高龄的时候，丹凤老师依然惦记着剧团，希望剧团演员能够多排话剧，和观众保持直接的交流。

我把丹凤老师写的字小心地放在镜框里，摆在剧团二楼的古董书桌上，还有丹凤老师的画册，也一直摆在我天天坐着的椅子旁，我时常可以看到它们。

难忘最后一面

丹凤老师对我说过:“演员剧团不容易，如果剧团没有钱，我给你们!”“真希望看到你们排戏，我能作为一个观众安静地欣赏着你们的演出。”这些话零星记在我的脑海里，时不时地浮现，提醒我作为剧团团长应尽的责任。同时，一个小小的念头在我脑海中酝酿：能不能请丹凤老师回到剧团，和晚辈、和同行，乃至于和半个多世纪以来关心她、喜爱她的观众见一次面?

2017年，为庆祝中国人民解放军建军90周年，上影演员剧团策划举办了“声·影”第二季——向红色经典致敬诵读活动，牛犇、杨在葆、向梅、梁波罗、陶玉玲等前辈纷纷参加，王诗槐、马冠英、崔杰、张晓林、何政军等也以电影人的方式向人民子弟兵致敬。在东方艺术中心首演前夕，我想到了丹凤老师。“丹凤老师，您愿不愿意来看看?”她眼睛一下亮了，我一阵惊喜，感觉有希望了。因为，丹凤老师生病之后，不太愿意出门，不愿意别人和她拍照，尽管每次我们去，她都会高兴地与我们合影。后来经过我们协调，这个奢望变成了现实。在此之前，我曾和丹凤老师说，我帮您找一个化妆师，再给您做套衣服。“不行！化妆师的钱我出，服装我也自己准备，不许你们给我！”包括我们当天为她安排了可以直接推入轮椅的车，丹凤老师也坚持自己承担这部分费用。在这方面，她始终坚持自己的原则，不希望给别人增加负担。

那天晚上，我怕丹凤老师过于劳累，就安排她在上场口的角落安安静静地看了我们小半场的演出，当所有演员谢幕的时候，我推着丹凤老师的轮椅走到了舞台中央，台上的演员感到兴奋，台下的观众更是感到惊喜，大家非常激动，看到了久违的丹凤老师阔别几十年再次走上了她热爱的舞台。这是因为丹凤老师对舞台的热爱、对剧团的爱，观众才能再次见到她晚年的形象。

就在2018年，丹凤老师离世的那年，我们上影演员剧团重新回到曾经的旧址，武康路395号。丹凤老师和秦怡老师都曾答应过我，一起把上影演员剧团的牌子重新挂上，一起为剧团揭开红纱幕。可真正到了那一天，丹凤老师已经不在了。在我得到丹凤老师离世消息的时候，我正在上海影城开会，我马上告诉了身边时任上影集团党委书记、董事长的任仲伦，我说：“能不能在会议结束的时候，放一首丹凤老师的《小燕子》，让我们在场的所有上影人追念一下丹凤老师？”任总立即答应了，于是，在会议结束后，我们把这个沉痛的消息告诉了大家，所有人在《小燕子》的歌声中默哀。当时，我任民盟上影支部主委，民盟上影支部在上海电影博物馆为丹凤老师举办了一场追思会。我和设计师表达了自己的意愿，找了丹凤老师最喜欢的大照片作为背景板，剧团的几代演员都来了，他们为丹凤老师献花。整个活动，我只是安静地在角落里坐着，默默地看着、想着……

有些力量不会消失

我们记忆中漂亮、风华绝代的电影演员、民盟先贤王丹凤可谓家喻户晓。她从影60多年，主演近60部影片，也为民盟事业在新时期的发展做出了巨大贡献。

自民盟成立以来，以个人名义命名的民盟支部在全国不过10个左右，包括李公朴、闻一多、陶行知、华罗庚、苏步青、梁漱溟等支部。

今年在上影演员剧团著名表演艺术家王丹凤诞辰100周年之际，经民盟上级组织批准，民盟上影总支将为以王丹凤老师命名的“丹凤支部”举行挂牌仪式，这也是全国范围内唯一以艺术家盟员命名的支部。丹凤老师曾经担任民盟中央常委和民盟上海市委副主委，为民盟事业发展做出了卓越贡献。可惜，丹凤老师不能够亲自参加仪式，不能够亲眼见证民盟对她的敬爱。

丹凤老师离开我们6年了，她那殷切的笑容、那双通透的大眼睛，仿佛还在关心着我们。丹凤支部的成立及挂牌，也是对王丹凤先生诞辰百年最好的纪念！

人生总有很多遗憾，这些遗憾无法弥补，但是我们之间的友谊、那些在一起的画面、那些彼此间的承诺，都会伴随着我们未来的人生和生活。任何一个演员，总会有一天离开舞台、离开银幕，但是我们心中的热爱，不会随着年龄而改变。就像我们敬爱的丹凤老师，她在我们心目中，永远是非常美丽的，会一直给予我们力量，给予我们温暖。

父亲陈景润的书房

陈由伟

2024-05-20

提到父亲陈景润先生的书房，读者朋友一定首先会想到北京中关村88号楼一间6平方米的宿舍。是的，那间6平方米的小房间在父亲的生命中有着特殊的意义，在那里他度过了人生七分之二的时光，18年。在那里，他从一个青涩的数学工作者成长为一名成熟的研究员；在那里，他完成了《大偶数表为一个素数及一个不超过二个素数的乘积之和》的论文，也就是后来被人们所知道的哥德巴赫猜想（1+2）的证明。听当时去过那里的叔叔伯伯们说，6平方米的小房间既是父亲的卧室又是父亲的书房，一张小床掀开被褥就变成了书桌，墙边放着用麻袋装着的演算纸……听着他们的讲述，我仿佛又看到了父亲伏案工作的背影，那个沉浸在数学世界中的追梦人。后来父亲的博士生也住过那个房间，我还去看过。6平方米的空间可以承载些什么？那里可以承载一位数学家的诗和远方，还有一个无穷且美妙的数学世界。

如今，中关村88号楼早已被拆掉，可那间6平方米的小房间却因徐迟先生的报告文学《哥德巴赫猜想》留存在了很多人的心中，它像是一块追逐梦想的阵地，令人充满力量。它又像是一座精神的丰碑，讲述着那位百折不挠的攀登者的奋斗史。

而我记忆最深刻的则是我们家里父亲的书房。那是我儿时眼中最神秘的地方。为了不打扰父亲工作，母亲严禁我随便闯入，但每次我都能得到父亲的“特批”。书房中陈设简单，一张黄色木质五屉书桌置于窗下，上面有一盏绿色拱形玻璃灯罩的台灯，灯的开关是一条银色金属细串珠，垂在灯罩旁边，每次拉动都能发出“咔咔”的声音。桌前配有一把藤条靠背椅，背对着书房门的方向，父亲平时就在这张桌子前工作。有时晚上，我会悄悄把房门推开一道缝，看看父亲在做什么，那个灯下伏案工作的背影令我至今记忆犹新，虽不高大伟岸，却安定如山。五屉书桌的左手边是一个书架，上面放满了书和资料。右手边两张棕色的三屉书桌挨在一起靠墙放着，上面也堆着一摞一摞的书和资料，还有很多的演算纸。记得当时窗台上也放了不少的东西。这满满当当的书房成了我小时候的“探索乐园”，我喜欢在他的书房里四处翻翻看看，有种寻宝之感。当时，我也很好奇，为什么这些看似凌乱堆放的东西，父亲总是能发现我偷偷动过了哪里？

有人会问我：你爸会给你讲数学题吗？在我的记忆中，有一个片段令我尤为珍视。那是在我上小学前，一天父亲让我试着计算从1连续加到10等于多少？我就开始1+2=3，3+3=6……算下去，用上了所有的手指头，最后勉强算出了答案，55。父亲看着我“手忙脚乱”的样子，笑着说，你这么算是可以的，但是比较慢，中间也容易出错，你看1和9可以凑成一个10，2和8又可以凑成一个10，以此类推，可以凑出5对10，再加上中间剩下的一个5，很快就可以算出55了，只要多动脑筋，就有可能找到更好的办法，以后你要再试试算从1加到100等于多少。那是我们父子之间关于数学的最初记忆。之所以印象深刻，不单是因为当时的我觉得他的方法巧妙，更多的是因为那个印在我记忆中父亲的笑容和声音，还有从书房窗户照射进来的一片暖阳。很多年后，我翻看父亲写的《数学趣谈》，居然书的第一章节就是介绍这道题和数学家高斯的故事，看出版的时间正是1986年5月，我想当时父亲在给我讲这道题时，他应该正在编写此书。瞬间，父亲的笑容和声音，还有那从窗户洒进的暖光，一股脑儿地浮现在眼前，只是身处的书房已不再凌乱。泪水决堤。

1984年，父亲因两次脑外伤不幸患上了帕金森综合征，这是一种损害神经系统的疾病，会导致人体肌肉越来越僵硬，难以控制。后来，父亲的进食吞咽和说话功能都受到了很大的影响，特别是眼皮一旦受外界刺激闭上，就很难自己睁开，需要用手辅助扒开，才可以继续阅读。我的父亲出生在1933年。少年时，旧社会生活的苦难、战争的残酷没有动摇他的数学梦想；青年时，特殊的风暴没有阻碍他攀登科学高峰的脚步；人过不惑，鲜花与掌声没有消减他对工作的勤奋与执着。这一次，他面对的是对一个人来讲最大的挑战——生命健康。此时的他，早已波澜不惊，像一个敢于直面一切险阻的勇士，决心与时间赛跑，攀登不止。患病之后的12年间，父亲经常需要住院治疗。每次住院他都要带上手稿和很多资料，仍旧保持高强度的工作和不规律的作息习惯，他的作息时间从来不是根据钟表定的，而是完全取决于他的工作进度。这也因此让他成了医院里“最不听话”的病号。医生们会向我的母亲“投诉”，让她多劝劝父亲按时休息，更好地配合治疗。母亲也是一位医生，她当然知道病人多休息配合治疗的重要性，但她更理解忘我的工作对她的丈夫有着怎样的意义。当时，父亲不管在哪里住院，都有两点要求。一是希望在病房中配一张书桌。二是打点滴时不要扎他的右手，因为他要持笔工作。有时，左手扎肿了，他宁可扎脚也不愿扎他的右手。就这样，父亲把病房变成了书房。

我经常去医院看他，白色的墙壁，白色的铁架床，白色的被单，白色成了我与父亲相处的记忆中大部分的背景颜色。记得，我总是嫌弃点滴瓶中滴下的药水速度太慢，因为打完点滴父亲就可以陪我玩一会儿。再长大一些，我会经常给他按摩，从肩膀到腿脚。有时医生看到了还开玩笑问："陈教授，是我们的护工按得舒服，还是您儿子按得舒服？"父亲总会开心地说："当然是我儿子按得舒服啦！"

父亲生前最后一张照片是拍摄于1995年11月，在中关村医院的病房中，照片中父亲身穿一件大红色的毛衣。那是母亲为他新买的，穿在里面的白衬衣也是新买的。尽管父亲当时已身形消瘦，但笑容还是那么灿烂，温暖得就像那从书房窗中照进的阳光。

1996年1月17日，父亲的病情急剧恶化，出现持续高烧，被迫停止了工作。3月19日，父亲带着对家人的不舍、对事业的不甘告别了这个他所热爱的世界，也将我对他的记忆定格在那一年的春天。

时光倒退18年，也是在春天，也是在3月，1978年的3月，父亲在全国科技大会上做的报告中说道，"我决心献身于数学研究，为发展我国科学事业，改变一穷二白的面貌贡献自己的全部力量"。这是他作为一名科技工作者对祖国、对人民所做出的承诺，他也用之后的时光完成了他的承诺，将自己的全部力量奉献给了祖国的数学事业。

我们会漂洋过海来看你

童自荣
2024-08-20

昨天下午，我从医院吊完针回来。

我太太轻轻道：“阿兰·德龙走了。”

“什么？！”（我其实听清楚了，也听懂了。）

“阿兰·德龙走了。”

我缓缓地却是木然地颓坐在沙发上……

是啊，说到底，我和大家一样，也就是一名翻译片配音的忠实爱好者，一名普通影迷。那些年，明知他身体日趋衰弱，家里又不顺心事不断，时闻他寻求安乐死恐怕也非杜撰，然还是希望我们心目中的男神——阿兰·德龙先生能长久长久地活下去，甚至冒出能否让他试试中医调理的念头。

我们感谢阿兰·德龙先生通过他的经典作品，给我们乏味的生活带来那么多的快乐和那么多的艺术享受！尤其是那部《佐罗》，至今都具有迷倒众生的魅力，真是百看不厌。不必刻意去想，阿兰·德龙先生用激情、松弛和潇洒塑造的“佐罗”，同样也是我心中的英雄。他为老百姓伸张正义，而不惜冒生命的代价。生活中，我们老百姓不也在崇敬这样可敬可亲的英雄吗？这是最为可贵的。难忘，从前在台上朗诵，观众会力邀我先朗诵“佐罗”的台词片段。我总是不推辞，因为大家喜欢、高兴。我坚信，经典作品是经得起时间考验的，“佐罗”将永远年轻，为民除害将永远得人心。

不止一个同事说我配到“佐罗”是福气，我认为说对了。这还要感谢老厂长把这样一个难得的机会给了我，而当初我还完全想不到会把这个角色安排给我。看了原片的人，都会赞叹老厂长出了个奇招。我也不讳言，上世纪80年代，随着《佐罗》在全国的公映，阿兰·德龙一夜之间红遍整个中国，而我的名字也随之名扬全国。我当然知道搞幕后配音也会出名，但居然会发生在我的身上，这又是一个没想到。

想想往事，挺暖心的。在《夜光杯》上，我提到过，1987年阿兰·德龙带着微笑在我们上译厂放映厅里观看《佐罗》(当时并无任何评语)；接着又邀我们上译厂有关人员去北京马克西姆餐厅参加他的52岁生日宴，每人还收到一份礼品——阿兰·德龙牌香水。隔天晚上，又在体育场举办了一个热热闹闹的中法友好联欢会。我粉墨登场，煞有介事地冒充“佐罗”。我这个“佐罗”在广场伸张正义台词的尾音刚一结束，这位真“佐罗”恰到好处地大步流星跑上舞台，在做他的法语诗朗诵之前，不忘给我一个真诚热情的拥抱……阿兰·德龙这条汉子对我们艺人同行还是很友好的。我之后还提到，他希望我保持住自己的嗓音，那是他第二次来沪，在上海影艺界为他举行的晚宴上说的。他如同大哥哥对小弟弟般的叮嘱，着实对我起到了极大的鞭策作用。

记得前些年，北京卫视顺应中国影迷的心愿，策划组织通过电视让“佐罗”再见面的活动，也是为了体现中法友好的主旋律。邀请电发过去，阿兰·德龙很兴奋，痛快答应。电话打到我家里，我当然也是一口答应。可惜，正当飞机票都给落实好之时，突然因阿兰·德龙心脏严重不适，被迫取消。北京卫视很执着，几年后，又第二次张罗着想把这个特别有意义的活动搞成功。可惜，这一回是因阿兰·德龙家里出了事，抱歉不能前来了。

转眼到了2024年，我的两个孩子突发奇想：为何不能排除万难，我们自己组织起来，漂洋过海去看望他？整个过程还可以记录下来，将来与广大影迷朋友们分享。开了家庭会议，下定了决心，明确了目的，一切都变得简单了。深秋说到就到的，那是我们启程的日子。最近我们一家老老小小都处在亢奋之中……谁会想到，如今，传来了这样一个消息！

斯人已逝，留下的是无尽的思念。

我是永远不会相信，也不愿意相信阿兰·德龙先生已经离开了我们共同生活的这个世界的。我们的家庭会议所做的决定不会改变。到了今年深秋，我们依然要漂洋过海，就为拜见一下我们心中的男神——阿兰·德龙。德龙先生——你静静地在墓园中等候着我们，好吗？

父亲，我们分外想念您

孔胜芳、孔明珠等
2024-10-27

父亲的小小交通员

孔建英（孔另境长子，现居苏州，曾任化工厂工程师）

我是父亲的长子，生于1939年。

1942年春末夏初太平洋战争爆发后，日军加强对上海的控制，“孤岛”已不存在，原本一片繁荣的上海，商店关门，学校停课，父亲孔另境的教育、写作、出版事业受阻。他又不愿待在敌占区，此时有新四军联络员找到我父亲，要他去苏北创办垦区中学，把爱国主义教育扎根在苏北，让苦难的苏北青年接受教育。

我父亲年轻时入过党，参加过北伐，曾担任北伐军宣传科科长，在“四一二”脱党后，仍为党做工作。在天津被认为是共产党员而逮捕，亏得有鲁迅先生的帮助才出了牢房，后在上海继续从事进步教育、出版、写作事业，为新四军所信任。

去苏北创办垦区学校的任务艰巨困难，而且此时我母亲已怀孕三个月有余，但是我父亲毅然接受任务，放弃大上海的生活，走上艰难危险的旅程。

往苏北去的一路上要走过几道封锁线，我父亲深知新四军缺医少药，尤其是禁运药品查得很严，父母亲想出一个办法，将我的一只毛绒玩具小狗剖开肚子，把违禁药“金鸡纳霜”缝在里面，母亲的巧手缝合得十分隐蔽。一路上，4岁的我背上小狗过关闯卡，经历了无数次搜查，统统幸免于难，过了关。这是4岁的我头一次当上勇敢的小小交通员，让那些救命药帮助到了新四军伤病员。

苏北垦区老百姓的生活异常困苦，父母亲拖着一堆行李，牵着4岁的我，母亲肚子里怀着我妹妹。父亲是作家，他在散文《海滨掇拾》一文中用颇幽默、乐观的笔法描述了苏北海滨乡下的艰苦生活。

我们一家到达的头一天，寄住的保长家太太请我们共餐。饭桌上仅有一个菜碗，母亲干吃了几口麦屑饭，把筷子伸进酱中蘸了蘸往嘴里送，没料到立即喷射性呕吐。原来那是海边渔民自制的咸得要命又腥臭无比的蟛蜞酱，从未离开过上海的小家碧玉母亲赶紧逃开桌，去漱口吞仁丹。

父亲连日出门拜访农户，走访破败的小学，调研在开垦出来的荒凉海滩上办学的可能性，斗志昂扬。他没有时间照顾怀孕的母亲和年幼的我，有一次我生病发烧，母亲带我去卫生所打针，那个力大无穷的护士竟然将针头扎断在我屁股肉里，怎么也拔不出来，疼得我哇哇哭了很久。就是在苏北东台农村这样的医疗条件下，我妈妈冒着生命危险，诞下了第二个孩子，幸好是顺产。那情景，再乐观的父亲还是不免心慌。

那些日子，父亲为办垦区中学东奔西走，即使在新四军所管辖的苏北，还是经常受到反动派敌军干扰，后有情报传来，敌人大规模“扫荡”在即，办学计划最终夭折。新四军苏中区负责人管文蔚通知我父亲与一批文化人返回上海，硬着头皮过敌人关卡时，我们全家也受到不小考验，此时我家有了四口人，多了一个小苏北孔海珠做掩护，总算到达上海，投奔我的外婆家尊德里暂栖。

父亲在大事上的指引

孔胜芳（孔另境二女儿，现居西安，曾任棉纺厂厂长）

昨天我做了个很长的梦，梦见爸爸回到了四川北路的老家，引起了我无尽的怀念……

仿佛又听到爸爸斯迪克（拐杖）咚咚的声音，我们小朋友们知道爸爸下班回家了，大家赶紧躲在亭子间里，不发出声音，我们知道爸爸有空就坐在沙发上看书，不喜欢我们这群淘气鬼打扰他。晚上吃晚饭，照例一家围坐在圆桌旁，爸爸喜欢买一些对面熟食店的野味酱麻雀过瘾，喝一些小酒，配花生米等，我们这么多双小眼睛看着他，他就给我们分一些吃吃。大年初一早上，爸爸把各种各样的零食装在袋子里，从我哥开始，往下排队挑选。压岁钱是大年夜发的（还有叔叔给的），我们都小心地压到枕头底下。爸爸始终掌握着大小有别的观念，从每周的零花钱到各种事情的分配，都是从大到小不等，我们从小就有支配零花钱的自由。

记得他最爱蜡梅，每年冬天总要买些插到花瓶里……他又是个爱好艺术的人，家里墙上挂满古画、名家书法条幅。他在虬江路旧货地摊上淘一些花瓶、瓷器、家具、摆件等各种他喜欢的东西，淘到好的东西就要在我们面前显摆夸赞，得意一番。

爸爸经历坎坷，早年就加入了共产党，在上学期间就宣传革命思想，被国民党反动派抓去关监牢，一生经历过国民党、军阀、日本帝国主义等四次牢狱之灾。他一生爱国、爱家，向往光明。

记得小时候他给我们讲如何躲避特务追捕、如何通过盘查去到解放区……听得我们热血沸腾，革命理想油然而生，这可能就是我从小怀揣革命梦想、热血支援边疆的原因吧！

爸爸小事情上不大管我们，但在大事上不含糊。记得乃茜入团的事有些不顺，爸爸就亲自跑到她的学校去打听解决。我去新疆前，他郑重地在我的纪念册上写下了："学校遍天下，群众是老师，只要志向坚，不怕学无成！爱女胜芳，万里远征，聊缀数言，以志勤嘉勉之意。"在疆17年间，爸爸经常来信问候、鼓励，我20岁生日时他寄了一支红色的钢笔到阿克苏送我。

那时在疆10年才有一次探亲假，记得那年我怀着八个月的儿子山鹰，先把女儿放到西安乡下，然后千里奔波回上海探亲，爸爸站在三楼阳台上看见我穿一身黄军装，人黄瘦黄瘦的，挺个大肚子，拎着行李，顿时眼泪就流下来了……我最遗憾的是爸爸去世，我没能从阿克苏赶回来，因为我刚从上海、西安返疆不久，所以这是我心中的痛，至今无法忘怀。

爸爸在世是清贫的，没见到这现世的繁华，没到处旅游，没享受到子女的孝顺，他的音容笑貌刻在我们心中，永远也不会忘。我爱爸爸！

父亲的名菜

孔乃茜（孔另境三女儿，居住上海，企业注册会计师）

爸爸孔另境是个美食家，虽然他从小不吃四只脚的动物，并坚持到老年。其中人生受磨难时期，他愤世嫉俗，想打破自己的禁忌开始吃猪肉，但也只吃了几次，终究抵不过长年的习惯。

爸爸有几个拿手好菜，那是很独特的，一是豆腐圆子，二是酸辣时件，三是炖老蛋，四是臭卤鬈。臭卤鬈不是菜名，而是做菜的方式。说真，我吃过的菜不计其数，但难忘的除了与酸辣什锦相仿的酸辣小炒，其余都只有我家有，独有的孔家菜肴。比如豆腐圆子是我家过年必做的菜，小年夜时爸爸就指挥我们一干人，妈妈、保姆、七个子女大家动手，爸爸则是动口不动手。买来的青鱼刮出鱼肉糜，放入老豆腐、葱、菱粉，加上少许盐、味精搅拌在一起，做成圆子下油锅，这是费工的活儿。成品出来后，那个香酥鲜至今难忘。豆腐圆子还是百搭菜，趁热干吃、炒菜做汤都可以。

臭卤甏是放腌制食物的容器，有人只听说湖南长沙臭豆腐，其实在我们江南也有各色臭食物。爸爸是浙江乌镇人，从小在家尝过臭味的美味，到上海后菜市场没有卖，就在家里自己做。臭卤甏是只魔法甏，爸爸经常指挥我们把应季的蔬菜放进去，如剪好的毛豆、米苋秆、冬瓜等，放进去有一原则，那就是食物必须在水里汆过。不能沾一滴生水，凉后才能放进盆，否则卤要变质。卤水的消毒，爸爸又有一招，不是把卤水倒进锅里煮开，而是把烧红的铁块，用火钳夹着放进甏里，只听得卤水刺刺作响，热气滚滚，那就是消毒了，等凉了可以放下一茬食物了。

今年我去了一趟浙江的上虞。其间饭桌上了一道霉千张。其实这就是蒸臭百叶，这唤起了我年少的回忆，听说上虞崧厦臭豆腐是目前闻名的食物，于是托朋友讨了臭卤水，回家仿效爸爸做起了臭豆干，臭豆干上桌后真是闻闻臭吃吃香，老公、女儿口上说臭得唻臭得唻，但是筷不离手，须臾就光盘。这是我们孔家的名菜，应该要传承下去。

爸爸用他的智慧，用有限的资金，滋养了我们兄妹七个，使我们在物资贫乏的年代也能吃上可口的饭菜。我们耳濡目染了爸爸的名菜，以至于成家后都能上得了灶台，还出了一位写美食的作家女儿。谢谢爸爸！

父亲的手稿

孔卫平（孔另境小儿子，居住上海，曾任日本口腔医院技工）

时光如梭，2024年是爹爹阴寿120周年，一想到如今兄弟姐妹全员健在，连最末的小妹岁数都过了您的卒年，内心满腹酸楚。

自家乡乌镇为爹爹建了纪念馆后，又经过大姐多年不懈努力，父亲您当年在嘉兴二中读书时，受托帮助去南湖租借游船、供中共一大开会所需的义举开始多次见诸报章，逐渐为大众所周知，我们做子女的自然感到荣光。当年热血青年的爹爹，也是革命大浪潮中的一朵浪花啊，获此哀荣，作为子女心里也有些许安慰。我在家翻出您的散文集，读几篇章节给女儿听，让她感受一下近代史上那个大浪淘沙、改天换地的大时代，有志青年们奋起报国图强的勃发英姿。

2016年时，小钢偶尔爬上阁楼，竟然发现了爹爹尘封已久的几大部手稿（《五卅运动史》），封面上有当年北大校长蔡元培题写的书名，大家闻讯后都非常兴奋和高兴，当年爹爹亲自参加了这场声势浩大的反帝爱国运动，这是他不辞辛苦搜集整理资料的呕心沥血之作，种种原因在他生前未能出版，如今，已有相关部门准备列入出版计划。

无论世间如何变迁，心怀善良和孝心永远不会错。去世亲人们的在天之灵请安息，人世间的我们尽量生活好，彼此交流、相互祝福是人性情感的需求，是跨越生死的深爱，唯此坚信不疑。

“觉醒年代”里的年轻人

孔明珠（孔另境小女儿，居住上海，文字工作者）

如今我已经活过父亲离开人世的年龄了，一辈子大部分时间做的是与父亲生前同样的工作——编辑与写作。几十年来，触动我想念父亲的点非常之多。由电影、电视、日常生活中见到的父女关系，会想起与父亲50岁年龄差而造成的甜蜜、隔阂或是冲突；由伏案写作、编稿时的烦恼劳累，会想起小时候透过书房门缝看到父亲同样姿态的背影，疼惜他原来写字也这么累；在屋顶上栽种、采花时，父亲在四川北路老家晒台花坛前“视察”的身影出现在我眼前，喇叭花、十姊妹、石榴花、海棠花、葡萄、丝瓜、南瓜、扁豆、芝麻都是父亲教我认识的；坐在沙发上看书时，我抬头看对面，一个人也没有，原先那里是有父亲的藤榻的，他总躺着看书，无声而专注，强大的气场震慑着他的小女儿，要学乖，不要光想着逃离……

我们兄妹七人已经好几年没有聚齐了，这次父亲诞辰120周年能托他的福，聚齐在父亲的故乡乌镇——他老人家的纪念馆，很不容易，感到非常幸福、非常感恩。

我是家里的老七，父亲50岁生的我，今年我也已届七十。年轻时我很勇敢，上山下乡，去国外打工，回上海后创办杂志，40岁开始写作，一路狂奔。到如今胆子小了，遇事都要求女儿拿主意。可是看到我哥哥姐姐，我又会振作起来，他们活得健康乐观，是我的榜样。

我最近在重读父亲的书，我很喜欢父亲写人叙事的散文，他的文笔很男子气，飒爽带点幽默，细腻处也很有人情味。父亲的杂文有很明显的“鲁迅风”，“鲁迅风”是当年一本杂志名，也是父亲那代年轻文人热爱鲁迅，模仿鲁迅作文风格的潮流。我读着父亲血气方刚、正义凛然的杂文，他歌颂高尚，批判丑陋，嘲讽阴暗，倡导平等，他始终向着光明憧憬。我想象他在编书、编杂志、办学校之余奋笔疾书写专栏时那挺拔的后背是多么硬朗。父亲长得很英俊，剑眉银发双眼炯炯有神，是个上海（乌镇）美男子，我当年以父亲的外貌找男朋友，失败是必然的，所幸女儿从父亲那里得到的馈赠远远多过遗憾。30年来，每天晨起后，我会在父母亲相片前的香炉中点上一支香，透过袅袅青烟，接通与他们的心灵通道。我与父亲在世总共只相处了18年时间，这是一件遗憾的事情，父亲留给我那么多时间独自成长，渐悟人生，他没有留给我什么宏大的格言，但是我懂得父亲对我的期待。

父亲那代文人，文学成就伟大，人也懂得生活，当然他们更是历经千难万险，冲破封建传统的束缚，跟着共产党为广大人民群众争取自由、平等而努力了一生。我们纪念孔另境，就是在纪念那一代革命知识分子，他们是最早一批“觉醒年代”的年轻人，他们是一群高大的背影，我要跟着他们前行。

（父母亲共生了七个子女，大姐孔海珠让我们兄妹各自写纪念文字，囿于篇幅，她与二哥孔伟成的文字不在此文中。特注。）

童祥苓轶事

翁思再
2024-12-08

童祥苓先生溘然长逝，噩耗传来，不胜惋惜。我不由得想起当年应非遗保护部门委托，对祥苓先生的艺术进行录像抢救和采访之事，现把部分与祥苓先生的生平和艺术经历有关的内容摘要发表以飨读者。

2017年末，我受文化部非物质文化遗产保护部门的委托，在上海电视台李丹青导演的主持下，拟对童祥苓先生进行录像时，他却躺在瑞金医院里，进行脊椎尾骨开刀治疗的准备。原来他的心肺部位都曾开过刀，到了耄耋之年，还要动刀做别的手术，这是有生命危险的。一旦手术中误伤神经就可能导致半身不遂。因此曾有一些好心的亲友劝他放弃这次治疗。可是祥苓先生却对我说，如果不做这个手术就得拄着拐杖走路；如今你又来请我去拍摄艺术资料，机不可失，我宁死也要闯过这一关。

那次手术的准备工作非常细致，持续了将近一个月，直到2018年初才进行手术。我把他从病房推到手术室，其间要经过两段较长的走廊，还要乘一段电梯。一路上他同我谈笑风生。我问他：为什么一点也不紧张？他说：这是第七次开刀，我是“老运动员”啦。你晓得吗，我胸腔里只有一个肺，中年体检时被发现有一侧肺的管道丧失了功能，于是割除了。你能相信我一直只用一个肺在呼吸和唱戏吗？告诉你，唱戏我有许多诀窍，并不需要许多气……我的心血管也堵塞过，装支架，搭桥。告诉你，我几乎就是个残疾人啊……他把这些“要命”的经历，陈述得云淡风轻。来到手术室门口，他说：“我已经死过好几回了，再死一次又有何妨。”

手术做了整整一个上午，总算成功了。经过几个月的疗养，2018年5月26日，对童祥苓的非遗抢救工作终于开始了。这次一共拍摄了三天，其中有半天他是在鼓师王玉璞、琴师陈平一的配合下，对《战太平》主要角色花云的所有表演进行录像。这份珍贵的资料已经收入文化部的非遗库房。此外，还有两天是访谈，他谈的内容非常丰富，史料价值很高。

时间：2018年5月26日至28日

地点：上海古宜路125号

苓社五杰

童：我家祖籍江西，我出生在天津。父亲是天津政法大学毕业的，妈妈毕业于天津圣公学院。他们都是搞教育的。要说祖宗呢，我爷爷叫童泗水，清朝时在黑龙江做官，据说是四品，那里做官的房屋都归他管，后参加同盟会。

翁：听说你们家族跟邓世昌有点关系？

童：听母亲说，邓世昌是她叔祖一辈的。母亲给我们讲过一个故事，邓世昌临死时不像电影里演的那样。原来甲午海战时，他把自己养的一条大狼狗带在身边，战败后他跳水，这条狗跟着下去救他。那么老是救他，他就死不了呀，于是他先把狗摁进水里淹死，完了他再牺牲。

翁：您的同胞兄妹是哪几位？

童：大哥童遐苓、二哥童寿苓，接下来是两个姐姐童芷苓和童葆苓，我最小。大哥在天津南开大学毕业后，又去北京上土木工程大学。由于受家庭环境的影响，我们都喜欢唱戏，后来大哥就下海，也入了这一行，老生兼编剧。二哥童寿苓应工小生，是姜妙香的徒弟。童芷苓先后拜师梅兰芳和荀慧生。童葆苓的师父是尚小云。我5岁就在天津学戏了。

翁：那是1939年。

童：第二年天津发大水，我们全家搬到北平。芷苓率先在那里加入梨园公会，这就算入行了，接着她就自己办执照组织戏班，取名苓社。起先苓社只有芷苓和寿苓，童遐苓是后来加入的。那时我和葆苓年纪还小。我9岁开始在苓社登台。

从小聪明调皮

童：起先我母亲坚决反对我学戏，因为哥哥姐姐唱戏除了是为了爱好以外，还为了赚钱。家庭负担减轻以后，我就不必唱戏了。童家毕竟是书香门第。可是我的思想不通啊。每当苓社演出，我到后台看到刀枪把子、戏装盔头，就喜欢东摸摸，西摸摸。

那时西单附近有个小戏园子，天天演戏，我被它迷住了，可是白天上学怎么办？那时我家大门和厕所中间有一道墙，于是我心生一计，背着书包假装去上学，到了那里我就“噌噌噌”爬墙，把书包放到墙顶后下来，就跑到西单看戏去。看完早场回家，先爬到墙顶取书包，午饭后如此这般，又去逛戏园子。结果学校来问妈妈，你家孩子一个多月没来上学是什么原因？我妈这才知道我逃学，她这个气呀，拿着鸡毛掸子噼噼啪啪一顿打。这时我的胆子反而大了起来，你打吧，打死我也要唱戏。家里一看实在没办法，大哥童遐苓在土木工程大学读了两年就肄业，去苓社唱戏了，想想祥苓这小子将来也靠不住。算了，给你请师父，唱戏吧。

大嗓小生

翁：小时候还看过你们好几位童家班参与演出的京剧电影《尤三姐》。您演贾琏，是不挂髯口的老生，或者叫俊扮的老生，很新颖，印象深刻。

童：它也可以称作“大嗓小生”。我还有过其他类似的创作实践。当年中央组团赴欧洲演出《白蛇传》，是杜近芳扮演的白蛇，我代替李少春出演许仙，就是以大嗓唱小生。1965年上海京剧院创演《海港早晨》，这个戏后来更名《海港》，里面有个角色韩小强，他的前身在《海港早晨》里姓余，是我演的，也属于“光下巴”的老生，转换调性，大嗓唱小生腔。

翁：随着新剧目的不断涌现，京剧表演艺术也在发展中。这个“大嗓小生”新行当将来一定会载入史册，其中有您一份功劳。

出演杨子荣

翁：您对京剧艺术的最大贡献就是塑造了杨子荣。可是我记得1964年全国现代京剧会演时，杨子荣的扮演者是著名武生演员李仲林，后来怎么会改成您了呢？

童：起先搞现代戏时没有经验，大家习惯于按照行当来安排角色，杨子荣被定位是武生，因此选了李仲林先生。后来剧团领导提出来要塑造杨子荣的音乐形象，就开始挑选唱功好的演员来扮演杨子荣。

翁：您对《智取威虎山》的创作做了哪些工作？

童：我首先考虑以余叔岩先生的唱腔风格作为基调和主心骨。余派唱腔比较“立”，有利索劲儿。另外还有一些（西皮）流水，就得用马（连良）先生的，马先生的流水最漂亮。杨子荣的表演要挺拔、要苍劲，那就用周（信芳）院长的。鼓师张鑫海先生经常用“哐”一下的冷锤，来衬托我演英雄人物的雕塑感。

翁：您《打虎上山》第一句导板借鉴了余叔岩的《战太平》。

童：原来的唱词是“晨星落，鸡报晓——”没劲儿。后来我对编剧章力挥说，这里我感到有点“肉”，你改改吧。他马上改，第二天给我看：“穿林海跨雪原气冲霄汉——”

翁：把杨子荣写到天上去了。

童：这才能出他的音乐形象嘛。我就在老戏里找二黄导板的腔，找来找去，发现余叔岩的《战太平》最合适。“头戴着紫金盔齐眉盖顶——”表现的是大将军要出征，旋律激昂，比较接近杨子荣上山的事件和情绪。当然我不是照搬，而是拿过来进行再创作。

翁：还有一段“共产党员时刻听从党召唤”的唱腔，您是怎么弄出来的？

童：那时已经有一个唱腔设计小组了，高一鸣、黄钧、陈立中、沈利群等。有一次排到第四场《定计》，可是唱腔还没有及时写出来，导演关尔佳说，不等了，排吧，祥苓你自己把唱腔想一下。于是回去我就想，“共产党员时刻听从党召唤”，怎么唱呢？找了几种成型的板式都觉得老套，没有时代感。后来我注入人物感情，反复朗诵唱词，最后决定干脆突破程式，用口语化的散板唱前面“共产党员”四个字，然后再上板……这个特殊的唱腔结构方式完全是从英雄人物的感情出发的。

翁：这段唱腔和“穿林海”一样，脍炙人口。您确实立下汗马功劳。

童：不是我一个人。后来交响乐的加入，主导动机贯穿全剧的创作思想，都是非常重要的成功因素。《智取威虎山》的创作靠的是集体智慧。

童门后代今何在

翁："童家班"后人还唱戏吗？

童：童寿苓的儿子童大强也是上海京剧院的小生演员，现在故世了。童遐苓的儿子童二强，后来改名童强，在上海戏校当老师，是傅希如、蓝天的主教，也教过王珮瑜等。寿苓的另外一个儿子童三强，是上海电视台的导演，做过一些和京剧有关的片子。芷苓的女儿童小苓，从上海戏校毕业后去美国就读服装设计学院。虽然她改行了，但是她每年有一点时间演戏，在纽约注册了一个剧团叫"童小苓剧坊"。

翁：您自己的孩子呢？

童：一个叫预鸣，一个叫孝天，都热爱京剧。孝天4岁前没有说过话，到了4岁一开口就唱《沙家浜》"朝霞映在阳澄湖上"。后来我教了他几出戏，想让他随团锻炼锻炼，可惜没有被允许。

后　记

11月29日凌晨，童老师突然转发了一个和体育运动有关的App给我，我觉得异样，刚想去电，却接到他来电，告诉我他住进了瑞金医院。他不停地说了二十几分钟，还特地告诉我《沙桥饯别》头段二黄原板玄奘唱的"向道坚诚"，乃是"向道虔诚"之误。他的嗓音越来越干涩，我心疼，几次打断未果，最后哄他天亮后打电话详聊，他这才罢休。不久就接到他逝世的消息，我这才意识到，童老师那天半夜实际上是想和我做人生的话别。

本文到此写不下去了。我感觉一阵鼻子酸，泪水涌了出来。

安息吧，祥苓师，您的生命重于泰山。

您的作品广为流传，您塑造的艺术形象永远引导和激励着子孙后代。

路遥有病不想说

海　波

2024-12-19

现在回过头来想，路遥的病并非突然而起，可以说由来已久了。很早的时候，我就感觉到了异样，只是没有朝这方面想，更不会想到有如此不堪的后果。

路遥小时候喜欢吃大肉，尤其爱吃回锅肉。那时我们总想办法整点钱，在延川县的国营食堂里买一盘来，就着两面馍馍吃。他那吃之前的期待、吃之中的贪心、吃之后的满足神情给我留下了深刻印象。但在进西安后，他就不一样了，先是不吃肥肉了，后来瘦肉也不吃了，再后来连沾有猪腥的东西也不吃了，最后，不要说吃，连看也不能看了。

我最早发现他不吃猪腥是在1986年左右。那时我的家刚搬到西安，在西影厂旁边的后村租房子住。有一天，路遥来西影看内参片，看过后到我家来了。我们俩“拉话”，我老伴做饭，按照路遥的意思做“揪面片”。饭做好后，路遥刚吃了一口就放下了，问我老伴：“这里有猪油吗？”我老伴说：“是。”他说：“我不能吃猪腥，你得给我重做。”当时我很奇怪，问他：“你原来吃猪肉那么厉害，怎么现在连猪腥也不沾了？”他说：“我也不知道，一吃就恶心，也许是小时候吃‘伤’了。”

我最早发现他连猪肉“看也不能看”，是在1989年的深秋。那时我在延安有点事，无意中遇上了路遥，他好像在参加省上的一个会议，会上组织他们来延安参观。他听说我也回西安，就要我和他一块回，以便“拉拉话”。车到黄陵后停下来了，当地政府设宴招待。我们进去后，许多人向路遥打招呼，请他同桌吃饭，路遥都拒绝了。他找了个服务员，说：“我们俩是回民，要吃清真食品。”不料那服务员说：“正好，那边已有清真席，你们过去一块吃。”他不肯去，那服务员很不高兴，把我们安排在一个小角落里，很潦草地放了两盘菜和几个馒头，很明显是“整”我们。路遥没有说什么，对服务员说：“现在好了，你别管我们了。”服务员一离开，他就要我和他一起把那桌子抬到墙角处，两个人向着墙角吃。我以为他是和那服务员赌气，就劝他说：“和一个小孩赌什么气，闹不好让人笑话。”他说：“不是赌气。我现在一看见猪肉就想吐，我害怕自己忍不住会失态，所以才这样折腾。”

看见油腻的东西恶心，是肝病的症状。这本来是个生活常识，可惜我却一点也不懂，还奇怪他当时怎么会有这么多“洋毛病”。

至于路遥是不是知道自己得了肝病，我估计他可能知道，有一件事可间接证明这一点。

那是1990年左右，我们一块出行，坐的是火车软卧。小间有四个铺，但只有我们两个人。他打开旅行包，从里边取出一个水杯、一桶奶粉状的东西和一个小勺子，用开水和了那粉用小勺子轻轻地搅着，问我：“你喝一点不？”我说：“不。喝不了那些洋玩意儿。”他说：“你这个人，最大的毛病是排斥自己不熟悉的东西，看上去是自信，骨子里是自卑。”我一听，来气了，说：“好心给你节省东西，落不下好，还嘲笑我。好，我也来点——”说着，抓过他的杯子就要喝。他一把夺回杯子，厉声说：“别用我杯子！你怎么这样不文明？”我一下子愣住了，好半天反应不过来，心想：“路遥怎么变成这样了？”就用我的刷牙杯子（我出门从不带水杯），倒了点那粉，又加了些开水，摇了半天，怎么也摇不匀，就伸手拿他那勺子，想搅一搅。不料，他又夺回了勺子，涨红着脸说："刚才不是和你说了吗，你怎么又这样？"这回我可真有点生气了，想不喝，又怕弄僵了不好收场，只好用牙刷把儿胡乱搅了几下，很勉强地喝了一口。一喝，大惊——没想到这东西这么好喝，于是也不生气，一仰脖子喝了个精光。路遥见我这样，龇了牙笑，说："怎么样？这'洋玩意儿'不难喝？"我说："好东西，好东西。再来一杯。"说着，又和了一杯，一口气喝了。还觉得不过瘾，就问他："有富余吗？我还想喝。"路遥没说话，用手把那粉瓶推了过来，眼睛定定地看着我，显出很惊讶的神情。我正在喝着，他突然把自己手里的那个小勺子伸进我的杯子里，使劲地搅了一下，然后又像蜂蜇了一般更迅速地抽了回去。我说："你捣乱什么？你不是不让我用你的勺子吗，怎么又伸进来搅呢？"他没有说话，向后靠在被子上，好半天才说了一句莫名其妙的话："从认识那天起，你就瘦瘦弱弱的，可就是没病。"接着又叹息了好一阵子。

这件事我当时没有在意，在知道他患了肝病后就有了想法，我估计，他当时已经知道自己的病了，所以才出现如此复杂和矛盾的心情。当然，这只是我的臆测。

我为母亲作画

赵丽宏

2025-01-25

母亲董文英于2024年1月7日去世，享年103岁。我写这篇文章，纪念母亲去世一周年。我画在写字板上的那些画，早已消失。好在我用手机拍下了大部分画面，让它们清晰地保留了下来。想念母亲的时候，我会打开手机看这些画，看着这些画，眼前就会出现母亲的微笑。这是我和母亲特殊的交流，也是母亲留给我的珍贵纪念。

母亲年过百岁之后，不再说话。

她的目光依然清澈明亮，脸上依然常含着微笑，听人说话时，也有应对的表情。她心里什么都明白，但就是不开口。

几十年来，我每天和她通电话，不知讲了多少话。可是，现在拨通电话，手中的话筒是沉默的，再也没有母亲的声音传过来。

和母亲通电话，成了我记忆中的往事。我花更多时间去探望母亲，坐在母亲的床头，对她说话。母亲看着我，微笑着点头或者摇头。

我怕母亲听不懂我的话，拿出一个本子，用笔在本子上写字，把我想说的话写在纸上。这时，出现了奇迹，看着白纸上的黑字，母亲竟然清晰地读出了声音。我写自己的姓名和小名，写兄弟姐妹的名字，她都一一读出声来。我写《诗经》:“一日不见，如三秋兮”，“衣不如新，人不如故”；我写唐诗:“床前明月光，疑是地上霜”，“烽火连三月，家书抵万金”；我写宋词:“明月几时有，把酒问青天”，“落花人独立，微雨燕双飞”……母亲看着这些古老的诗句，居然都轻轻地读了出来。

我以为，母亲的失语从此结束。我买了一块白色的写字板，在写字板上写字让母亲念。但事与愿违，很快，母亲又不再发声。面对我写在写字板上的黑字，她只是默默地凝视，目光中飘过几丝惆怅，似乎沉浸在幽远的回忆中。

我坐在母亲身边，同样惆怅。看着放在母亲床头的写字板，突然有了一个想法。我指着写字板问母亲:“我在上面给你画画，好吗?”

母亲看着我，微笑着点头，含笑的眼神中有期待。我问她:“还记得小时候你看我画画吗?”母亲的脸上，露出奇怪的表情，像是惊异，又像是歉疚。

小时候，我喜欢画画，5岁时家里搬入新居，我曾用蜡笔在一堵白墙上涂鸦，把我所有见识过的、想象到的都画到了墙上，涂完了整整一盒蜡笔。我画水里的鱼，画河上的船，画地上的花草，画各种各样的动物，画房子，画在花园里玩耍的孩子，画汽车，画树，画天空，画在天上的飞鸟和云彩，画太阳、月亮和星星。面对着自己涂出来满墙色彩，我无比兴奋。母亲下班回家，看到我的涂鸦，却面有愠色，她认为我是弄脏了她新粉刷的白墙。母亲的责怪使我非常沮丧。但是父亲却欣赏我的画。父亲的态度影响了母亲，但她并没有像父亲一样夸奖我。第二天下班回家时，母亲带给我一盒新买的蜡笔，还有一沓白画纸。她说:“以后不要在墙上乱画，画在纸上。”我曾在小说《童年河》中写过这段往事。

时隔60多年，现在我竟有了机会为百岁母亲作画。

商家为写字板配备的写字器具，除了水笔，还有四颗红色的圆形磁石，可以吸附在写字板上。还有一只板擦，可以随时擦去板上的画。水笔有四种颜色：黑色、红色、蓝色、绿色。这四色水笔和四颗红色磁石，就是我的作画的全部工具。

第一次在写字板上作画，画了两条红色水泡眼金鱼。四颗红色磁石，正好用来做金鱼的水泡眼。母亲看着我一笔一笔地画，看到画板出现了绿色的水草、蓝色的水波，衬托着两条红色的水泡眼金鱼。母亲眼神中露出惊喜，她微笑着伸出手，小心地抚摸着写字板的边缘，对着那两条金鱼看了很久。她知道，写字板上的水笔画，一触碰就会残缺消失。

几天后我去看母亲，写字板上的两条金鱼还完整地保留着。用板擦轻轻一擦，白板上的画就无影无踪了。母亲看到写字板又变成了空空的白色，目光中有些失落。我坐在母亲身边，捧着空白的写字板，心里又有了新的构思。我画了一幅牡丹花，红色的花，绿色的枝叶，四颗磁石，变成四只红色瓢虫，停在绿叶上。用黑笔在瓢虫身上画出小圆点，变成了四只七星瓢虫，有逼真的感觉。母亲看着我的画，满脸是笑。

就这样，每次去看望母亲，我都要在写字板上为她画一幅画。画荷花，画大丽花，画我自己随意创造的无名画。那四颗磁石，有时做花蕊，有时做花苞，有时变成花盆边的红樱桃，有时变成光芒四射的太阳。

但是不能老是画花啊。母亲生日临近时，我想在画面上表现祝寿的场面，画什么呢？突然想起了漫画中的三毛。小时候，母亲给我买过一本张乐平画的《三毛流浪记》，三毛的形象，是母亲喜欢的。我用黑笔画了一个笑呵呵的三毛，三毛的手里挥舞着一串红灯笼，四个灯笼，当然就是那四颗红磁石。灯笼上，写四个字：寿比南山。母亲看着画板上的画，咧嘴一笑，突然轻轻地吐出两个字："三毛。"这是她失语多时后第一次发出声音。

但这只是灵光乍现，母亲叫了一声“三毛”，接着又恢复到静默状态。

接下来的日子里，我连续几次画三毛，手举花束的三毛，献花的三毛，还画了双胞胎三毛，三胞胎三毛。白色的写字板上，不断出现各种各样不同的三毛。三毛的衣着有变化，但三毛的笑脸不变。母亲尽管不再发声，她看着三毛的欢颜，脸上总是含着笑。

老是画三毛也不行，要变变花样。我画过猫，画过兔子，画过马戏团的小丑，画过肩挑货担的挑夫，画过古城楼，画过海滩上的椰子树，画过寿桃。在这些画面上，磁石兔子的红眼睛和红萝卜，变成了小丑的红鼻子和帽子上红璎珞，变成了挑夫扁担两头的货物，变成了城楼上的灯笼，变成了树上的椰子。所有的构思，都离不开那四颗磁石。

在写字板上作画，考验我的耐心，也检视我的想象力。有时，在母亲身边坐下来，手里拿着写字板，心里还没有想好画什么。于是一边对母亲说话，一边构思，一边画。画着画着，常常会异想天开。那一次画寿桃，四个红色的寿桃原本是放在一个扁平的盘子里，但看着觉得画面单调，心想，能不能把盘子变成一个青花瓷缸呢？于是擦掉了磁石下面的盘子，用黑笔勾勒出一个圆形瓷缸，再用蓝色的笔在瓷缸上画寿字花纹、缠枝牡丹。简陋的写字板上，居然出现了立体感很强的青花瓷。

青花瓷的形状可以随时变化，圆花瓶，擦去轮廓，就可以变成方花瓶，瓶壁上的青花，可以随心所欲描绘，花鸟虫鱼，山水人物，回纹云波。水笔的笔头很粗，无法细绘，只能画出一个大概，可远观而不可近玩。而母亲总是每一次都会凑近写字板细细观看，她发现青花瓷瓶在变化，觉得有趣，看着看着就笑起来。

母亲无声的微笑，是对我最美好的奖励。

一次，坐在母亲身边，看着窗外的蓝天，突然想起了海的颜色，那是比蓝天更深的蓝色，是蓝水笔的颜色。我对母亲说:“今天画一只船，在海上航行，好吗?”母亲看着我，笑着点头。我在写字板上画了帆船，觉得不好，擦掉，又画了轮船，也不满意，再擦掉。那几颗磁石，无法用在船上。

对了，画一艘渔船吧。我对母亲说:“画一只木头渔船，好吗?”

母亲愣了一下，目光中仿佛有质疑，似在问：是古老的木头渔船吗？我的记忆中，有一件跟渔船有关的往事，很难忘记。年幼时，家乡时常有人托渔民送土产到家里来，父母会留渔民吃饭。一次，父亲请一个船老大喝酒，那是一个肤色黝黑、个子瘦小的中年男人，很健谈。我坐在一边听他们说话。我对渔民的生活很有兴趣，不断地问他在海上行船的事。船老大喝了点酒，兴致勃勃地回答我的提问。我想到了《一千零一夜》中的航海故事，觉得这个船老大一定和辛伯达船长一样，勇敢胆大，爱冒险，翻船也不害怕。于是脱口就问:“你在海里翻过船吗？翻船了怎么办?”船老大瞪了我一眼，脸色沉下来，停止喝酒，也不再说话。直到离开，没有再说一句完整的话。父亲送船老大出门时，母亲责怪我说:“你怎么能问他会不会翻船？这是渔民最忌讳的话!”

心里想着这段往事，写字板上的船也诞生了。我画了一艘有童话色彩的渔船，长得像一个顽皮的小孩，红磁石成了渔船的大眼睛，面对着波涛汹涌的蓝色大海，这艘小船欢笑着乘风破浪，一点不像当年那个满脸恼怒的船老大。母亲欣喜的目光在这艘快乐的小船上停留了很久。

过中秋节的时候，我把四颗磁石变成了四个穿花裙子的小姑娘，她们仰起红色的小脸蛋，仰望着天上的一轮大月亮。月亮上，有玉兔，有桂树。

过年前，我在写字板上为母亲画一棵万年青，种在一只青花方形瓷盆里，四颗磁石变成了绿色枝叶间的一串红浆果。旁边用黑笔写三个篆体字：万年青。再用红色画一方印章：新春快乐。母亲微笑着注视画板，突然清晰

地说出三个字 :“万年青。”

这是我听到母亲说的最后一句话。

母亲弥留之际，我在写字板上为她画了最后一幅画。画面上，两支红蜡烛燃烧着，红色磁石成了两个飞在空中的天使的脸，映衬着开在红烛边上的两朵盛开的红色圣诞花。母亲微微睁开眼睛，用视线中最后的余光看着这幅画，然后安静地闭上了眼睛。两个小天使，笑着迎接母亲进入天堂。

很想邓老师

叶稚珊
2025-02-09

“一看名字就觉得是你!”

邓老师，邓婉婷，是我高中的语文老师。我的高中是个女校，我从初中的男女混校初到女校，高兴莫名，以前无法施展的各种贪玩小伎俩有了用武之地。我和邓老师的初次交往是第一节语文课：我坐在第一排，把自己的桌子挪到了和老师的讲台并排，老师面对全班同学时就根本看不到我。我在课桌上摆了一排各式贝壳，在老师眼皮底下把玩。得意，惬意，女校，女老师，我的无处安放的青春的快乐！没想到第一堂课第一个被点名的是我，忘了什么问题，只记得后来邓老师对我说：我一看名字就觉得是你!

崇慈女中始建于1870年，1926年学校由国人接办。1952年依据北京市女校排名改名为北京女十一中。我没有去认真查找学校的变迁史，只知道20世纪60年代后期取消了女校，成为男女混合学校。曾改名“人民中学”，最后成为165中。

邓老师当时40岁左右，端庄敦厚娴静，体态丰盈，皮肤雪白细腻，金丝眼镜，夏天是素净合体的旗袍，别着淡雅的领花。望而可知出身于诗礼簪缨殷实人家。柔声细语，性格好到没有脾气。语文课成了班里最散漫的课，我们这帮欺软怕硬幼稚的女孩子，有时对书本课文不感兴趣，撒娇耍赖要求“讲故事”，邓老师慈爱地望着我们这些已近成年早该懂事的“女孩”，开讲《三国》《水浒》。她没有讲过《红楼梦》，可能是怕我们跌进去出不来。

安稳祥和前半生

前不久叶嘉莹先生去世，使我再次想起邓老师。她们简直太像了！

首先像的当然是外形，仪态和终年不变的发型，只是邓老师个子略高一些。然后是那别具一格的京腔京韵，二三十年前我曾与叶先生通过电话，听过她的讲座，看过纪录片，那声音每次都会使我想起邓老师。我在北京长大，因住在机关宿舍，有很多南北各地调任北京的干部，环境又相对封闭，幼儿园、小学、初中同班的大都是同院的孩子，不大接触得到市面上的孩子，也不大习惯老北京的胡同腔。叶先生和邓老师的京味普通话别有一番韵味，吐字清晰，自然地带有一种抑扬顿挫的学堂腔和私塾印记。台湾一些叶先生的学者朋友戏称叶先生讲话是“京片子”，那是他们没听过真正地道京片子的戏谑油滑。叶先生的京腔，应该是民国时期京津一带大户人家有幼学功底并能进入学堂的女子的口音，他们大多是祖上家境殷实、思想开明，邓老师是这样，和叶先生同为顾随女弟子的杨敏如先生，即杨宪益先生的妹妹也是一样的口音，随和、斯文、亲切。再看她们的教育和学术背景，叶先生师从大家顾随，其后经历大家都熟悉。

邓婉嫭老师，父亲邓镕，年轻时留学日本，是有名的大律师和学问家。民国初年曾任众议院议员、参议院议员，如今网络上细查还能看到他旧年诗作。邓老师1946年毕业于北京大学文学院西语系，1947年留学美国，获密歇根州立大学英国文学与教育学副博士学位，后因战争的爆发，正攻读博士学位的邓老师中断学业回国。和她同船回国的是俞惟乐、侯祥麟等八九位后来著名的科学家，都是不同学科领域的带头人，似乎只有邓老师一位文科生。在出版于2013年的《1950年代回国留美科学家访谈录》中，看到了宝贵的邓老师年轻时的身影。回国后，邓老师曾短暂地在文化部对外联络委员会工作，之后没有选择高校和更高级的研究机构，安安稳稳在我们这所普通中学教了几十年语文，直到退休。

邓老师比叶嘉莹先生年长两岁，和叶嘉莹先生流离转徙的前半生不同，邓老师的前半生安稳、祥和。邓老师的丈夫俞琳先生，同是北大毕业，曾任文化部艺术局副局长和中国戏曲学院院长，是著名的戏剧评论和戏曲理论研究专家。不谙家务的大家闺秀邓老师一直受到俞琳老师的照顾、疼惜甚至可说是敬重。俞琳老师儒雅、俊朗、干练，当时在我眼里是高颜值版的余永泽，邓老师也一直称他“俞先生”。他熟悉邓老师喜欢的每一位学生，不但能在家里替邓老师接待，一起闲聊，可爱的邓老师有时会为已经毕业喜欢文学与阅读的学生送书送礼物，“领导干部”俞琳先生，骑着哐当作响的旧自行车当“投递员”，只说一句“邓老师让送的”，你捧着书目瞪口呆，他便微笑着挥挥手，人和车都成了背影。邓老师有糖尿病，俞琳老师只要在家会准时准点把药和一杯温水递到邓老师手里。邓老师家在北池子高大的老式旧宅，满堂硬木家具，老式的书架被善本典籍和当代文学、戏剧类书籍杂志填得满满的，有些凌乱。房屋高大，冬天要生几个粗大的煤球炉子，维持运转是体力活儿。俞琳老师下班回家第一件事就是掏炉灰，捅火加煤。邓老师心疼地看着，微蹙眉头不知怎样帮忙。这种场景我常看到，也觉得平常，雍容富态的邓老师自幼一路平顺，好像天生就应该有人心疼，受人照料。

1966年，学校停课了，差半步踏进大学校门的我们如同温室中的盆花被抛进了旷野，看着平时严谨、端庄、慈爱的校长和老师，站在操场的高台上，站在四方厅的廊檐下，低头弯腰，接受谩骂、侮辱、毒打，我吓坏了。

几位既非红五类也暂时不是“黑五类”的同学结伴外出“大串连”。回京后第一次回到学校，那时校门向南开在马大人胡同，两扇朱漆大门，正对面是巨大的影壁，旧时王府的余威尚在。却见右手边传达室邓老师端坐着，见到我舒了一口长气：“唉，可回来了，我等了你好几天了……”邓老师对我们这些年龄到了但童心未泯的女孩子，是有多么不放心。我忍住眼泪，假装轻松地讲述一路见闻，不敢问邓老师是怎么过的。

我去陕北插队，后转入父母所在的五七干校。我一直与邓老师通信，手头还留有邓老师50年前写给我的信，其中有一段“你喜欢文学，完全可以在业余有暇时自己进修，不做专业的文学工作者。我在少年时期也很喜欢文学，但还没做上专业的文学工作者，只是教教语文而已，可是我已经够寒心的了。我不愿意自己的孩子再搞这一行，也不愿意你再专业从事文学……”当时不大理解，身无所长也无此奢望。真体会到其中有多少不便言说的苦衷时，已物是人非。

现在再看到纸张发脆的字迹，娟秀柔软，竟也和叶嘉莹先生的中文字体很相似。英文字迹是什么样的，我一直没见过。邓老师从没有对我们讲过一句英文，哪怕一句随口的单词都没有过。

从不抱怨多舛命运

邓老师满腹锦绣，却不大善于表达，作为教师，她甚至有些“讷于言”，她低调得令人难以捉摸，从不提及家族和自己的经历，努力扮演着最普通的中学教师角色。几十年后我才知道，鼎鼎大名的学者邓懿，原名邓婉娥，是邓老师的姐姐，长邓老师8岁，曾在哈佛读书并任教，也曾在北大、清华读书并任教，用锦心绣口、才华横溢形容她真正合适。她曾被赵元任先生亲选为助手，也是我国对外汉语教学的开山者。有人用“伟大”赞誉她，北大、清华的老教授都听说过一句话：什么是大家风范，邓懿就是大家风范。看过她的经历和成就不为过。她似乎和邓老师的性格迥异，活跃、开朗、大气、爽快。和著名学者周一良在泰山浪漫定情，终其一生美满。四个儿女健康成长，孙辈众多。他们都得享高寿，平静离世，墓碑记有“泰山情侣周一良邓懿之墓”，子孙后辈和两位大家的芬芳桃李常来祭扫。我和邓懿先生没有交往，只是一次在北大采访偶遇，她和邓老师一样是高个子，身材匀称，衣着朴素，仪态端庄，虽难掩岁月痕迹，却毫无沧桑感。她和周一良先生虽都有过“牛棚岁月”的磨难，但一脸的清风朗月，毫无衰暮之相。一张口的京腔，如邓老师再现，使我回到了中学时代。

然而叶嘉莹先生人生的厄运，邓老师一个也没有躲过。长得和俞琳先生一样清秀，淘气、可爱、聪明的独生子，在一个夏天的中午逃避午睡偷跑去游泳，莫名其妙在离家不远的护城河溺水。这五雷轰顶的消息，邓老师的反应和叶先生得知女儿女婿车祸后的反应几乎一样。更残酷的是，比邓老师小4岁、一向健康的俞琳先生在63岁上猝然离世。身体正在走下坡路的邓老师没有哭天抢地，以令人心痛无比的冷静接受了这个惊心动魄的现实。亲戚、同事、朋友、学生来看她，没人见过她的失态。只是身体逐渐衰弱，也许就是少了俞琳老师端的那杯水和捧在掌心的药片。我工作单位在东厂胡同，离北池子很近，上班时就溜出来到她家里，陪她说说话。邓老师很从容，从不抱怨叹惋，无论是生活的悲剧还是特殊时期受到的屈辱，她都只字不提。在她家里能碰到不同届的学生，邓老师关心每个人的学习、工作、婚姻。有一位小我10岁的学妹，特殊时期父母被隔离，她成了无家可归的流浪儿，邓老师把她接到家里住。一切归于正常后，邓老师说你们俩性格太像了，一定要相互认识一下。这一认识，我们成了终身的好友。居然到了这个年龄，她还毫无顾忌地叫我“小叶”。

糖尿病的并发症使得邓老师双目失明，行动受限。离开了祖宅，散落了典籍，在极普通的单元房里摸索着安静度日，毫无怨怼。虽有亲友照护，但在俞琳老师去世仅一年后的1990年，邓老师随着去了，刚满68岁。

温馨记忆始终难忘

现在想来，邓老师和叶先生有太多的相同，但也有很多的不同。相似的出身，饱读诗书又接受了西方文化的熏陶，不同的际遇，大时代的背景下，谁又能预料到自己将会拆开怎样的盲盒。人生，有些事可以自己把握，有些只能听凭安排。邓老师一生福祸相依活得很隐忍、节制，清正平直，却有些小心谨慎。美满的婚姻，幸福的家庭，但在重创之下，不堪一击。弱德之美是她留给自己最后的体面。相比而言，叶嘉莹先生一生虽也祸福相依，但相对疏朗，寄情诗词研究和教学，海内外的拥趸，纵有无情的重击，她以弱德之美为盾，外圆内方，坚守人格风骨。健康的基因和个性的坚韧，使她最终寿满天年，得以善终，众人怀念。

几十年来，再路过北池子，我都不敢向那个院落张望一下，一个曾经充满书卷气、温暖幸福的家庭消失了，没有诗书传家和血脉延承，消失得没有一点声响。这是自然规律，是残酷也是必然，但留给我的是无比温馨的回忆。

邓老师曾送过我一张近似标准照的小照片，中式立领别着雅致的领花，背面署名“清扬”，现在怎么也找不到了，相信它一定在，不过是被后来几十年的照片遮蔽了。如同邓老师，一位普通而杰出的中学教师，湮没无闻，万能的网络也找不出一张她的照片！

她的学生会记得她，我也一直会记得她，邓老师，邓婉嫭（1922—1990），字清扬。

爱夜光杯 爱上海

2024

观世象

沉默的团队——董法医和后生

彭瑞高
2024-04-28

这是两代人，老一辈的荣获上海市五一劳动奖章，小一辈的被评为上海市青年五四奖章集体。在5月将临之际，我想讲些故事与读者分享：在刑侦技术第一线，两代人怎样默默传承……

磨 砺

董利民是这里最年长的法医，人们敬称“董法”。他像那些年轻人一样，夏季只穿黑色警用T恤，还骑电动车上班。当他淹没在骑车一族中，人们怎会知道，这是大上海仅有的几十位主任法医之一？别的不说，公安部认定的“生物物证重点司法鉴定专业实验室”就在这里，董法是“授权签字人”，他的签字含金量极高。

漫长的法医生涯中，被董法“看破”的案件何止千百。沉默多思的他，一直是后生心中的英雄。

那年秋季，某荒地惊现一堆白骨。那时董法才三十来岁，由师父带着查勘。说来有缘，董法来自内蒙古高原，是位蒙古族青年；而师父高老师是从云贵高原调来。这一南一北两代人，成了闵行分局最有名的“法医搭档”。

这天，高老师指导，董法医动手。被害人亡去虽久，但尸骨完整。董法一一检视，未发现骨面有明显伤痕。疑惑间，他发现颈骨下方有一段残存的衣领布片，拈起一看，领片边沿有一缺口。他对高老师说：“这缺口有问题。”高问：“有什么问题？”董说：“不排除用锐器杀人时，在衣领上留下痕迹。”

董法毕竟年轻，结果上报后有人质疑：“‘锐器杀人留下痕迹’的说法靠得住吗？”又问高老师：“老高你怎么看？”董法医沉默不语。他觉得，对质疑最好的回答是事实，而事实往往是沉默的。

后来案破，凶手供认，是他用刀杀人，衣领上的缺口正是当时割开的。沉默的事实，帮董法做出回答。

又一个冬天，一位回家度假的青年，清晨被发现死在二楼卧室。董法医了解到，青年一家计划出游，前一夜准备行装，一一洗了澡。董法医独自下楼，默默细看热水器排气管道；复又上楼查验遗体，发现身下尸斑明显，呈樱桃红色，遂疑为煤气中毒。周围人不认可，认为热水器排气口在墙外，青年睡觉又关了窗。董法不语，先抽取尸体血液送检，又与周围人细说热水器排废原理。很快，血检结果来了：青年体内碳氧血红蛋白浓度严重超标，死因应为煤气中毒。片刻后，村负责人当场表示：董法医，你救了我们！各家各户，马上着手改造排废管道……

董法医出现场，往往不说话，却屡屡能为同事破案提供关键证据。由此，他被选为上海市十佳刑警，获上海市五一劳动奖章……但是，与年轻同行交心时，他每次都要细说的，不是自己的“闪光足迹”，而是那些不能遗忘的坎坷教训……他告诫后生：刑侦技术是一门极其严肃的科学，作为法医，做出任何结论，都要慎之又慎！

直　面

董法医带过许多优秀青年法医。周永彬就是其中一位。

小周被董法看好，人们并不意外。早在大学学习时，小周就在家乡公安局见习八个月，后又在上海“803”实习半年；正式入职前，他已解剖过100多具尸体，这在新人中是少见的。小周说，他跟随董法时间不长，但在内心，董法一直是他的导师。

法医室人手紧张，领导决定让小周提前顶岗。他与技术员丁德峰搭档。小丁平时还要勘查盗窃等案件，小周也会同行，这就更催化了他的“早熟”。

多年前一个炎夏，一女子被发现死在家中。小周接令勘查，进入死者房间时，第一印象就是：干净！地板、家具一尘不染，死者衣着整齐，按一般经验，定为正常死亡无疑。

但小周也感到，这异样的干净之外，总有某种不协调之处。大热天，为什么不开空调？死者衣着，为什么如此规整？她的头发，为什么那么潮湿？……他第一时间做了汇报，并随接尸车赶往殡仪馆。他要抓紧时间解剖尸体。

已近凌晨，停尸房异常沉寂。他记得董老师说过，停尸房是法医另一工作场所。董老师还说，有时晚上干得太累，他会在离尸体不远的地方排下凳子睡一觉。这天，小周像董老师一样，一连干了10多个小时，直到屋外天亮。解剖结果表明：女子是机械性窒息和溺水导致的死亡。

警方当天拘捕了女子丈夫。嫌疑人供认，因怀疑妻子出轨，他将她杀害并伪造了现场。

董老师说过：对一项神圣事业，最好的态度是敬畏与热爱。这些年来，小周就这样守着自己的岗位。

一个儿子失去了父亲，小周勘查结论是：老人意外死亡。

这时有人叫来接尸车。可死者还满身是血躺在地上。难道就让老人这样上路吗？小周和技术员徐平见了十分不忍。他们打来清水，为这位素不相识的老人净身，再为他穿上体面的衣服……酷夏中，两人浑身上下都被汗水浸湿。

“这是我第932次直面死亡现场，也是我第1047次为死者穿上衣服。每位逝者的尊严，都应当被守护……”这是小周的记录。

博　士

董利民主责是法医，但他还要承担“授权签字人”职责，这就需要他兼通生物物证专业。可惜董法近年觉得眼力不济，已经做不了生物物证实验。他说，未来要靠年轻人了。

刑科所几个实验室，以生物物证实验室成员学历最高（拥有两名博士），科研实力也最强，已被公安部认定为“重点司法鉴定专业实验室”。实验室主任戚文杰是位实干家，多年来带领同事紧盯科学前沿，向一线提供的物证质量，一直走在同行前列，多次得到公安部和“803”专家好评。

这天，我请小戚“讲故事”。他先讲的是一件宿案：说多年前一位年轻母亲被杀，小孩同时失踪。当时虽在现场生物取证，但多年没比对出结果。直到前年，才与外省某一男子的生物物证比中。小戚他们立即报告领导，并将嫌疑人带回上海。此人供认：是他杀害女子，并将孩子抛弃。破案后，小戚他们抓紧调查孩子下落。经多轮检测确认，当年的孩童，现已出落成一位漂亮姑娘，正在某大学读书……

他又讲了一件寻亲案。说的是位老人，童年被送入上海育婴堂，现过七旬，思亲愈切，恳请公安机关帮他寻找亲人。

老人上一辈都已过世。小戚他们考虑：能否从特别基因着手，先找到老人男性家系大致信息，然后再进一步细寻？这一思路试行不久，扬州地区就有反映：当地某户确有孩子送去上海育婴堂的往事，且该户三兄妹都还健在。这是个令人振奋的消息！

小戚他们在扬州警方的支持下，设法采到三兄妹生物物证。结果表明：男性基因一致，“同胞指数”也特别高，据此判定：老人与三兄妹是同父同母所生。

失散半个多世纪的一家人，终于认亲团聚。左邻右舍、远亲近友，无一不为老人高兴，都说：这样高龄寻亲成功，还是第一次看到！

上　心

董法对我说：刑科所历史不长，但有个传统：警员无论资历深浅，只要勤勉踏实、业绩显著，就会成为大家敬重的对象。

郭倍生就是个突出例子。他是一位普通技术员，却已四次被评为“优秀公务员”、四次受到分局嘉奖，有人问他“秘诀”，他回答两个字——“上心”。

这是一间出租屋，面积不足10平方米；房门斑驳，提取痕迹难度大；开门见床，床边过道仅能容一人。小郭知道，越是这样的住所，报案人越是着急。他们往往是打工者，被盗走的又往往是血汗钱。

跟走进豪华居所失窃现场一样，小郭按规范戴上头套、手套、脚套、口罩。多处勘查后，他的视线落在一条毛毯上。毛毯虽有褶皱，但靠近枕头那里，有一个不同寻常的印痕，像是有人为拿到床头柜上的储钱罐，下意识撑在毛毯上留下的痕迹。他拿出工具包，拍照，再细细取下肉眼难以看见的微粒……

这次勘查，小郭果真在毛毯上取到了足量的物证检材；检测后，还在数据库里比中作案对象，案子很快就破了。

小郭接手的案子，有时案值并不大，但他一样“上心”。那年五一前，某小区发生一起盗窃案，小郭为此牵肠挂肚，一个长假都没过好。那些天，他就沉在案发地区调看录像，终于在一家便利店看出“名堂”，帮助同行破了案。他的解释是：案子算不上大案，但社会影响不小，我们对群众要有个交代！

小郭说话声低低的。他说，他一辈子都想当“真正的警察”。他父亲是位救火英雄，严重烧伤后的顽强生活，给他留下难以磨灭的印象。小郭说，自己还是蛮幸运的，靠着“上心”两个字，做得还算合格，对得起英雄父亲。

角　色

在董法看来，副所长杜超有“少年老成”的意思。这位80后，是刑科所历任中最年轻的副所长。

杜超是在“重案勘查组”锻炼出来的。最夸张的一天，他曾一连勘查三起重大案件现场！几年干下来，他得了个“幻听症”：一到凌晨，就会听到手机铃响（其实没电话进来）。他总担心睡过头，听不到指挥中心命令，耽误命案大事。他问同事怎么回事，回答是：他们也这样！“也许是职业病吧！”大家笑着解释。

2011年，杜超被“内聘”为副所长。虽不是正式任命，他却看得很重。他有很强的“角色意识”，认为自己无论担当什么角色，都应该把分内事干到极致：当技术员，要有一手绝活；干重案组，要有“命案必破”的本领；当副所长，就要抓好分管工作，带领全所上一个台阶。

杜超主张“先走一步”，这被证明是走对了。当公安部提出公安机关检验鉴定机构要通过资质认定评审时，杜超这里的正规化、实力化建设，已经初见成效。其中，生物物证实验室走在最前列，2019年已被认定为公安机关二级实验室，2020年被评定为公安机关重点司法鉴定专业实验室。这一成功不仅提升了大家的信心，也为其他实验室建设积累了经验。

刑科所建设贵在有“自己的东西”。就拿生物物证取证来说，他们研究的“物证保存盒”，极微量的物证可原样保存，加上其他措施，比中率一下子可提高到25%以上。还有个不起眼的“提取法”，他们的研究成果竟成为获奖论文。按照他们研究的提取法，物证脱落细胞的提取效率和检测成功率，都有了令人可喜的提高。

紧跟在生物室后的，是“电子数据实验室”。实践表明，手机普及后，电子数据物证在破案过程中作用极大，公检法三方，对此都有极高证据要求。而杜超他们正在强化的电子数据实验室，不仅能胜任破案工作需要，还能对外提供技术支持。在杜超的“蓝图”里，另外六个实验室的强化规划也都被排上日程。他的雄心壮志是：全部八个实验室，都要走在前列，成为破案有力的科技支撑……

我离开刑科所那天，天很热。一辆依维柯飞驰而至。一群年轻男女跳下车，鱼贯进入大楼。他们都穿黑色短袖衫，左胸有“POLICE”字样。

人人都沉默着。正值青春年华，为何个个脸色凝重？是目击了阳光下的血迹，还是预感案情严峻？

最后下车的是一位小伙，提着一只小黑盒，低头默默疾行。

这就是物证保存盒。沉默的团队，并不沉默的小黑盒。

“买单，买单”

管继平

2024-05-04

“买单”一词，据说最早应是“埋单”，起源于粤语地区。此词后来逐渐“北漂”，到了上海之后，上海人好像更接受与之谐音的“买单”。通常，对于临时起意的饭局，在做东人尚未明确之前，“买单”似乎是一个敏感词。桌上如果尽是客客气气的知友，可能相互会争着买单；如果是熟得不能再熟的腻友，那最好赖着对方买单；若遇上临时拼桌，彼此来路不明或是朋友之朋友，那么“买单”一词就有点难言，甚至谁都不愿先提，因为谁开口先说了，那么就恐怕有承担它的义务，可是，谁愿花这笔不明去路的“冤枉钱”呢？

记得周黎庵先生曾写过一文，说两人在餐馆你推我扯地争着买单，费了好大劲最后总算分出胜负，然胜出的一方，脸上并非有真心的喜悦，相反倒是悻悻然的失落。

这倒也不尽然。遇上诚心要买单请客的，莫名被别人“抢了单”，也是很没面子的。沪上名家得涧先生，时常做东邀宴，以前曾有学生悄悄买了单，先生则大为不悦，虽一再关照然收效甚微，后索性与餐厅上下严正申明，但凡先生做东，买单非他莫属。从此滴水不漏，别人再要抢单就抢不了了。同样事陆灏兄也告我一例，说以前香港何振亚老先生来沪，约了他们几位文友吃饭，餐毕，座中毛教授要去买单，老先生死活不让，差点跟她急：“我好不容易召集了这批朋友，岂能被你买去？你要买单自己重新再召集！”

可见，买单还是自有它一定的规矩，约定俗成，彼此心照不宣。首先，也是最被大家所接受的，就是“谁召集，谁买单”。上世纪30年代，郁达夫、王映霞于上海四马路的聚丰园，就召集了一场可载入现代文学史的饭局，出席者鲁迅、达夫兄嫂、柳亚子夫妇等。席间柳亚子向鲁迅先生求字，于是催生出鲁迅“横眉冷对千夫指，俯首甘为孺子牛”的名句。其后鲁迅在给柳亚子书写的律诗条幅上，落款还特意注明“达夫赏饭，闲人打油，偷得半联，凑成一律”。毫无疑问，郁达夫即为召集者和买单人。

除了召集人以外，还有一条买单“潜规则”是“谁钱多，谁买单”。当然这里的“钱多”是指比较悬殊的落差，如果我三千你五千的，那都算是“脚碰脚”，不在此列。上海人过去通行一条“吃大户”原则，应属此条。我曾听徐建融教授说过，他年轻时从谢稚柳游，在他印象中，所有饭局几乎都是谢老买的单。这里要说明的是，如今学生比老师大大有钱的多了去，但在从前，老师总归比学生有钱，如谢老这样的“大佬”，在穷学生眼里就是“大户”。就好比当年20岁出头的沈从文遇上郁达夫，那时沈刚到北京，饭也无着落，郁达夫请他在就近的小饭馆饱餐一顿，并拿出一张5元大票买单。其实郁自己也不宽裕，但在囊空如洗的沈从文眼里，就算是个“大佬”了，何况郁达夫也确有“大佬”风范，一顿饭吃掉一元七角多，他将买单找下的3元多全部给了沈，这情景让沈从文足足感动了一辈子。

上述的买单原则之外，我觉得还有两条似也可参照，即“谁地盘，谁买单”和“谁得益，谁买单”。前者如作为东道主迎接访友，尽地主之谊也是常理；后者如某人额外获奖或请托事成，为此而庆，买单自然亦当仁不让。当然，这些都必须在无专门召集和邀约的前提下，如事先另有约定，那还是按既定方针办，否则就乱了规矩。

20多年前，我读过贾植芳先生的一本《狱里狱外》，说他在狱中曾与邵洵美同囿一室。邵洵美那时哮喘病严重，且年岁渐老，自感出狱渺茫，某日郑重其事地对他说："贾兄，你比我年轻，身体又好，总有一天会出去的。我有两件事，你一定要写一篇文章，替我说几句话，那我就死而瞑目了。"邵托的两件事中的一件，是1933年萧伯纳来上海，蔡元培、宋庆龄等接待他在功德林摆了一桌素宴，那买单的46块银圆，就是邵某人出的，但第二天上海大小报纸的新闻报道中，邵洵美的名字提也未提……

且不论此事与当年实际究竟误差多少，总之，邵洵美对自己做一次"无名英雄"的买单非常不爽。虽说买单事小，然也必于"名正言顺"方得心安，否则耿耿于怀，一生郁结于胸，元气必然大伤。

廿多年来，我参与印家陆康先生燕饮无数，知陆先生有一规矩，但凡召集者变更或途中另有人悄悄买单，其必会在饭桌上"官宣"一下，再举杯致谢。如此，既让来者吃了明白，也不让买单者不明不白，皆大欢喜。我想，若是时光前推数十年，让邵公子遇上陆公子，定不会有那遗憾矣。

不 土

石 磊

2024-05-28

不土，是个高度百搭的好用词汇，适合年年用，月月用，天天用。

比如赞美女子气质好，不妨说一句：洋气，不土。这是比漂亮、好看不知高级了多少级台阶的赞词。卖衣服的小店铺里的守店老阿姨们，都会在女客人举棋不定的时候，来上这么一句撒手锏，女客人大多在“洋气，不土”之下，微醺一般地把持不住，欣欣然，扫了付款码。你看，逛实体店还是颇多享受的，听得到老阿姨们发自肺腑的“洋气，不土”，网上购物哪里会有如此动听的细节呢？

不土，是全人类共同的行为准则，小童初入学堂，再清贫人家的父母，也会用力给小朋友穿得干干净净，头发、指甲收拾得整整齐齐，各种礼貌、规矩千叮万嘱，无非是担心小朋友出去不上台面、土得可怜，人生初出道，就横遭白眼，掉到鄙视链的底层，这让小朋友和小朋友的父母，情何以堪？

为了达到不土的境界，大家其实都是蛮拼的，斥重金装修房屋，是比较常见的爱拼才会赢。可惜，重金打造出来的屋子，鲜有不土的，头一份土，就是万恶的簇新，那种闪闪发亮的饱满劲头，真是土得救也救不起来的苦。

真的，不土这个事情，很难搞，男人女人，除非今天做新嫁娘新郎官，有资格穿得簇簇新没问题，其他时候，要是从头到脚穿得新天新地，真是土了不是一点点，是好多好多个点。英国人阴丝丝，一面孔坏笑，调笑如此的男人，讲，老兄啊，侬今朝穿得太好了，简直不像一个绅士了。穿衣三分旧，开车三分旧，爱人也最好爱个三分老腊肉或者三年老火腿，回味隽永，比较扎劲；鲜肉比较土，没味道，更加没风味，Darling，侬讲呢？

讲到穿衣裳，忍不住多写一小段。我国男人穿西装，历史很短暂，一路跌跌撞撞，摸着石头过河，这种坚忍不拔死不言弃，是令人肃然起敬的，我很少看到男人们有如此执着守一的时刻。不过允许我提两个土可以吗？一个是，广大喜欢穿西装的男同志啊，麻烦你们，坐下时候，第一时间解开扣子；立起来的时候，麻烦你们，第一时间扣上扣子。在家里埋头操练一下好吗？熟练到身体肌肉记忆的程度，再穿西装出门。再一个是，广大喜欢穿西装的男同志啊，买好西装，麻烦你们，也花点钱，买半打好袜子，袜筒要够长，当你坐下来搁起腿的时候，西装裤下露出的是袜子，千万千万，不要露出一节小腿，那个真的很糟糕很糟糕。

评价艺术作品，比如画作，比如雕塑，以及电影，我能想到的最高级的赞词，大概是两个，一个是不土，一个是不甜，又土又甜的画作，让人敬而远之。而一餐丰盛饭食的最后，端上来的甜品，如果不甜，我又着急得五爪挠心。现在的甜品都舍不得下糖，淡寡寡的，真是让人咬牙切齿。该甜的不甜，不该甜的乱甜，唉，唉。

最倾倒，是我们去博物馆、美术馆看古董，千百年前的古人，怎么一点不土？无论是汉人的碑、宋人的画，还是维纳斯、大卫、蒙娜丽莎或者三星堆。唱戏也是，老先生们，梅兰芳、蒋月泉、杨振雄，赞是赞得咪，潇洒是潇洒得咪，没有一点点泥土气。长江后浪们，推来推去，推不过老先生们去，横在面前不可翻越的大山，就是一个大写的土字。

不土是穿着得体，不土是举止知进退，不土是轻声细语，不土是手面宽松不小气，不土是一笑而过不斤斤计较，不土是一辈子不抖脚，不土是知恩图报，不土是百年大计。

Darling，你今天不土了吗？

事以密成

张　欣

2024-06-11

凡事能忍住不说，很见一个人的功力。

最典型的例子是我认识的一个人，房地产行业刚刚兴起，单位的福利分房余温尚在，大家都还在迷雾中摸索，这个人就有了买商品房的意识，变成逢人必聊之话题，而且他都是权威性发言。给人的感觉他已经是业主了，结果是直到现在他手上也没有一套商品房。为什么呢，不知道，反正说来说去各种对比各种挑毛病最终没上车，后来房价贵了大家都买不起了。

还有的人说要换工作，我说你找好接收单位了吗，新工作是你熟悉的行业吗，是你今后精进的方向吗，什么都没准备好已经嚷嚷出去了，如果没走成在原单位的发展就变成了一个问题，可能你很有才华但是不安心那领导怎么用你呢，如果是合伙人便会动摇合作者的信心。

你看大佬做事，之前都是密不透风的，然后就给母校捐了13个亿。我们跟大佬的区别就是什么都还没影儿就已经世人尽知，要知道任何一件事的成败都由许多因素组成，功亏一篑的情况时有发生，有些事看着已经成了，结果却是临门一脚球飞了。我的一个朋友把事成之后的庆功宴都订好了也都通知了朋友，然而最后的赢家是别人。这个就是大热倒灶。

所以你要想这件事不成，你就到处说。

我们经常挂在嘴上的宠辱不惊说白了就是沉得住气，有时候哪怕是一件事情办成功了，没准随着事态的变化反而给自己添了一道恶心或者找了一个麻烦，都未可知，更不要说事先的大肆张扬或者扬扬自得，少说或者只做不说就是给自己留有回旋的余地。

更何况我们无论做什么终究是为了自己，跟别人并无关系，哪怕是捐赠行为也是为了自己心安，那么逢人便说虽是扬善终究有自我夸耀的嫌疑，更不要说那种场面上又拍胸脯又举牌子最后失信于人的行为更是人生的污点。

此外，办出一点苗头的事四处张扬，除了会引起不必要的猜忌与暗伤，并无一点益处。

所以凡事能忍住不说很见一个人的功力，也是锦衣夜行。而能成大事者都相对沉默，不光跟家人不说，连神明都不知道。

当父母看你的脸色说话时

郁钧剑

2024-07-05

几十年的老习惯了，每晚睡觉前都要例行读几页书，昨晚依旧。

昨晚读到了清人王永彬在《围炉夜话》中的一句名言："身无饥寒，父母不曾亏我，人无长进，我以何对父母。"意思是说一个人从小到大，都是父母供给我们吃和穿，让我们身无饥寒。而如果我们毫无长进，将来怎样才能报答父母的养育之恩？类似这样质朴明了的话，我记得战国时期的大思想家孟子也说过，弘一法师也说过。

平素觉得很平素的这句话，昨晚居然读出了一阵阵触目惊心之痛。想起弘一法师还说过："如果有一天，父母开始看你的脸色说话了；如果有一天，父母对你说话的时候开始小心翼翼了；如果有一天，父母面对你的无端发火开始不再指责你了，知道吗，这代表着你的父母已经开始慢慢地老去了。"

这些道理我懂，过去一直都觉得自己很懂，但在昨晚，我突然觉得很羞愧，父母不在了，再懂也来不及了。

弘一法师还说过："你嫌弃母亲的唠叨，却不知道她也曾是一个温柔美丽的少女；你讨厌父亲的平庸，却不知道他也曾是一个怀揣梦想的少年。"

读到想到这里时，我的心凝固成冰了。记得40多年前，我在歌坛上"崭露头角"，年余内就在广州、上海、香港地区分别录制出版了多张独唱专辑的唱片，登上了央视的舞台独唱。母亲高兴啊，每当我回桂林探亲，她都会当着众人面夸奖我从小就聪明懂事什么的，我就烦她，甚至“抱怨”过她，说她一个曾经知书达理的“大家闺秀”，怎么会变成一个喋喋不休的“小市民”了？那时已经退休在家的母亲委屈啊，为此流过泪。唉！那时候我真的忘了她已经“老”了。

原以为昨晚父母会来到我的梦里的，原以为我是可以在他们的面前忏悔的，但他们没有来。

“年少不知父母恩，半生糊涂半生人。”意思是一个人在年少的时候，往往不能理解父母的良苦用心。等自己长大了成熟了也明白了时，糊涂了半生的日子也已经过去了。

一眨眼，如今我也老了。我是真的来不及再做那个不糊涂的后“半生人”了。而父母仍然健在的读友们，你们跟我可不一样，你们还有机会还有时间不糊涂呢，如有空闲，一定要常回家看看，千万记住，不能忘啊。

等一等前浪

颜 萍

2024-10-22

热浪滚烫的今夏，我看了一部纪录片《前浪》。想来，题目应该是取自“长江后浪推前浪”中的“前浪”。

纪录片注重纪实，往往能将真实的一面直接暴露给观众，从而引发关注和思考。《人间世》《人生第一次》《急诊室故事》《舌尖上的中国》都是我非常推崇的纪录片，独创性、思想性、价值性都堪称上乘。

《前浪》导演团队和摄制团队都很年轻，正是因为年轻，少了套路，少了蒙太奇，多了原声，多了真实。七集纪录片主要围绕上海老年人和他们的老年生活而展开。

有的人，吃饱饭是他的最大愿望；而有的人，找到今生挚爱则是他的最大心愿。75岁的阿宝是辗转宜家和人民公园相亲角的常客，经历三次失败婚姻依然对“山口百惠”一见钟情、锲而不舍，为爱执着。该居家养老还是该社会养老，永远是争论不止的话题，82岁的申奶奶不舍50年来共患难的老伴，可是，是送失智的老伴去养老院还是在家养老，有时候也由不得自己，因子女的理由和生活的现状不得不把老伴送去养老院，而这份牵挂在心头，老伴的离世更是让申奶奶心存遗憾。谁说老年人不可以学车？95岁的退休老师徐纬坚持“明天会更好”，一面悉心照料腿脚不便的老伴，一面沉迷于驾考，三次未过，是继续坚持还是放弃？独生子女，是夹心的一代，双方父母需要照顾，下一代也需要照顾，哪一边都不能耽误。92岁的龚老伯想变更55岁的保姆为其监护人，曲折奔波，不被认可，最后依然判由儿子监护，未来会怎样？有人重金培养子女，也有人不惜一切培养母亲，丁克教授夫妇指导76岁的母亲秦秀英写作并出版了多部作品，过程虽艰辛却令人折服。独居老人的每一天如何度过？除了看电视、刷手机，75岁的独居老人王敏华沉迷于抖音等网络购物，以此来慰藉空虚寂寞。洗澡是人的基本需求，然而帕金森患者、瘫痪病人、渐冻症等失能老人的洗澡是个很大的问题，终于有了一个群体提供这项服务，解决了这个问题。

生活有时候是一地鸡毛，有时也温暖可亲；生活有时候需要勇气和自信，有时仅需要活着。每个人的内心都藏着风花雪月，一生都渴望爱情；每个人的内心也藏着豪情万丈，渴望尊重和自我实现。然而，追求无止境，生命有尽头。人一出生，就朝着终点走去。走过少年的无忧无虑，走过青年的莽撞懵懂，走过中年的励精图治，来到皓首苍颜的老年。逃不过爱恨情仇，更需要直面生老病死。

有人曾说："人生不过就是三万多天，借副皮囊而已，生命没有永恒，时间一到，该老得老，该走得走，临了空空的，没你也没我，无一物带走，我们最终都是时间的过客。"曾经拥有再多的朋友、爱好、财富，在人生的下半场，在通往终点的路上，不得不一路做减法，这就意味着要不断"失去"，可能先失去心爱的伴侣，慢慢失去实现梦想的能力，最后失去灵活的大脑和四肢……失去的过程有长有短，看个人的造化。无数前浪的现状就是后浪的明天。

城市进入老龄化，老年人的精神生活需要更多关注。老年人对美好生活的追求，那些年轻时来不及实现的梦想，年轻时无暇顾及的爱好，甚至没谈过的恋爱，是否还有机会去实现？老年人的权益如何保护？

奔涌向前的浪潮，不断踏平前浪。就像天空飞过无数的鸟儿，有声无痕。现实有些残酷，却又难以破解这个历史规律。

既然每个人都走在这条路上，那么唯有等一等前浪，多留一些时间和机会给前浪，多创造一些便利和福利给前浪，多给他们一些爱和理解，和他们一起慢慢变老。

我常常会想起一些人

陈村、小饭

2024-11-01

村长：

中秋快乐。

我想写很多封信给你，时不时骚扰你一下，你不要嫌我烦。这些“蛮横的自信”是你教给我的，虽然我学得并不好。你教我的东西挺多，有一些我甚至没办法察觉，更无从表达。都是潜移默化的。其中有价值观，有待人接物的方法，也有一些生活小技巧。比如，从我第一次开车接你去哪儿参加活动，2010年前后吧，那天你坐上我的车就告诫我，小饭，开车不要距离大卡车、土方车太近，越远越好。我听进去了。之后这么多年，每次开车路上遇见大卡车，我耳边就有你对我说的这句话，并尽力执行。不过死神来了并不是谁想逃脱就能逃脱的。

死亡是一个我很想跟村长请教和讨论的话题。村长，你害怕死亡吗？害怕过吗？你觉得死亡是怎么一回事呢？如果死亡是文学的母题之一，我们要如何去写它？阮海彪写过《死是容易的》，陆幼青写过《死亡日记》，这都是你再熟悉不过的作品。早年你在报刊上写过的很多小专栏，能把小事讲得妙趣横生，几乎是你的看家本事。你自己倒是好像都是在写“活着”。比余华还余华。

要不再加一个问题，“活着”又是怎么一回事呢？2006年的时候，我去参加《青年文学》的一个文学活动，当时我问了这个问题，给一位北大教授。北大教授听到这个问题，笑开了花。他只简单回了我一句：小饭，我真是羡慕你，还能问出这样的问题。大概是笑话我笨吧。我现在确实不会问出这样的问题了。而且，凑巧的是，自己居然活到了那位北大教授听到这个问题的年纪。

第一封信先写这么多。期待老头的回信。

小饭

2024年9月17日 中秋

小饭：

你好啊！

现在已是后半夜。我在这个特殊的日子给你回信。祝贺你的好日子，祝贺你们！

你信上说开车，我也告诉你一个我的车的事。白天我在给电动轮椅充电打气。它高大威猛，但是好像出了毛病，充电无效，我试了两个插口，均像没充一样。网上搜索，说长时间缺电，电瓶会“饿死”。祸不单行，我用一个充气宝打气，左后轮的读数始终无法升起来，我猜是漏气了。这个轮椅到我家有三年了。很惭愧把它弄得休克了。说来坎坷，它从北京来上海，从史铁生家到我家，我一块块拆去包装箱的木板。2010年买下轮椅，在等待运输的那段时间，铁生发病，去世。他没坐过他的新轮椅。陈希米将它运到上海，换了新电池，将它送给我，由我代铁生坐着去看尘世。唉，我一定要修好它。

你突兀地问生死，“还能问出这样的问题”。我平时不去想这些事情。尽管很多人物意外地死在我的小说里，我有篇小说的标题就是《一个人死了》，另一篇是《死》。但我平常只是将死亡当作自然过程。我在年轻的时候怕活不怕死，真的挂了也只好挂了。有一次我差点死掉，母亲极为悲伤，我见了不禁将死当作一个忌讳，发誓一定要死在母亲的后面。等自己有了孩子，陪伴他们成长，祈祷老天帮帮忙，让我等到他们成年。我这个当父亲的可以大言不惭问心无愧。我已过了70岁，老天还真是帮了大忙，谢天谢地。

我不忌讳谈生死。我做了个文件，《逝者》，记我认识的师长、同事、朋友的去世。已经超过100人，很惊悚。打开它就不是好事，有人仙逝我打开文件加上一行。最后一行是我的名字，缺个年月日。我写在那里，免得我死了没人帮我写。

我常常会想起一些人。只要我活着，他们也活着，栩栩如生。

我老了，尽量不去殡仪馆，不送别。祝亲人和朋友们活得长久。

我喜欢看科学和科技的信息。现在AI作怪，据说人可以活150岁，还有人说可以千岁。这个实在太过分了。死亡是生物的一项权利，当它变成一项福利时，求死不得，那是悲剧。中国人有句骂人的话叫“老不死”，真的成了咒骂。写信时，电脑在播放刀郎的《花妖》。一个在国外的朋友转到微信的群里，我点开它后一直没关。歌里的人一次次复活，相互寻找，成为流浪的眼泪。在时间的树下这么缠绵的故事，不要成真才好啊。也有点羡慕。没人来跟我捉迷藏给我看腰上黄。生活中的人，来过了，消隐了。爱过的人，彼此看一眼头颈以上的对方，说点得体的话。是啊，人活着，将头颈以下给活得先死了，人就成了塑像，要用修好的轮椅运来运去。这么一想，是不是多点活气，有点幽默了？

我是热爱生命热爱生活的，听着很俗气？尽一个生物的本能活着。我关心人类，关心我死后他们怎么办。我日常做一点琐事来表达自己的生。我书房的三面有几千个作家在陪伴，我的各国的同行们七嘴八舌，我腹背受敌。他们多半死了，他们的热爱活在书中。我劝他们不要太看重自己。他们中最老的不过2000多年，老不过一块石头。我相信，我读他们的文字，他们就活了过来。

以后，我也这样。我跟孩子们说，你们老爸不用墓地，你们想我了，找本我的书，读上一段，爸爸就在了。你也是我的同行。我读过你写的秃头老师，我说你的小说比韩寒写得好，你还不敢认。我见过你的孩子。我们比别人多了一层存在。我们的头颈上下完整地活过了，继续活着。我们去污染AI。

恭喜你们，千恩万爱，白头偕老！

陈村

2024年10月20日 凌晨

春节入非遗有感

陈保平

2024-12-25

春节，这个中国人最隆重、最温暖、最富有人情味的节日，自汉武帝太初之年始，已有2000多年历史了。现在，联合国教科文组织把它列入世界非物质遗产保护名录，确实是一件令人高兴的事。其实，好多年前我去旧金山，就看见春节花车游行，不仅有华人的，也有洋人的。美国一些学校，会让孩子做生肖小动物迎接春节。埃菲尔铁塔除夕晚亮中国红的灯已有好几年。联合国也正式把春节列为自己的假日。可见，中国春节早已有广泛影响，它传承的辞旧迎新、家庭和睦、祈福纳祥、天人和谐共生等中华文明理念，与人类共同价值息息相通。人们对节日的期盼和愉悦也是生生不息。

在漫长的中国年迎新实践中，可谓千姿百态，也一直融入不同民族、不同地方的特色。如这次公布春节入遗时提到的四川绵竹木版年画、自贡灯会等，都是当地取材，本土创作，风味特别浓郁。我不知中国结是哪里发明的，这个用料简单、寓意鲜明、富有传统编织工艺美感的吉祥物，在我小时候过春节是没有的，现在全世界各大城市都可看到。从写春联、贴福字到挂灯笼、编中国结，以简朴而非奢靡的方式寻找美感和欢乐，或许也是中国传统文化中值得汲取的瑰宝。顺便提一下，网红李子柒在这方面做了值得肯定的探索，她让世界看到了中国和东方独特的美。当然，也有一些春节的好传统是不是在遗失？记得小时候过年前家家户户都要“掸尘”、擦玻璃，单位也要大扫除。“洒扫庭除”一直是中国古代逢年过节的第一功课。可能现在有保洁工了，这种仪式性的“打扫卫生”就没有了。平时没感觉，偶尔去国外，会发现邻国一些城市比我们干净、整齐。所有的大楼、汽车都窗明几净，好像天天在过年，心里有点不是滋味。于是就想，我们能不能恢复春节“掸掸尘”“擦擦玻璃”的传统，或者至少过年不乱停车、不把“摩的”开上人行道，矫正一些忙乱时的不文明行为？试想，如果一个城市每栋楼、每扇窗都干净如洗、闪亮发光，每辆小车、每辆单车都停放有序、排列整齐，是不是就是这个城市的精神风貌？是不是比我们做许多形象广告、形象工程更有说服力？可能说说容易做起来难，那可不可以先从春节做起，让中国年的城市变得更干净？庭院不扫，只挂灯笼，终究不是中华文明的传统吧。

春节入非遗也是倡导人类文明多样性的生动例子。东西南北文化各有特色，各美其美，美美与共，人类文化才得以绚丽多彩。我们今天有许多节日如元旦、三八妇女节、六一儿童节等也都是从外来文化中吸纳过来，又融合了本土元素，才使节日的内涵更加丰富。比如每年六一儿童节，我们都会举行一些绘画、音乐比赛，让青少年以展示才华的方式庆祝节日，应该是节日文化的一种创新吧。在人类文明长河的流淌过程中，交流、互鉴、融合总是不变的方向。今天，中国春节被世界普遍接受、认同和欣赏，只是再一次证明而已。

不麻烦别人

李晓东
2024-12-29

“不麻烦别人”一度被视作日本人的人际关系“第一守则”。我在华东师范大学读博士期间，兼职教对外汉语，对这句日本学生微微得意的“口头禅”，至今印象深刻。慢慢发现，“不麻烦别人”的观念，已渗入我们的日常人际关系中，成为你我和身边人有意无意的行为规范，而且，存在一个从无意识到有意识，或者说，“自发到自觉”的过程。

例子很多，限于篇幅，我们直接“透过现象看本质”。这种心理，根本上并非不愿意麻烦他人，而是担心“还不起人情”，不确定对方会在某个时间提出什么要求，有的可能超出自己能力。为防止这种情况，索性未雨绸缪，不向他人开口。

因此，“不麻烦别人”的本质，是不帮助别人。其中包含着一个先在的假设，即每个人可以处理好自己的事情，冒昧地“帮忙”，不仅没必要，还可能造成干扰，甚至是一种不礼貌的冒犯。比如上海话里“帮帮忙”，不是请求帮忙，而是请勿打扰，不要无事生非。与绝大多数内地城市不同，上海的形成和兴盛，根本原因在于对外贸易，即“开埠”。人们都来自五湖四海，为了一个共同的目标走到一起来的，乡土中国的血缘家族伦理让位于商品社会的交易规则。因此，上海人精明、内敛、爱讲道理而很少使用暴力，说话语速快而声音不大。待人温和，但内里包含着优越感。根本上，要守住自己的边界，不冒犯他人，从而最大可能避免被冒犯。

如今，市场经济在中国已实行40余年，80后、90后、00后……越来越多人在这种环境下出生成长，交易规则成为毋庸置疑的先在原则。“不麻烦别人”，逐渐成为普遍遵奉的法则。与之相应的，是人与人之间的距离感成为一种自觉。这种距离感不是疏离感或者故意的冷漠，而是对于“群己权界”理念的现实运用，也就是“有分寸”。曾经，朋友或熟人间，拍肩膀、呼小名，表达亲热。

人与人之间距离感的后果，是不向他人说心里话。前提假设别人对自己的事情不感兴趣，“人类的悲欢并不相通，我只觉得他们吵闹”。因此，“莫斯科不相信眼泪”，并不想博取他人的同情，也无兴趣了解别人私事。金宇澄小说《繁花》最无可替代的，就在于写出了在计划经济时代即存在的上海人际关系——无论亲人、友人，或是其他社会交往。《繁花》中用得最多的词是“不响”，上海话“勿响”。含义很多，有不灵、不爽、不屑、不满但不说之意，也表示无言的赞许和莫逆于心。归根结底，在于是否明了大都市以交易为基本的人际原则。

“不麻烦别人”还存在更深层的顾虑。求人帮助，固然暂时可以解决困难，却在某种程度上授人以柄，被人拿捏住了能力或者资源方面的不足。商品社会，“理性人”“经济人”较多，见利忘义随时可能发生，将缺点主动暴露于人，心里终究有些“抖豁豁”。而在工作中求助于人，偶一为之或可，次数多了，就成为“不称职”的表现，岗位被取代的风险大增，可谓职场大忌。

与之相伴随的，是物权意识的普遍化。常言道“亲兄弟，明算账”，现今，夫妻间也明算账了，这点与国外的夫妻关系类似。中国古代，血缘关系渗透入社会关系，故而《三国》《水浒》里的好汉们先结拜后干事，而今，社会关系重新界定夫妻关系，“社会的细胞”分化成各自独立的蛋白质。

当“不麻烦别人”成为越来越多人的共识，社会服务业就逐渐繁荣起来。因为服务者与被服务者有契约关系，而且这种契约行动进行之前就约定好，权利义务、付出回报、原因结果，都可知可控。

也说预制菜

胡展奋

2025-01-09

预制菜名声不佳。到处在抱怨。有一次我把“杏花楼”的预制菜买回家，自以为讨巧，孰料家人居然发出了尖锐的嚣叫，夸张得像是拖了一条臭鳜鱼转来。

据说，它坏就坏在“预制”两个字。那暧昧的“预制”就像股票的“重组”让人遐想无限。其实“预制”两字本身何错之有呢？查预制菜的定义，是这么写的：经预选、调制等工艺加工而成的半成品。

如此说来，我们与“预制菜”的亲密接触，至少已经3000年了，有什么大惊小怪的，早年就连天子也天天吃预制菜。《周礼·天官· 膳夫》中记载的“天子八珍”—— 淳熬：肉糜拌大米饭。淳母：肉酱油浇小米饭。炮豚：煨烤炸炖猪崽。炮羔：煨烤炸炖羊羔。捣珍：牛、羊、鹿的里脊肉捣成肉泥而食。渍：灯影酒糟牛肉片。熬：五香牛肉干。肝膋：烧烤肉油包狗肝。问题是，这“八珍”请问哪一“珍”事先没有“预选、调制”过呢？以“熬”为例，先用木榔头将牛肉或者鹿肉捣捶成薄片，除去皮膜，摊在苇荻篾上，撒上姜、桂和盐末，以小火慢慢烘干而成“半成品”，类似于现代的福建肉脯。它可以挂起来，储存很长时间，以后湿吃、干吃均可，想吃湿的，可把肉脯放在肉酱里慢火煎食；想吃干的，可再次反复捶打，打到肉松状，配伍他物，手撕享用。须知炒菜之锅是宋代才有的，植物油现炒现吃的乐趣于先秦可是门都没有的——况且“天子百酱”，“预制”的更多，《周礼》的详细记载，主要包括以下几种：蜗牛肉酱，也叫“酱蜗牛”。蚂蚁卵酱，用蚂蚁卵制成的酱品，听来真是惊悚，但当时是天子的最爱。蛤蟆酱，蛤蟆嫩腿制成的酱肉。牛肚酱，牛肚剁糜制酱。兔肉酱，兔肉腌酱。獐子肉酱，獐子肉剁糜制酱。鹅肉酱。鱼肉酱，鱼肉糜入酱……

全是“半成品”。古时哪有冰箱，想保持食物不败，只有先做成半成品防腐。腌鱼称“鲊”，以盐和红曲腌制，平时收在陶罐，届时拿出来蒸或者煎；肉更是可腌可腊可熏，火腿不也是最出名的半成品嘛，吃了成百上千年，也没听说像罗马人喝铅罐红酒那样吃坏了身体。

事实上，预制菜的家族太庞大了。且不说餐桌上所有的冷盆都是“预制”的，市面上的鱼丸、蛋饺、肉丸、鳗鲞、海蜇、水发肉皮……直到熟食店里无数的熟食，甚至包括成百上千种的罐头食品，无论荤素，请问哪一件不是“预制”的呢！

家人听了半晌无语，坦承是那“预制”两字让人遐想无限了。也难怪，你预制菜烹制的全过程天暗暗地黄黄的，有谁看见呢？！以往的食品安全又不是没出过问题，是以“预制”本无错，关键在监管，那《中华人民共和国食品安全法》都明晃晃地墙上挂着，所谓抬头有神明，你若偏不抬头，有啥办法？

所以预制菜如果有问题，则错不在“预制”，而在监管的失范和道德自律的失去，类似的误杀不能不令人联想到长期被指控为“垃圾食品”的方便面，罪名是“单一地提供碳水化合物”，问题是米饭和麦面也是“单一地提供碳水化合物”呀，鸡蛋和方腿还“单一地提供蛋白质”呢，它们算不算“垃圾食品”？

显然，“单一地提供”什么，错不在食物是否“垃圾”，而在于我们“单一的摄入”，事实上任何“单一的摄入”都将导致营养不良，如同单一的阅读，单向的思考，都是有害的，这种“肚痛埋怨灶司”的荒唐思路居然长期左右着我们的认知，难道不是更可怕的吗？

事实上，没有社会的契约和诚信机制，没有道德的自律和法律的监控，不要说“预制菜”，就是现炒现做的菜肴该有问题的，还不是照样有问题？且长此以往，任何商品的交易成本都会因诚信成本太高而渐行渐高，以至于今天可能是“预制菜”失范，明天就可能是食用油失范，后天呢，体温表、卫生巾、羽绒服、洗衣粉、口罩都会失范？

我们不知道。有时候我们也无从去打听，去知道。

问题是，为什么说着说着又扯到了“诚信”与“监管”这处老疤了呢？

问题是，如果不归结到“老疤”，阁下你还能再给我一个更新的说法吗？

有用的人生尽头是无用的美

张 生

2025-02-06

可能在每个让人感到生活受到挑战或者出现技术巨变的时代，也会有人说学文学艺术或历史哲学这样的文科“没用”，但奇怪的是，这些没用的学科在古今中外却不仅没有消失，反而始终在我们这个凡事都追求“有用”的世界里“攻坚克难”，生生不息。这不免让人深思。

前段时间，有个剑桥的博士写了篇《嗅觉伦理学：现代和当代散文中的嗅觉政治》的博士论文，受到很多人的嘲笑，而前几年国内有篇《关于屁的社会学研究》的硕士论文也曾受到大家的挖苦。不过，且不说这些论文的内容到底是什么大家并没有看到，而即使就是真的没“用”，又有什么关系呢？文学艺术和历史哲学本来就不是为了“有用”而诞生的。胡适曾说做学术研究是“为真理而求真理”，不能先有一个“有用没用”的“成见”才去做研究，所以他说：“学问是平等的。发明一个字的古义，与发现一颗恒星，都是一大功绩。”

可若以今天的一切均要“学以致用”的实用的观点来看，胡适的观点也会被人觉得滑稽可笑。从某种角度看，发现一个甲骨文的字义和发现一颗十万八千里的恒星，或许也都是没有什么用的工作，更不可能来钱。这也是为何今日以“有用”为唯一标准的网红高考志愿填报专家们“走红”的原因，因为在他们眼里，天文是最大的“天坑”专业，汉语言文学也是最大的“地坑”专业，只有和实际工作对应的、来钱的专业才是有用的、值得莘莘学子报考的专业。至于胡适放弃在康奈尔大学学习有用的农学去哥伦比亚大学去学习无用的哲学，徐志摩放弃哥伦比亚大学来钱的经济学去剑桥大学搞无用的文学，那更是不折不扣的“神经搭线”的行为。

殊不知，文科有很多文章本来就不是为了“有用”来写的，但这些“无用”的研究却能给人以奇妙的想象，让人脑洞大开，又勇敢打破有用性铸造的藩篱，让人的智慧得以自由驰骋，给人以突破常规的创造的勇气，对未知的世界进行探索，以扩大世界的边界；而与之异曲同工，很多文艺作品更是让人在会心之间得到愉悦的情感，让人感受到情感之深挚和美的沉醉。这些“无用”的文章和研究都可以让人超越有限的生命和世界的疆界而升华到无限的人生与世界之外的境界。同时，也是因为有了这些让人觉得似乎没用的文章和研究，才让人得以将其作为可实现的目标而做出了有用的工作。

正因为这样，打一个不恰当的比喻，或许那些没有用的文科就是爱情，而那些有用的理工科就是婚姻吧。尽管爱情并不一定必然导致婚姻的结果，但却可以给予人们虽然无用但美好的情感和浪漫的想象，让人有勇气有可能去接受有用的婚姻，去建立家庭，去抚养下一代，从而把自己生活的这片土地建设得更好。

显然，我们如此短暂地活在这个世界上，不只是为了有用的具体的东西而活，更是为了那些没有用的抽象的东西而活。若人只是为了有用的东西而活，那和普通的动物没什么区别，只有为了没有用的东西而活，才是不同于普通动物的高等的人，生活也才是人的生活。因为有用的大都是肉体的需要，没有用的却是精神的需要、灵魂的甘泉。而人毕竟是有着精神和灵魂的高等的动物。

上世纪80年代，我在读大学时，大家都想买个录音机。当时录音机很贵，有的可能比父母一个人一个月工资都还要多，所以，很多同学在向家人讨钱买录音机时都说是为了学好英语，因为那个时代不仅有“学好数理化，走遍天下都不怕”的口号，还有“学好英语，走遍世界”的说法。那个年头，国家正处于改革开放伊始，努力融入世界的时代，因此我们一进大学就上英语听力课，不管什么专业都把学英语当成一件大事来抓，而家人也因此愿意慷慨解囊支持我们买录音机学英语。但或许让父母和我们自己都深感惊讶的是，买了录音机后，很多人主要用来听翻录的美国乡村音乐和港台流行歌曲的磁带，却并没有真的用多少时间来听英语磁带练听力。这就像现在人们去买iPad的理由是为了学习或者阅读，实际上却用来玩游戏追剧一样。

其实，我们每日里做有用的事或者努力工作，何尝不是为了可以有机会享受无用的快乐呢？也许，有用的人生的尽头正是无用的美。

退群反思

陈世旭

2025-02-28

日前，在微信群看到一篇关于文学的议论，觉得立论偏颇，十分情绪化，极为不适。我与转发者只见过几面，并不熟悉，不便交流，只好退群。

然而，事后想想，又觉得有些反应过度。这样的大动肝火恐怕主要是因为事情发生在春季。春季是上火的季节，肝火过盛便容易发怒。中医称为“善怒”“喜怒”，属于疾病的范畴：“肝为刚脏，喜条达而恶抑郁，在志为怒。”肝属于刚强、躁急的脏器，喜欢舒畅，不喜欢抑郁，反映到情绪上，主要表现就是上火。

而上火其实解决不了任何问题，相反却会自伤。

网络是个自由空间，有好听的话，也有难听的话；有正经，也有无厘头。各类难听的话，只要不构成司法问题，那就只能当是耳边风。我插队的乡下有句俗话：削冬瓜不动拿瓠子刨皮。写作毕竟是一种能力，那些人心里失落，只能拿百无一用的书生开涮，也难为他们了。都要较真，都要受不了，那才真会受伤害。相信那几位被点名的作家会有足够的大度和格局。不会像我这样小肚鸡肠，咸吃萝卜淡操心。

继而往深里想，事情好像还远不止小肚鸡肠这么简单：我自己之前在群里的发言，是不是也有可能伤害到这位转发者因而引起他的不快了呢？

有一个科研机构发现，经常发短信和电子邮件对智商的损害非常大：在手机或电脑键盘上按来按去或查看电子信息会暂时性地让使用者的智商下跌。这种智商暂时下跌的现象被称为“资讯躁狂症”。如果说彻夜不眠会对智商造成影响，那么资讯躁狂症患者的智商，则相当于一夜无眠之后的状态。更严重的是“资讯躁狂症”患者随时准备对短信或电子邮件进行回应，不能专心更重要的工作，必然导致其他更有意义的工作或社交受到影响，生活品质也随之下降。

一段时间，我似乎就患上了这样的资讯躁狂症，对查看微信上瘾，稍有闲空就查看并及时回复微信。却不知道，在这个过程中，由于某些性格上的毛病，我有可能犯错。

那些毛病归纳起来不外有：

求胜欲太强。别人只要与自己意见不一致，就要不顾一切去驳倒对方，无论这样做是否值得。

好表现。不论什么话题，都要拐弯抹角地扯到自己如何如何，并且必有高见。

喜欢教训人。对别人的说法总是要评头品足，把自己的标准强加于人。

喜欢讥讽。为了让自己显得深刻诙谐而不必要地说出一些尖酸刻薄的挖苦话。

自我感觉良好。总是高估自己。不懂得聆听，不懂得感激，不懂得肯定和欣赏别人。

喜欢用“不”“但是”或“可是”来开头。过多地使用否定式过渡语，实际上是在告诉对方“你错了，我才是对的”。

喜欢“卖赛”（广东话“炫耀”）。别人说旅游了某国，马上就说自己走遍了某国所在的某洲，非要压人一头；天上地下、中国外国，什么话题自己都是三年早知道。

出尔反尔。别人刚接受了自己的观点，自己却又立刻180度改变刚才的观点。总之是要显得比别人高明。

拒绝道歉，拒绝认错，拒绝承认自己的行为妨碍了别人。

过于强调自我，把自身难以改正的缺点看成是一种美德，声言“我就是这样一个人”。

结果只能是不满他人，怀疑他人，苛求他人，鄙视他人，对立于他人，最终成为孤家寡人。认识到这一点，又觉得退群是对的——可以不再给人造成困扰。

人到一定年纪才有可能发现：可以责怪的人越来越少，人人都有他的喜好、他的处境、他的立场。不责人之过，不揭人隐私，不念人旧恶，不只可以养德，还可以避免对他人也包括对自己的伤害。

如果可以接受自己也不那么完美，就不用忙着去粉饰；如果可以承认自己并不那么高大，就不用急着去证明；如果可以放弃自己的种种成见，就不用争执反驳；如果可以不在乎别人怎么看自己，就不用种种申诉甚至自炫；如果可以慢半拍，静半刻，低半头，就可以一直微笑。

好在，任何时候知道这些，都为时不晚。

不怕被蜇

马　原

2025-03-18

不怕从心里已经认输了，他知道自己不是蛤蟆的对手。作为手下败将，他无颜再去面对蛤蟆。骄傲的不怕选择了回避。

往回的路上，正在休息吃草的水牛见到被烧得黑黢黢的不怕，问他怎么了。不怕说，草场失火，他为了救麂子被烧伤了。水牛没怀疑他，把他带到水牛们经常玩耍的泥塘，让不怕在泥塘里打个滚。这是水牛们的疗伤方式，对老虎不怕也同样适用。

伤愈后的不怕恶习不改，仍然对弱小的动物欺侮和羞辱。他捕杀了寨子里的猪和鸡，吃得饱饱的不怕，对瘦瘦的猫咪没有兴趣。猫咪抓到了小老鼠，兴致勃勃地将小老鼠抛上扑下，玩得不亦乐乎。不怕问猫咪，你已经抓到老鼠了，干吗不一口吃掉呢？猫咪说，老鼠坏透了，偷粮食还咬坏东西，他就是个害人精。

不怕不屑，抓老鼠算什么本事，马鹿和最能跑的麂子都逃不出我的手，你不服就跟我比比谁更有本事。猫咪说，我不如你，但是咱们可以比比谁能在树上跑来跑去。比赛的结果，你们一定猜得到，就不用我再费口舌了吧。

不怕有吃得饱饱的时候，当然也有饿肚子的时候。只有饿肚子的时候，不怕才格外耳聪目明。他隐隐约约听到麂子的哀鸣，循声过去，麂子居然没跑。不怕不懂了，你为什么不跑，难道你是在等我来吃你吗？

吃我没问题呀，可是你吃了我，你也就没命了。吃了你我会活得更好，因为这会儿我肚子已经饿得咕咕叫了。

不怕大哥，我不是在跟你开玩笑，你肯定知道，天王有一个宝贝铜锣。我当然知道天王的铜锣，谁能敲一下铜锣，天王就会给谁带来幸运。可是天王不会随便让谁去敲铜锣的。天王专门派我在这里守着铜锣，就是不许任何人敲它。让你守着铜锣，铜锣在哪里啊？你抬头看看，就在你头顶上。

麂子指给他看的是一个硕大的圆形蜂巢。不怕用轻蔑的口气说，你不许我敲，我就不敢敲吗，你知道你自己是个什么东西吗？不怕大哥，你敲了铜锣，就只有死路一条了，你还会连累我。你不怕死，我怕，我好怕怕呀。

你怕，你就走远点，我敲，我不连累你。麂子见了老虎没逃，是因为他被猎人的套子套住了。他知道自己的机会来了。我走不了啊，天王怕我贪玩，把我的后腿拴住了。不怕很不耐烦，用虎牙将绳套拆解开。麂子借机将绳套反扣住虎爪，迅速将扣子拉紧，不怕不但不在意，反而自己把绳扣拉得更结实。在他看来，他能为麂子解开，也一定能为自己解开。现在他要去玩自己的游戏了，他要去敲锣，那可是天王能给任何人带来好运的锣。

蜂巢挂在有两人高的一个横向的树干上，对老虎来说，这个高度完全不是问题。不怕原地起跳，同时挥动双拳，狠狠地砸在他以为的铜锣上，没有他预想的洪亮的锣声，而是一阵低沉恐怖的嗡嗡声。突然一片黄黑色的烟雾样的东西腾起，并且马上罩住了不怕，那是比蚕豆还要大的黄蜂群。

不怕的脸上、嘴上瞬间被蜇得肿了起来，不怕痛得要命，拔脚就跑，却被绳套给绊住了。他原来以为能轻而易举地打开，可是暴怒的黄蜂群绝对不给他喘息的余地，他根本不可能忍住剧痛安心去拆解绳扣。

他暴跳如雷，却又无可奈何，任由黄蜂群肆意地报复他、惩罚他。被蜇得昏了头的不怕，这才想起来他身上的皮毛可以隔开黄蜂的毒针，所以痛的只是嘴巴和脸。

蜂针的长度不足以穿过皮毛蜇到皮肤。不怕于是将头埋在地上，地面的青草将他的脸遮蔽了。蜂群无计可施之下，只能无可奈何地离开。不怕的这场灾难终于结束了。

春来随想

云　德

2025-03-21

春回大地的征兆，事先并不引人注目，却总能在悄无声息中给人以惊喜。

北方的冬季因为万物萧瑟、天寒地冻、酷冷难耐，所以显得格外漫长。立春最早给人的信息模糊得如同一个时令的代码，冬婆婆料峭的北风照吹不误，迟迟不愿退场，出门依旧需要臃肿的棉衣御寒。打春过后总会拖上个把月，接连刮他几场南风，当寒气不再入骨时，人们才能真切感到几分春的暖意。

本人对于春的回归，既非视角的观察，也不是穿衣的感受，而是过敏的嗅觉。每天雷打不动地去公园遛弯，沿途景观似乎没有任何春来的变化，依然灰蒙蒙的一片，但鼻子和眼睛开始有些刺痒，最初觉得是着凉抑或是看手机时间过长所致，虽及时调整生活方式，但丝毫不见效果，还日益加重了，这才想到了可能是过敏反应。回头仔细观察，方才突然发现，无叶的柳树已经绿枝摇曳，不落叶的松柏和冬青颜色正由暗绿转向翠绿，干枯的桃杈上已经挤出清晰的芽苞，黄澄澄的迎春和粉红的美人梅花蕾已经隐约拱上枝头。嗅觉的本能加之视觉的双重验证准确无误地告诉我：噢，春天真的到了。

应激反应帮我报春的荒唐事实让人吃惊，也给自己带来两个感悟：一是何以敬畏生命。尽管立春的概念早已知晓，肉眼触及的空间找不到任何花粉和柳絮存在的痕迹，在后天培育的强大认知能力尚未觉察任何春天降临迹象的时候，应激的先天本能却已准确捕捉到了空气中弥漫着的过敏原。所以，自以为处在食物链顶端、自然界最高精灵的人类，尚不能完全认识自己，更不要说真正掌握生命的奥秘了，不服不行。二是如何敬畏自然规律。古往今来，科学技术的进步虽日新月异，但四季轮回的自然变迁谁也无法撼动。地面上虽冰凌依旧，春天一到，冻土层下的野草依然破土而出；玉兰与桃树的枝条虽坚硬似铁，春风一刮，柔嫩如纸的花苞照样势如破竹地轻松顶上枝头。这表面看似脆弱，实质上却无比坚韧而又强大的生命力量，稍一琢磨，让人震撼不已。而孕育且储备这巨大能量的神秘驱动器，无疑就是自然规律在背后不动声色地操作。故而，顺应自然、适时而动，似乎永远都是人与自然和谐共生的不二法门。

自然如是，社会亦然。许多历史上的重大事件，人们习惯性地用以“爆发”来形容它们的横空出世。其实，“爆发”只是那个时间节点的存在方式，真正幕后的英雄，无不是各种力量长期积聚酝酿而成的历史趋势，是关键时刻发生同频共振的必然结果。

当奥斯曼帝国的乌尔班巨炮轰塌君士坦丁堡城墙时，封建堡垒的军事价值瞬间瓦解，火药革命悄然重塑着欧洲的政治版图，其实这与中国炼丹炉里的偶然发现，与阿拉伯商人的跨洲运输，到最终在威尼斯兵工厂完成技术迭代一脉相承。当哥伦布船队的水手在桅杆顶端发出颤抖的呼喊时，这个改变人类文明进程的偶然发现，看似航海家个人的冒险，实则是欧亚大陆千年技术积累、经济需求与地缘格局共同孕育的果实。蒸汽机的活塞运动之所以成为“改变世界的机器”，具体像是古希腊汽转球走向了分离式冷凝器，实际则是数学、冶金、机械制造等多领域千年技术积累的结晶，没有它们逐渐冲破传统手工业的岩层，无法最终叩开工业革命的大门。当马丁·路德将《九十五条论纲》钉上维滕堡教堂大门时，肯定有从但丁《神曲》到古腾堡印刷机，从市民阶层崛起到宗教改革浪潮，对旧制度桎梏持续冲击的功劳，因为人的尊严觉醒和新文明启蒙已经前后积蓄了三个多世纪。如果没有长期的封建专制和外族侵略的残酷剥削和压迫、没有孙中山改朝换代尝试的惊喜、没有马克思主义和十月革命传送的火种，或许就不可能爆发以科学与民主为宗旨的五四运动。

所有这一切，无论是春归的悄然，还是某些历史大事的突然爆发，自然与社会都以某些不以人的意志为转移的客观规律为此默默地做着注脚。人类要创造美好的新生活，到底是选择顺应还是逆旅，在各种美妙蓝图付诸行动之前，人们或许都应当审慎地掂量一番。

爱夜光杯 爱上海

2024

过日子

姥爷的书院

刘亮程
2024-04-18

知知1岁到4岁期间，每年来姥爷的书院住很长时间。

书院在天山脚下的村庄里，一个很大的院子，长着年龄比姥爷大好多的榆树、白杨树，还有老杏树和苹果树。书院菜地种着各种蔬菜瓜果，包括土豆、玉米和草莓。知知每天去几趟菜地，摘喜欢的黄瓜和西红柿吃。有时蹲在草莓地里，吃够了再起来。

知知是一个不知疲倦的孩子，早晨鸡叫三遍时醒来，一刻不停地玩到晚上，星星和月亮出来才肯睡觉。跟很多孩子一样，她会自己玩，自己跟自己说话，会说出许多大人看不见的东西，会把没有的当真。

姥爷说，孩子两三岁时还分不清梦和醒，晚上的梦和白天的生活连在一起。这是多么天真美妙地把梦当真的童年。知道梦是假的时，孩子就长大了。

知知的姥爷是作家，写了好多书，知知还不识字，让姥爷讲书里的故事。姥爷说，书里的故事等你长大了自己读吧。孩子到世上，首先是来亲身感受阳光雨露，闻草木花香，亲眼看自然万物的。姥爷给知知讲院子里的故事，讲没有写到书里的蝴蝶和蒲公英，讲随处可见的鸟和虫子，讲吹过树叶和眼睫毛的风。

知知喜欢在院子里捉迷藏。

姥爷在小说《本巴》中也写到捉迷藏游戏。赫兰藏在碎小的紫苜蓿花朵后面，藏在飞成漆黑一团的蚊群后面，藏在母牛哞哞的叹息声里，藏在青草无边摇曳的影子里，赫兰以为自己藏得足够隐秘。书中写了三个不愿长大的孩子，他们最先藏在母亲身体里，被父亲找到。后来藏在母亲怀抱，藏在小声啼哭说话的幼年、童年，都被大人找到。那些大人，喊叫着从童年少年里把他们捉出来，让他们做大人，干大人的事情。

所有会玩捉迷藏游戏的孩子，都想藏在不被大人找到的童年。结果呢，都被大人找到，一个一个长成大人，然后又回头，去找藏在童年的自己的孩子。

院子里的树，姥爷从来不修剪。

姥爷说，树想长几个枝是树的事，修剪树是人的想法，不是树的。

我们是到一棵大树下生活，不是一棵树在我们的屋檐下生活。

树是这个院子的主人，我们来的时候，那棵大榆树已经长了100年，松树和大杨树也长了七八十年，树上的鸟和蚂蚁，也都繁衍了几十代，都是我们的长辈。

在这个院子，每棵树都蓬勃茂盛地生长着，树的所有想法，都长成了枝，生成了叶，结成果实。

书院的大杏树下面，长着一片小杏树，都是落地的杏核发芽长出来的。

每年春天，都有村民来挖小杏树，去栽到他们家院子。姥爷也挖小杏树栽到果园外的山坡。

一棵杏树的小苗，已经走到村庄里很多人家的院子和山坡，长成一棵棵杏树，开花结果。它们的杏核，也会在树下发芽，长出小杏树来，被移栽到更远的地方。

杏树就是这样，漫山遍野地种植自己，春天杏花开时，所有杏树的花香，在风中相互闻见，它们会认出自己出自同一棵老杏树，所有的花香汇聚到老杏树这里。

那时我们一家人在老杏树下乘凉，麻雀和野鸽子在树枝上叫，蚂蚁排队上树，知知数树上的蚂蚁，鸡在土里刨虫子吃，虫子生出更多的虫子，一层一层的虫鸣，响在一阵一阵的杏花香里。

潮州菜的秘密

盛 慧

2024-04-30

新书《粤菜记》出版以后，很多人好奇，一个江苏人为什么会写一本粤菜的书？我想，最重要的原因有三个，第一点是因为我从小就很贪吃，第二点是我在顺德生活了近20年，第三点，也是最重要的一点，那就是我太太是潮州人。

潮州菜最大的特色，我个人的感觉就是清鲜。吃潮州菜的感觉，很像品味倪云林的山水画，简约、疏淡，意蕴绵长。其中，最有代表性的就是橄榄炖汤，乍眼一看，几乎清如开水，喝入口中，却觉得清爽鲜美，妙不可言。

导演陈晓卿说潮汕地区是“美食的孤岛”。的确，潮汕地区偏居一隅，属于省尾国角，加上潮州话很难听懂，潮州文化形成了自己独特的体系，这让潮州菜带着几分神秘的色彩。在食材、制作和调味方面，都与他地有所不同，我们不妨称之为潮州菜的秘密。

我们先从卤鹅说起，潮式的卤鹅为什么好吃呢？首先用的是本土养殖的狮头鹅，然后是卤水，这里与他处不同，加入了南姜和香茅，甚至有人开玩笑说，把脚上的皮鞋放进去卤上几个小时，都能变成一道美味。在卤制的过程中，过上一段时间，就要将鹅取出来“吊水”，让肉质柔中带刚，弹性十足。吃卤鹅，一般要配蒜蓉、白醋，在解腻的同时，可以让口感更加鲜甜。潮州的卤水一般会煮得比较软烂，因为考虑到老人家的牙口不好。敬老是潮州人的重要美德，这一点，我是有切身体会的，我太太的老嬷爱吃肉脯，可她一颗牙都没有，我的岳父就将肉脯嚼得软烂喂她，像小时候她喂他那样。

潮州的鱼饭很出名，却很少有人知道，还有尔饭和虾饭，尔饭就是将小鱿鱼煮熟后当饭吃，虾饭一般用小龙虾，也有用大龙虾的，将整只大龙虾煮熟，放入冰箱急冻，取出后去壳切片，蘸芥末或鱼露食用。

潮州人吃鱼饭必点普宁豆酱，加入豆酱，万物可鲜，比如煮茶叶蛋的时候，我加入几勺豆酱，味道立刻大为不同。豆酱焗蟹，是一道名菜，做法很简单，最重要的是加豆酱和蒜头，放入砂锅，焗到干香四溢。我最喜欢的杂鱼鼎，做法也很简单，在浅海的小鱼中加入豆酱煮至收汁即可，那鲜美的程度，用语言是难以形容的。

除了豆酱，鱼露也是常用的调料。炒芥蓝的时候，有三个要素，猛火、厚膀、放鱼露，一定要加入足够的鱼露，才会有悠长的回味。

在潮州菜中，有许多奇妙的搭配。比如，炒白茄的时候加入金不换，就会有浓郁的海鲜味。比如，不同的鱼却要配不同的菜。一般来说，剥皮鱼配芹菜，香菜配红杉鱼，泥猛配冬菜，也有用咸梅的。有一次在凤凰山顶吃浮豆干，当地人告诉我，要夹上一片草仔一起吃，他们所说的草仔，其实就是薄荷叶，我试吃了一下，确实别具风味。

潮汕地区位于广东东南，这里有大海、河涌、平原和山林，多样性的地理环境，为当地人的餐桌提供了丰富的食材。潮州菜对食材的要求很高，首先要天然，而且要在最好的时节食用，有一个潮州的朋友告诉我，她最喜欢吃薄壳，但刮过台风那几天她是不吃的，因为，台风会让薄壳变瘦。其次，讲究食材的原产地，具体到某个镇、某个村。比如饶平的珠蚝、牛田洋的青蟹、南澳的宅鱿和珠瓜、江东的竹笋、海门的竹排鱼仔等等。

除了食材的产地，潮州菜还特别讲究食材的新鲜。比如，吃笋要吃当天挖的；比如，牛肉会屠宰完成后在四小时内送到店里，这时的牛肉尚未排酸，颜色鲜红，富有弹性，口感最佳。老食客深谙此道，他们会提前到店，一边喝工夫茶，一边恭候鲜牛肉的大驾光临。潮汕生腌，对食材更是挑剔，不新鲜的食材是没有资格被生腌的。

潮州人热爱传统，但不守旧，在潮州菜中，有许多让人脑洞大开的创意。比如，一个粽子里可以有甜咸两种口味；比如，鱿鱼可以煮粥，称之为“厚弥糜”，油渣也可以煮粥，称之为“朥粕粥”。

鸽吞翅，是潮州菜里的一道传统名菜，将鱼翅藏在鸽肚之中，《繁花》里称其为“仙鹤神针”。不过，并不是每一个人都懂得吃，佛山潮林荟餐厅的林老板告诉我，有一个外地人点了这道菜，只吃了两条鸽腿，喝了几口汤，就不再下筷了，完全不知道真正的好东西是藏在肚子里的。

干炸蟹塔也是潮州菜中的一道传统名菜，将蟹蒸熟后，手工取出蟹肉，蟹壳则剪成三厘米左右的圆形，将肥猪肉、瘦猪肉、马蹄、韭黄切成细粒，虾肉做成虾胶，加入蟹肉搅拌均匀，以蟹壳为托，捏成宝塔的形状，先上蒸笼蒸制，再撒上干雪粉，入锅油炸，成品外焦里嫩，鲜香无比。

又比如，萝卜干本是平常之物，潮州人却当成了宝，他们称之为“菜脯”，最常见的是菜脯炒鸡蛋；做汤的时候加入菜脯，口感会变得更加醇和；老菜脯煮粥，近年来十分流行。去年，我应邀请参加了一场粤菜厨神争霸赛，最后，来自广州生嘉记鱼仔店的潮州菜厨师做了一道“老少皆欢”——卤过的猪手，下面放一片萝卜干，上面放一片老萝卜干，旁边则点缀着腌过的新鲜萝卜，口感丰富，惊艳全场，最终获得了10万元奖金……

说了那么多，潮州菜最大的秘密，其实就在于一个“真”字，真味是评价一道潮州菜的最高标准。因此，厨师们会在烹饪的过程中千方百计地保留食材本身的鲜甜。我觉得，在调味品泛滥的时代，这样的追求是极其可贵的。

往后余生　请多走动

梅　莉
2024-04-29

小舅突发脑溢血在清明节前去世，我和先生赶去芜湖郊县奔丧。多年未见的表哥见到我说，谢谢你们能来送我父亲最后一程，我们平时应该多走动走动。他还责怪我，孩子考大学时没有通知他。我笑言，那你不是也没通知我嘛。他略尴尬地笑了。我们老家一直保有孩子上大学要宴请宾客的习俗。是的，我们作为老表，几乎可以用现在流行的一个词来形容：断亲。正如我妈常说的俗语：一代亲，二代表，三代四代就拉倒。细想一下还真是，虽然老表们都老了许多，沧海桑田写在脸上，但依稀能辨认出年少儿时的模样，但我们的孩子，彼此就完全是陌生人了。

距离远是一方面，更多的是现代生活节奏快，大家都忙于自己的家庭与工作，无暇顾及其他。父母辈还常走动，到我们这一代，几乎停滞。听表哥说起我大舅家的表姐，去年得了癌症，在上海治疗的。我听了大吃一惊。这个表姐，曾是我们那条街上鼎鼎大名的美女，照相馆的橱窗里贴的都是她的照片，一颦一笑扣人心弦。她不仅人美，还心善，待人接物自有一种大家闺秀的风度，是我和妹妹小时候的偶像。至今仍记得表姐18岁那年来我家玩，身着一件黑白条纹连衣裙，白皙的皮肤，再加上明眸皓齿的灵动，看得我目不转睛。后来表姐嫁给一个军官，定居在芜湖。在我还居小城马鞍山的时候，因与芜湖离得近，我们两家还是常有走动。那时的表姐虽然没有记忆中炫目的美貌了，但还是美女一枚。之后，我举家搬迁到上海，她随军去黄山待过几年（后又重回芜湖），彼此也就“渐行渐远渐无书”。

在小舅的葬礼上，看到表姐的丈夫，中年如他，已是满头银发。他们夫妇感情一直很好，一个生病，另一个必然忧心。不禁黯然神伤。看六神磊磊的公众号里一篇文章说他人到四十，莫名其妙会被一些东西击中，比如过去的一个工作群里已有两位朋友永远不在，又说自己今年才过去几个月，就已回老家奔丧三次……深有同感。我有个表妹，人生得也美，聪明能干，在上海开粮店，兼卖猫粮狗粮，生意做得风生水起，夫贤子孝，可谓人生赢家。我曾写过一篇《宝琴的上海》，写表妹，“夏天喜欢穿绿色的短袖，露出一截雪白滚圆的胳膊，好比莲叶衬白藕，眼睛笑成弯月亮似的和顾客用沪语打着招呼”。可是，她离开这个世界已经三年了。我们连最后一面也没有见，也不忍见。毕竟她还那么年轻，活蹦乱跳的鲜活模样在我记忆里留存，谁知道命运竟如此冷酷对她。

人生本是一场逆旅，有人中途提前下车，看似无常其实也是正常，但作为家人来看，终究意难平。

有的人则可能冥冥之中被上苍安排见了最后一次面。就像小舅，去年4月约我去马鞍山我妈妈家见一见，我欣然前往，没想到就是最后一面。小舅去世前两周，我忽然打了个电话给他，电话里他笑声朗朗，我以为他还能活很久。

在小舅的葬礼上，失联多年的老表们重新又联系上了。妈妈兄弟姐妹四个，开枝散叶后，我有老表十余人，这次加了微信，热情地邀我去他们的城市玩，如数家珍地介绍旅游名胜、当地特产，真当收获亲情一箩筐。得知表姐病情控制得很好后，我和妹妹约好哪天去看望她。也许，眼睁睁地看到身边的人突然失去、来不及告别，狠狠地被击中后，才知道应更珍惜当下的拥有。

老表们有的当了校长，有的是知名书法家，有的成了企业家，还有的是博物馆的馆长，更有一个表妹，成为承包几百亩地的现代农场主，带我去参观了她家的一大片油菜花田。老表们事业或蒸蒸日上，或如我一样成绩平平，大家都在这片土地上默默地奉献自己平凡的一生。年轻时动不动就血气方刚嚷嚷要挥剑断亲，中年归来，还是觉得老表最亲。至亲不走动也会疏远。往后余生，请多走动。

甜蜜的海岛

叶 青

2024-06-06

糖在日常生活中带给人们巨大的欢乐。我家乡玉环岛虽如一艘船，孤悬于海，但在我国制糖业兴盛、糖能普遍供给前，就满载甜蜜的生活图景。

清雍正六年，玉环建制，大量闽人入籍，闽帮商人开始在玉环贩运南货。家乡的南货多指闽南及南洋的食品，以糕点糖果为主。清同治年间，玉环坎门港贸易繁盛，商贾云集，坎门埠头成为南货集散地和中转站。我乡人开设商铺，整载购进南货，还建起糕点糖果作坊和酒坊，把货物批转到温岭、乐清等地。

民国末期，我外公和他的六个兄弟把渔船改为商船，往返中国台湾做生意。我外婆80多岁时还跟我念叨："那白糖就像是从天而降的雪，用筲箕铲起倒入麻袋，被客商贩运走，糕点各式各样，水果罐头以前没有吃过……"家乡有一句很押韵的闽南话："一年经（经商）台湾，三年说不完。"说不完经营南北货时的所见所闻，也说不完各种食品的甜味儿。直至我成年，还可以在家乡买到乡人自制的云片糕、红心糕、棋子糕和牛皮糖。

各种糖融入海岛人的生活。被风吹雨淋了，喝碗热乎的红糖水祛风散寒；女孩来了月信肚子疼，生姜、桂圆加红糖煮起来，喝下去活络气血。平日食补的糯米酒、鸡蛋酒要加红糖；松糕、米饼的制作要拌红糖。七月七千妈送来的红糖巧人是被宠溺的味道；抻开糕头，裹上红糖，是记忆中快要过年的味道；外婆喜欢用食饼皮包红糖和花生碎，那是福建“麦裹煎”的味道。

白糖被重塑得更为巧妙，各种粉粿都可以用白糖拌上桂花、花生、芝麻等做馅料。家乡的油墩儿是猪油和白糖相互成就的美味，而猪油、白糖、桂花炒年糕是少年时幸福的滋味。用白糖油底抽浆做拔丝土豆、拔丝苹果是锦瑟年华的欢乐记忆。一碗白糖炖丝瓜，用调羹啜饮，有夏日的宁静和风雅。

冰糖剔透也八面玲珑。我乡人用冰糖炖雪梨、煨白木耳、煮折耳根，做各种治愈系甜蜜汤汁。

冰糖的食用还包含着科学的认知和想象力。家禽和生猛海鲜用冰糖作为重要的食材，通过黄酒的牵引，在人间烟火中合力寻求生命的强劲力量。

黑枣冰糖炖鸡是冬令进补佳肴。外婆每年冬天炖一只老母鸡给我爸吃。她把斩好的鸡块倒入大砂锅，加黄酒和水，投入冰糖和黑枣慢炖，最后倒入已成形的鸡卵和一堆金黄透亮的蛋花，香气从丝丝缕缕到轰轰烈烈，馋杀我们。但这是一家主劳力专属，我爸偶尔给我们分一块，尝到一块入骨香甜的鸡肉，曾是我年少时的小确幸。

红唇鲈鱼冰糖鲜是我家乡民间治疗久咳不愈的食疗良方。外婆把鲜活的花鲈拍晕，去鳞剔鳃。掰开鲈鱼的上下颚，从鱼口中拉出腥膻之物，用清水把鱼体冲洗干净。将备好的冰糖和姜片塞进鲈鱼嘴里，合上双颚，一条完整的鲈鱼盘在一个大瓷缸里。倒入小半碗温开水，几调羹黄酒，几块老冰糖，扣上瓷缸盖隔水炖，待鲈鱼汁充分渗透出来。揭开锅盖，浓香扑鼻，汤汁乳白浓稠，鱼肉嫩白细腻，空腹吃肉喝汤后安枕而卧，静待“药”到病除。

鲈鱼性甘温，有补五脏、益筋骨、和肠胃、止咳化痰的功效。冰糖炖鲈鱼的药理是以辛甘的姜片和温润的冰糖为药引，合之黄酒去腥，滋阴的冰糖在鱼汁里溶化，可大生津液，营养丰富的鲈鱼补足肺、肾元气的亏损，枯回槁泽，无论虚热、虚寒引起的咳嗽，均能补虚扶正。这些我今日才懂的医理，外婆早就运用它们作为武器，击溃久咳体虚恶性循环之顽症。除医理外，她应该更懂得甜蜜的力量。

家乡人还信仰以形补形的中医理论，猪肝补血、猪心安神、猪肚调理脾胃，都离不开冰糖的加持。

猪肝切片加冰糖，倒入滚水，密闭在圆形的锡罐里，隔水蒸。吃猪肝喝汤，起到补血的作用。猪心是整个儿放在砂锅里炖，加上红枣、黄酒、生姜、冰糖。炖至筷子能轻松插入猪心，即可食。猪肚是把糯米、板栗、莲子等塞到肚里，再用线缝紧，置砂锅里，加适量冰糖和酒水炖煮。待猪肚包熟透了，提出来切开。吃过几次，肠胃就会调理妥当，有一副猪肚十服良药之说。

我乡人还用冰糖炖猪手，炖核桃腰肾肉；炖鸽子、蹄髈、血蛤、梅童鱼、鳖、河鳗、青蟹、弹涂鱼、海参、花胶等，似乎无冰糖不能炖的鲜。

据文献记载，唐朝名将陈元光将军驱军南下，开辟蛮夷之地，是福建漳州历史上首位刺史，使漳州成为老百姓的乐土。当时糖还是贵族专享，他的部下把糖和甜味饮馔带到漳州一带，并与当地的食材结合，流传开来。历经千百年的发展，甜味成为南方人喜欢的味道。而随着人口的迁徙和南北的融合，当年偏僻的玉环岛也弥漫了甜蜜的气息，这是历史、风物和智慧共同造就了甜蜜的滋味。

油氽花生米

西　坡
2024-06-19

丰子恺众多漫画作品里，我最喜欢的一幅，叫《花生米不满足》：一个小屁孩看着桌上四粒花生米，皱着眉，噘着嘴，耷拉着脸，显出满肚的委屈，似乎在责怪大人："这怎么够吃啊？还不如不吃呢！"

有趣的是，丰先生似乎另有一幅同题漫画，可能是对原先那幅画的补救——原先那幅漫画标题里漏写了"米"字，尽管画家发现后当场做了补救，终归破了相。毕竟是两次操作，前后两幅稍有不同——桌上的花生米由四粒变成三粒；小屁孩的脸部表情也由"沮丧"变成"哭丧"。

那是自然而然的！本来四粒，现在三粒；本来就少，现在更少——对小屁孩来说，极不友好。

"花生米不满足！"回想起来，童年时倘若大人一顿给到四粒，我也要报以一副"沮丧"的嘴脸；如今已到耳顺之年，倘若有人一顿投喂四粒，我依然会还以一副"哭丧"的表情。

人同此心：花生米真是太好吃了啊！

现在能确定，巴西、秘鲁一带乃花生原产地，而目前世界上种植花生最多的国家都不在它的故乡，前三名为中国、印度和尼日利亚。

中国每年花生产量约占世界总产量的40%——不得不说，中国人酷爱吃花生，也最擅长吃花生。

我有个推断：中国98%的人喜欢吃花生，区别只在，有的人喜欢吃水煮花生、盐焗花生、油氽花生、老醋花生；有的人喜欢笋烤花生、怪味花生、苔条花生、糟卤花生；有的人喜欢芥末小生、小京生、花生酱、花生汤等等而已；至于由花生参与制作的零食，恐怕更受吃货欢迎，举例说，太妃糖掺花生（花生牛轧糖），人见人爱；巧克力嵌花生，众口能调；曲奇撒花生碎，顿显高级；面糊裹花生（鱼皮花生），不仅风靡南北而且横扫东西。

那么，另外2%的人难道是花生的天然拒止者吗？应该不是。如果不是由于身体不适如牙口欠佳或患高脂血症，那些人大概率也是花生的拥趸。

花生跟土豆、红薯、玉米引入中土的时间、路径相仿，不过，它比土豆们“舶来”的时间可能更早一些。

明孝宗弘治十五年（1502）《常熟县志》被认为是最早记载花生的古代文献，但蹊跷在于：哥伦布1492年才发现了新大陆，仅隔10年花生就被输入中土，操作太神速，说不过去。但那些记载也不是没有渊源：清代乾隆时医学家赵学敏《本草纲目拾遗》中引唐代段成式《酉阳杂俎》中的一段话，提到了“花生”，简直让人无法相信中国那么早就有花生。

如果仅凭这则材料，可认为那只是“孤证”，不足为凭，问题在于元代贾铭《饮食须知·卷四·果类》里写道：“近出一种落花生，诡名长生果……”

它们的存在，是对“花生舶来说”的一次严重搅局。为此，现代植物学家和考古学家辩称，因为古今花生特性差异颇大，古人描述的花生与舶来的花生肯定不是一个物种。那么，是否允许我这样理解：现在的花生之名该是托名于古代一种叫“花生”的植物吧？

迨明末清初学者方以智《物理小识》一出，算是给我们如今吃的花生做了精确描述：“番豆名落花生，土露枝，二三月种之，一畦不过数子，行枝如蕹菜虎耳藤，横枝取土压之，藤上开花丝落土成实，冬后掘土取之，壳有纹，豆黄白色，炒食甘香似松子味。”

清代怪才金圣叹被斩首前给大儿子留下的遗言竟是：“花生米与豆腐干同嚼，有火腿滋味。”可见其好花生那一口已成癖习。

说起花生组合，美国南方也有一种，叫“花生可乐”，即把花生放进可乐瓶里，边喝边吃。这让我深感疑惑：美国的花生产量排名世界第四，美国人竟把花生最美好的特性“嘎嘣脆”，硬生生吃成了“泞嗒嗒”——他们算会吃花生吗？

美国大花生确实不太好吃，比南京红皮小花生差太多。亲戚自美回沪探亲，带回几大罐坚果组合，里面的东西多数大而无香，尤其是花生，我吃来实在乏善可陈、形同鸡肋。亲戚返美时背走的却是量贩装鱼皮花生！中美花生，孰优孰劣，吃货的身体做出了最诚实的回答。

当然，鱼皮花生比起油氽花生，味道还是降了几级。

油氽花生百吃不厌，是最常见的冷菜，也是最爽口的零食。其做法单一，关键是：水泡沥干，凉油冷锅，中火慢炒，闻香起锅……任何时候有了油氽花生，哪怕美食家沈嘉禄突然造访，照样应付裕如。

《花生米不满足》，很可能是对上海市民生活的据实描摹。但在上海，外埠人谈起“花生米”，也须谨言慎行，比如“请你吃花生米”之类，相当犯忌——隐喻“枪毙”，如此，一粒嫌多，哪有什么“满足”“不满足”可言！

不坐床横头

王智琦

2024-06-24

不坐床横头，讲起来这是一句老话。

记得小时候，母亲关照我两句话：一是出门走路，尽量不走晾衣架上晒着裤子下方，多走人会变矮长不高，当然这是毫无科学依据的迷信忌讳；二是到别人家里去白相，尽可能不要坐别人家里的床横头，床横头就是床单边沿，把人家睡觉用的床被单弄皱弄脏，不作兴的。

现在的年轻人肯定会觉得这种关照有点匪夷所思，做客或有事去别人家，怎么可能登堂入室，坐到别人家卧室里的床沿边去？即使客厅不够宽绰甚至没有客厅，还有过道、餐厅或者厨房可以站站小坐啊。更何况现在讲究“适当的距离感”，亲朋老友相聚，比起串门烦扰，还是到咖啡馆喝点咖啡、饮料或去餐厅大快朵颐一番更好，坐别人家的床横头，机会都没啦。

时光流转，这是上世纪六七十年代的真实情景。我家住在石库门底楼客堂间，有个约10平方米的独用天井，住房条件还算差强人意。那时学校假期盛行搞小小班，就是家住附近的五六个同学集中到一家去读书学习，老师指定我家要负责一组小小班。回家与母亲一说，她却不太乐意，怕同学顽皮起来不知轻重，尤其怕他们进屋玩躲猫猫，弄得一塌糊涂。其实家里除一张方桌、四把方木凳外，就是一个五斗橱、两张大床。母亲生性爱干净，她皱着眉想办法，让大姐把一条旧的蓝白底纹棉布被单中间扯开，缝纫机折好边，再打上褶皱，铺在床沿边，就成了上海人俗称的床沿布，即使同学进屋懒屁股一坐，也不会污损床被单。

母亲担心其实多余，那时同学都很懂规矩。一次突降大雨，仓促之间只好躲进屋内，大家却不肯坐下，只站着说笑，雨一停就散了。母亲回家后见床沿布整洁如故，放心地嘘出一口气。

母亲制定的“不坐床横头”这个规矩，还是她自己打破的。家中有人逢十做寿，邀请挚爱亲朋。那时上海餐厅极少，且囊中羞涩也不可能去饕餮一番，大都在家里举办。但一张方桌十来人，无论如何也坐不下，烧好的菜肴也摆不下。母亲向对门黄家阿姆借来一张圆台面，方桌下面一搁，正好撑牢，凳子却没那么多，算来算去，至少有三人要坐床横头。母亲就关照我们姐弟三人坐，我犟着嘴：侬关照过不好坐的。母亲解释说：坐自家床横头，有啥要紧。那别人一坐，为什么就要紧呢？我有点想不明白。那次权宜之计的聚餐，最终客人满意而归。

由“不坐床横头”这句话，我想到了赵同学。赵同学长得矮小机灵，家住菜场边，整天喧嚷纷杂，菜皮垃圾触目可见。每次路过他家，他总拒绝同学进屋，回家后赶紧关门，显得很神秘。1977年秋，中学最后一年，学校突然通知我们可以参加高考，大家学习热情空前高涨。谁也想不到平时闷声不响的赵同学，数理化成绩出类拔萃，每次摸底考试，成绩遥遥领先，如有神助，很快就抽调到区红专学院高复班深造。一次放学，我给赵同学带去一摞政治复习资料，他不好意思，让我进了家，眼前景象至今清楚记得。赵家就临街一间屋，没窗，大白天还开着白炽灯。进屋一张大床横亘在眼前，床边非但没有什么床沿布，床正中还摆着一只木箱，充当全家吃饭桌子，同时也是赵同学平时做功课的书桌。我大为惊讶，赵同学居然就在这种环境下读书？面对着我的满脸疑惑，赵同学只是微笑，点着头，并不解释。最终他如愿考上同济大学，毕业后分配到外地一家军事科研所，就此失去联络。退休后，他想方设法联系上我，他早已安居北京。我很高兴，闲聊中不免问起住房有多大？他打着哈哈道："欢迎你来北京游玩，来了就知道了，肯定不会让你坐床横头。"嘿，赵同学倒还记得床横头。

母亲那句"不坐床横头"的告诫，现在听来宛如奇谈，却是那时上海人生活的真实写照。不过生活在变，长期形成的文化习性却不会变，上海人自尊自强又顾及照拂他人脸面的纯善，至今依然是刻在骨子里、表现在面子上的。

我来牵着你们

吴　越

2024-07-04

专题片里看到年轻的吴老师，想念他，看到照片簿里的小吴越，想念她。夏至，祝爸爸妈妈天下老人快乐安康！

说来丢人，从小到大，我的钢笔字和毛笔字跟吴颐人老师没沾过半点边儿。

大学毕业后，吴老师为了挽救我和他的面子又寄字帖又发签名模板，实在是卖不少力气使不少劲。我呢，每每看见整整齐齐的字帖和临摹纸，也时常升起惭愧，可久而久之，习惯了，便皮厚了，皮厚了，便不以为然了。起初吴老师是有强迫症的，但随着我不停走南闯北两人聚少离多他不得掌控，也就放下了。

2015年秋天，话剧《我的妹妹，安娜》首演，我们隆重邀请吴老师来京捧场。他很高兴。当天晚上演出顺利，尤其谢幕时他上来给我献花，台上台下的叫好声让我们爷儿俩都觉着开心相当有面子。

万事无常，我们从后台一出来就遇到一群观众求签名。“完了！”全部神经被提起，本能地量了量和吴老师的距离，心里默念：“边上等着就好哈，千万别过来凑昂！”可还用说？答案当然相反！吴老师一步上前，伸脖探身，一副阅兵的神情。刹那，小时候那个拿着考砸试卷忐忑回家的小孩瞬间上身……

我去，能怎样！又能怎样？还能怎样？！心一横，然后，“吴越，吴越，吴越，吴越，吴越……”爱、谁、谁、惬、吧！

吴老师在旁边看了不到两秒就离开了。10月底的北京啊夜凉如水秋意正浓，身为西泠印社社员的吴颐人老师啊背着两手，默默在边上等他女儿悲壮地签着名，而那些“吴越”呢，唉，没形儿没样儿没自信别别扭扭傻不啦唧在他眼里就是一坨屎。不过，看到拿着签名的朋友都高高兴兴都笑眯眯心满意足，吴老师的心情有点小复杂。

事后太平。吃饭庆祝。回家。第二天送他去机场。关于练字的事，吴老师只字不提，不但没提，第二天早上他还兴致勃勃地拍了很多北京的照片，说带回去给妈妈看。而且去机场路上还客客气气地对我说：“这两天接待工作蛮辛苦，今天演完要好好休息了。”

从机场回去路上，一直闪回在剧场门口他背手等我签名的背影，谈不上有朱自清爸爸那么感人，但也确实令人心头一软。

人变老真是一刹那的事啊，父母什么时候在你面前温柔起来脾气变得好起来了，他们好像就开始，老了。从来严厉严格严肃的他们啊，等不及你准备好就变成了你的孩子，而那一刻我们也成了一个真正的大人。

于是，习惯了几十年的世界被改变，江湖汇成海洋将我们环抱，我们之间也不再是各忙各的毫不相干。

今后的路，该由我来牵了，就像他们当年牵着我一样。

祈祷那条路，冬有阳光夏天有阴凉，祈祷我们顺顺利利轻轻松松，祈祷天下父母安康心想事成，祈祷所有孩子和父母互相理解彼此尊重，老老小小们知足踏实，过好属于他们的也是我们自己的——人生。

阿婆与美食

沈嘉禄
2024-08-12

美食在民间，也在阿婆手里。走在大街小巷，我们欣喜地吃到了阿婆菜、阿婆酒酿饼、阿婆钵仔糕、阿婆及第粥、阿婆牛杂、阿婆小酥肉、阿婆五香卷……阿婆为美食赋能，温暖凡人心。

老城厢有家名牌饭店，火腿粽子遐迩闻名，才拇指大小，却有条不紊地箍了13道红丝线。一个“福”字正好13画，小粽子也叫“福粽”。据说出自附近弄堂一个阿婆之手，现在阿婆做不动了，但换作别人包，就少了点意思。

我老家弄堂里有一个阿婆，在灶披间里做了二十几年甜酒酿，为十多家企业供货。阿婆常在弄堂口抬头看天，被大家笑话“痴子望天坍”。其实她要感觉温度湿度，据此下药，从未失手。我吃过她的酒酿，米粒不瘪不僵，甜酸平衡到位，烧圆子、烧年糕、烧水潽蛋，哪怕空口吃，都是极好的。老家动迁后，酒酿阿婆住进了养老院。

在苏州一条宁静的小巷里看到一位苏州好婆在晒菜干，斑驳的白墙前穿起一根根线绳，香青菜像一只只绿鹦鹉停在上面。香青菜晒干就是菜花头，煮汤、烧肉都是极好的。后来在饭店里吃到又糯又香的菜花头团子，厨师说，菜花头都从民间收来。

去年中秋，汕头美食大咖老钟叔寄来老香黄月饼，这份松软香甜丝滑，细沙月饼难以望其项背。老香黄是传统的潮汕凉果，用佛手柑几番炮制而成，再经文火炒制使之成为饼馅。老钟叔发来视频，一个有点驼背的阿婆，穿一件香云纱，在一口直径不到两尺的紫铜锅前炒老香黄，不徐不疾，心无旁骛，馅料起泡爆到手臂上也不停。炒足四个小时，才能乌黑油亮、软烂成糜！我咬了一口月饼，眼睛有点潮润。

蟛蜞，我们这一代人都有记忆，小精灵自崇明来，满世界乱爬，壳硬肉少，但在那个并不遥远的年代，或炒或煮，乱嚼西瓜子，也算开荤了。

苏北，人们将蟛蜞捉来，投入石臼中捣烂，装入布袋吊一夜，滤出汁水做豆腐，鲜掉眉毛！在闽南，人们将蟛蜞捉来，投入砂钵中捣烂，加盐、糖、黄酒或酒糟等制成酱，拌面蘸饼、蒸鱼蒸肉蒸豆腐，各美其美。

广东人采集蟛蜞子蒸成膏或炒成松，置顶的，便叫“礼云子”。

礼云子，这三个字好有年代感哦。《论语·阳货》中有一节：“礼云礼云，玉帛云乎哉？乐云乐云，钟鼓云乎哉？”蟛蜞在沙滩上爬行时，两螯合抱，一步一叩，像桃花源中人相遇时拱手行礼，故得此名，在有些地方也叫“相手蟹”。

礼云子为肴馔提鲜，经常出现在扒瓜甫、蒸蛋白、焖柚皮等经典菜式中，也可以配合鸡蛋或豆腐做成其他菜肴。若想得尝原味，干脆清蒸或炒一碗白饭。澳门烹饪大师林振国带了新鲜礼云子来上海献艺，他告诉我：南海、番禺、顺德等地都产礼云子，以番禺所出最佳。这天，林大师要做一盘礼云子炒蛋白官燕。新鲜的礼云子犹如从蒙古高原刮来的红沙土，又像国画家调色缸里的朱砂，可以画一幅《万山红遍》。

砂煲烧热，浇油一圈，先将一大盘炒得极嫩的蛋白和一盘剥净的蟹柳倒入砂煲，再将一盘礼云子慢慢抖入，边抖边炒。在美女们的尖叫声中，再加一盘官燕，泼一碗火腿汁。礼云子在舌间若有若无，但鲜香在两秒钟后引爆，瞬间形成了惊涛急浪般的澎湃。

既然有画龙点睛之功，何不多采集一些？林大师连连摇头：礼云子是大海和时间的礼物，有钱也不可任性。惊蛰后、清明前，农民趁母蟛蜞还未“散卵”之时捉拿归案。蟛蜞卵比虾子还小，聚沙成塔，来之不易，剥时须要小心，要是被大蚶夹住，痛得要命。在番禺海边他定点采购的一个村子里，采集礼云子的阿婆只剩三个了。“明年能不能买到，我也没把握。”

前不久在某餐厅喝到一款汤品：溏心萝卜炖黄鱼狮子头，这是淮扬菜与粤菜的天作之合。色呈琥珀，味道清雅，恰似空谷幽兰。作为汤品的灵魂食材，溏心萝卜像吉品鲍那样软糯而有弹性，无筋无渣。享有“南粤厨神”美名的梁健宇师傅从广州来上海，拉杆箱里塞了10斤网上买不到的溏心萝卜。

在广州南郊番顺交界处的沙地上种着一大片长萝卜，每年入冬后，农民将它们拔起，原地平铺晾晒，让萝卜继续吸收地气、挥发水分，不因环境突变而变质。几天后，农民将萝卜移至砖地堂屋，一早搬出去晒，太阳落山前收。十天半月后薄盐轻腌，码进大缸里用石头压一周，取出来挂在木架上，让小风轻轻吹。

这时阿婆来了。阿婆有一双饱经风霜的手，仿佛练过降龙十八掌。她们每天要把萝卜从木架上取下，放在木板上一根根揉搓。手势很要紧，不轻不重，不紧不慢，让萝卜体内的淀粉慢慢向中心集聚。搓好后再挂起来，如此这般重复一个月的过程，就叫“起溏”。

萝卜瘦身成功，直径缩至两三厘米，表面布满竖向皱纹，形同崖柏枯枝，有个别性格活跃的同学还会拗出螺纹状的造型。

溏心萝卜质地坚致，像一根根鼓槌，水平状态也不会弯曲，贮存得当的话三十年不坏。“颜色越陈越深，不过煲汤的话，10年左右味道最好，放久了就是药。”梁师傅又说，“溏心萝卜产量有限。阿婆老啦，做不动了，年轻姑娘谁肯出来撸萝卜，她们只晓得撸狗撸猫。”

许多美食出自阿婆之手，而阿婆的老去必将使我们失去很多口福。

以美食的名义，向阿婆致敬。明天，你若出门吃个早餐，看到阿婆在卖辣肉面、卖葱油饼、卖菜肉馄饨，一定要敬她如亲人长辈，不要惹她生气。岁月无情人有情，我们能做的，就是让阿婆慢点变老。

三　角

黄飞珏
2024-08-10

13岁的女儿进入了青春期，虽然管得很紧，依然每天花不少时间在手机上，玩游戏，和一些傻白甜的闺密没完没了地聊天。因此，老婆天天控制她的手机流量。然后屋子里面老是出现以下的对话。

“妈，给点流量吧，江湖救急啊。”

“不给，再去做几道数学题，下周要考试了！”

“妈求求你啦。”

“不给就是不给！”

和我小时候一样，女儿爱玩，特别喜欢买一些卡通漫画小纸片，压岁钱都花在了那上面。老婆骂过很多次，依然偷偷地收藏了许多，在我们找不到的角落。偶尔没钱了，发个信息给我：“下周要和同学逛街，怎么办？”问老婆，给不给，老婆说，不给，她有钱，全去买小纸片了。到了晚上，女儿又来讨。

我说：“今天直播了一整天好累，给我捶捶背，给你两百。”女儿说：“不行，自己去门口的盲人按摩去。”她到了青春期，莫名其妙疏远了我许多。思前想后，觉得算是自尊自爱的表现，默默地打了200给女儿。都知道我家有雌老虎，管得紧。但是很多人不知道，除了紧要方面，老婆还是很吃我的。有时候特别忙累之后，我会在手机上玩很久类似打僵尸之类的小游戏，她也默不作声，只管自己睡去。家里就是这样奇怪的三角关系，我宠着女儿，女儿黏着老婆，老婆顺着我。

不久前，邻居家的小姑娘来玩，女儿拿出了角落里的小纸片，两个人都很开心。那姑娘感叹：“我一辈子的梦想就是有这么多小纸片，不过我只有三张。”邻居家管得非常严，有一次，上学时间，居然看见那女孩在院子里面搬砖，问了一下才知道，因为半夜背着父母上网打游戏，被父亲知道，罚她在家里帮着装修工人搬砖。后来又听说，女孩成绩不理想，家里急死，而女孩也因为压力太大，可能有点抑郁。实在熬不住了，就来找我家女儿，玩一下小纸片，心情会好一点。

我玩打僵尸小游戏，有一关总是过不去，明明知道是游戏开发商的鬼把戏，依旧充了好几百元买装备。女儿知道后，拿过我的手机，三下两下就找到了攻略，直接过关。然后晚上就听见她在向老婆告状：“爸爸有网瘾。”我有点急：“我这么大年纪怎么会有网瘾，别胡扯。”她回：“网瘾的最大特征就是不停充钱。”我哑口无言。被认为是一家之主的男人总是以为自己是对的，殊不知随着年纪上去，在多方面一定会出现颓势。一代人有一代人的格局，小孩子超越你只是时间问题。

家里的争争吵吵，只要不动气，都是一种幸福。孩子早晚要离开，他们长大前，在我们身边的每一刻都是美好的，值得珍惜。

上海书展买书记

杨 扬

2024-08-19

暑热难耐。如果不是受邀做特邀嘉宾，我估计今年的上海书展是不会去了。既然受邀参加，我索性提前赴约，七点半的活动场次，下午四点多就喊了出租车赶赴书展，原因很简单，想抽时间去看看有什么书可买。

我买书，是年年买、月月买，好像一直没有停止过。有朋友好久不见，遇见第一句话可能就是问我还像以前那样买书吗？我会笑笑说还买。做学术研究，书是必须买的；没有书怎么写文章？但所买的书不仅仅都是专业书，还有一类是提振自己学术兴趣的，属于养性、调养自己学术兴趣的。这类书是不是属于闲书，我未置可否，因为对一些人而言是闲书，但其实它是很专业的。譬如，我要说的是这次上海书展上买到的几本我喜欢的书。

第一本书是江苏凤凰文艺出版社最新出版的图册《无尽藏》，这是配合南京博物院特展“苏轼的书画艺术精神”而出版的，据说特展一票难求。我很想去南京观展，但一听索票如此困难，就知难而退，不敢贸然赴南京观展。没想到进了上海书展，第一个遇见的，竟然会是这次特展的画册，真正是喜从天降，我可以买下图册带回家慢慢品鉴。这样的好事在进书展的第一时间就遇到，我想我今天大概还会有好事落到头上。买了画册，一旁的展台管理员告诉我，这是刚刚从南京调配过来参展的，共300本，限时限量59折出售。我是第一位买这画册的，为此她送了我一只布袋，可以装精美的画册，她也希望我多推荐几位朋友来买这本画册。我看看这书实在便宜，打完折，200多元。

扫了一眼一边展位上放着的其他几本书，是江苏人民出版社出版的“海外中国研究丛书”中的几种，其中一本吸引了我的注意，那是日本学者城山智子写的《大萧条时期的中国——市场、国家与世界经济（1929—1937）》。我买下这本书，因为最近想写一篇论茅盾先生长篇小说《子夜》的文章，《子夜》的背景正好是这一时期。看了日本学者的论述，再来看看茅盾先生的文学描写，应该会是一个比较有意思的对照。

书展的中央大厅靠东的这一侧大都是江苏省的展柜，西边的一侧是国家出版机构的展柜。人流自北向南，熙熙攘攘，要从东往西横穿，困难比较大，我也懒得人挤人，索性顺着人流朝前走，没几分钟就走到江苏高校出版集团的展柜。最吸引我的，是东南大学出版社的一套大开本精装六本的《中国青花瓷纹饰图典》，著名瓷器鉴赏专家耿文昌先生题签，江苏省古陶瓷研究会编，应该是一套好书。但厚厚的六大本，实在有点重，我挑了《山水卷》和《花鸟卷》两本去结账，没想到书打两折，这么好的书，如果不把它们全买回去，实在有点对不起编者和出版社，我只得再回过头去，拿了一套完整的买下，让收银员将书捆扎好，拎着沉重的一大包书，继续朝二楼上海出版社的展厅走去。

上海展厅有一些书让我心动，想买。记得经过上海古籍出版社时，见到《王水照先生访谈录》以及《吕尧臣紫砂壶作品集》，均4折出售。水照先生的书，我早已买过而且认真读过，今天见到打折处理，第一个想到的是我的那些研究生们，应该买这本书看看，对自己的治学做研究一定有帮助。至于那本紫砂壶的图集，是当代宜兴紫砂艺人的作品，很厚，但想想家里已经有不少这方面的图册，也就作罢了。

展柜靠近古籍出版社的上海书画出版社，在出售一大堆各色各样的图册，这些图册有关于漆器的，也有关于顾绣的，还有关于砚台、缂丝的，有些是配合博物馆特展的，有些是专门的研讨会论集，这些东西吸引了我的注意，有点难以割舍。其中有上海博物馆编的《青出于蓝——青花瓷的起源发展与交流》和《星耀中国——三星堆·金沙古蜀文明》，讨人喜欢。前一本书有几位上海博物馆瓷器鉴别专家的文章，讲述青花瓷在中国的历史，好看的是所配的一系列瓷器照片，很是养眼。后一本是将三星堆与金沙遗址的出土文物集合在一起，有论述也有图片，属于精选，不能不买。

此刻，我的手里已经有10本厚重的大开本画册了，硬着头皮再往前走，见到上海三联的展柜，所有书，一律68折，其中有《刘再复悟读红楼梦》一套五种，装帧漂亮，很想买，但忽然记起前年香港科技大学的刘剑梅教授曾将她父亲再复先生在香港出版的一些书寄予我，估计那书中会有涉及读《红楼梦》的内容，所以也就不再买了。

从进书展到二楼上海版图书展厅，虽然只是经过了江苏、上海两个图书展厅，但我手里已经有六七个装了书的袋子以及两大捆书了，挤在人群中，身上汗水淋淋。一想到等会儿做嘉宾，大包小包登场，有点不太雅观。所以，赶紧灭了继续买书的念头，来到一处熟悉的出版社柜台，见有熟人，便将买来的书全部托付他们带回。做完了这一切，才感到一丝轻松，朝着活动区走去，去继续扮演书展嘉宾的角色了。

绿皮火车

阎晶明

2024-11-27

高铁时代，速度全面提升。绿皮火车，仿佛已经远离我们的生活，成为遥远的记忆。我的小孙子住在北京西郊的某个高楼里，我时常会护着他在窗口向远处眺望。时不时地，一列绿色的长龙驶过，他会兴奋地喊：看，火车来了。我则趁机向他普及一点知识，那个火车，人们叫它绿皮火车，当年可是非常现代的交通工具。可是现在，高铁差不多就完全替代它了。很难见到呢。

这样的兴奋和故事也就维持了一年时间，最近这半年再张望，绿皮火车不见了，经常驶过的是箭头般冲刺的、白色的高铁列车。蒸汽机车已然成为过去时，一个时代眼看着结束了。

然而就在上个月，2024年的秋天，我却有机会乘坐了一回绿皮火车。怀旧的感觉果真极其强烈，以至于产生一种莫名的新奇。“是这样的”，就是在激活记忆中最多的感慨。

那天晚上，我需要在湖北宜昌参加一个文学颁奖活动，又要在次日上午出现在湖南益阳的清溪村。白天在祖国大地上奔跑的高铁，到夜晚都休息去了，或接受检修，或补充“养分”，总之，能坐的只有夕发朝至的绿皮火车了。不，应该说，幸亏还有旧式的火车可以乘坐，让我可以在第二天清早如约而至。那是成都开往长沙的班次。主人送我到站台，挥手告别后我独自进入预订的车厢。一条狭窄的通道，里侧是推拉式的门，上面贴着铺位号码，我才想起来了，这就是软卧车厢。推开我所在那个空间，眼前只见两位中年男女正在吃饭，一个塑料饭盒放在中间的小桌板上，饭盒外的塑料袋同时起着桌布的作用。我在上铺，熟悉的白色的被褥、枕头，回到了30年前的某种高级。

已是夜里11点半，我掰开通道的折叠小方凳坐下来，望着车窗外若明若暗的站台，等待火车启动。车厢连接处站着几个抽烟的人。绿皮火车不限制吸烟，他们掏出来的还是粗烟而非新流行的细支。一切如同往昔。我想买一瓶矿泉水，询问路过的列车员，说："到餐车去买啊！"哦，餐车，又是一种旧时的意象。就在隔壁车厢，几乎没有食客，列车上的几个工作人员正在聊天。仿佛很自然、很贴切的话剧舞台场景，制服、圆领T恤、并不立挺的衬衣，站立、趴在桌子上打盹儿、斜靠在椅子上说话，十分亲切。虽然是几条汉子，但第一次觉得"湘普"如此动听，说中带唱似的。他们对夜半来的乘客多少有点好奇，呼唤着同事来送"商品"。其中一位还主动过来递给我一支烟，细支的。紧接着是探询式的聊天，去湖南开会？是的，益阳清溪村。他们开始讨论了。益阳有清溪村？有啊，一个作家叫周立波，他的老家。周立波不是上海的吗？那是另一个，这位是湖南的作家。我就问了一个问题。这火车现在还挺繁忙吗？当然，天天满座。软卧车厢都没有一个空位。那还真不错呢。我说。是的呢，从成都出发，沿线都是景点，旅游的人很多。也有很多人去长沙。长沙不是网红城市嘛，到那里玩的人也很多。语气里含着骄傲。

热情，陌生人之间的热情，这是在绿皮火车上可以得到的集中感受。我买好了矿泉水，准备离开，大家纷纷跟我道别。还有人问到长沙怎么去益阳呢？大概是想指点我公共汽车的坐法。我说有人接站去开会。又一位说，这趟车本来在益阳有停站的，后来为了提速，就不停了。我离开前，又把那支细烟归还给了赠我者。他并没有特别反应，只是点了点头。

回到我所在的包厢，另一个上铺也已有乘客到位。我正犹豫行李箱怎么处置。下铺的那两位中年夫妻同时指导我，铺下面可以放，顶部也有行李空间。而且主动打开顶灯，容我安妥。仍然是一种热情，陌生人之间的。这似乎更值得怀旧。

时间已经过了0点，我在局促的铺位上躺了下来，安然入睡。一觉醒来，居然已经进入长沙。很好的一觉，格外安静和平和，甚至有一种人世间非常美好而完全不必计较物质多少、贫富差距、条件好坏的满足感。说是一觉醒来，其实是列车员推醒的。“上铺，长沙到了！”后面的四个字婉转得依然动听。预计5点26分到站的火车，居然在五点整就停到了长沙站，老站。提前了近半个小时。绿皮火车原来如此努力，在深更半夜里，它要跑出高铁的速度，让每一个人都早一点回家，早一点到达旅游景点。我突然觉得，火车和随它而行的列车员们一起，都很热情，都很努力，都很有诚意，都很温暖。

初秋早晨的长沙，细雨蒙蒙，没有不便，只觉得清爽。朦胧的灯光也绝非慵懒，而是一种温柔。接我的朋友惊诧于我居然已经出站，他们是掐着点来的。我说没关系，正好我去找一个合适会合的地点，能省不少事呢。沿着车站广场的人行道前行，我看见远处有一座灯火通明的建筑，上方有三个醒目的灯箱大字：售票处。这不是传统火车站最明晰的标志？就到这里集合吧。果然，朋友和我几乎同时到达售票大厅的门前。喊我名字的居然是跟朋友一起来接我的司机师傅，我们并不认识，他却从车窗里试探，又是大声地在细雨中呼喊我。哈哈，此刻，在长沙，余华的小说名太应景了。上车后我问他怎么认出来的呢？他说，看着就像来开会的。看来，老式的火车站，还真是大包小包回家的人、一群一组旅行团的居多。

上次从清溪村到长沙，也是驱车，觉得路途并不短。今次再行，却觉得距离如此之近，入住后还需要再等差不多一小时才用早餐呢。

绿皮火车，真是又快又稳又便捷啊。

二〇二四年盘点

王　蒙

2024-12-15

讲　课

5月，为“全国青年戏曲编剧研修班”以及“强素质作表率”读书活动；11月，在广西，三次做中国传统文化讲座。

3月和10月两次在党校讲述“中华优秀传统文化是中华民族的根和魂”。9月在青年作家会议上发言谈创作。

活动与劳作

1月份，继续接待多位老领导、老同志、老朋友参观国博、国图、文学馆2023年开始举行的王蒙文学创作70周年展览。

初夏，去了新疆阿勒泰、张家口市当年华北抗日联合大学旧址、迁安市，夏末，出席了哈尔滨市文联主办的庆祝新中国成立75周年“时代之歌——王蒙作品朗诵会”。观众踊跃，挤掉眼镜片，乃有眼镜链绳之作。

有幸参加了国庆75周年的重大活动，怀念1949年10月1日在天安门广场打腰鼓。

出席了纪念孔子诞辰2575周年研读会暨国际儒学联合会第七届会员大会。

10月，在青岛中国海洋大学参与主持第五届“科学·人文·未来”论坛。

出版与发表

中篇小说《蔷薇蔷薇处处开》发表在《十月》杂志2024年第1期，并由花城出版社出版合集。

夏天在中国作协北戴河创作之家好好游了海泳，又写完两篇小说新作，一个已发表，另一个将出现于《花城》2025年一期。对于小说写作的眷恋与倾心，有生之日，无法替补。怀旧堪怜恩与爱，祈福唯愿雨和风。

在《人民日报》《新华日报》《光明日报》上发表署名文章。

《青春万岁》日文版由日本创价学会潮出版社出版发行。他们的封面反映甚好，已被我国人民文学出版社进口采用到中文新版本书上。

新版《在伊犁》由作家出版社出版，并在中国作协举行了出版与研讨会议。

《传统文化与中国式现代化——王蒙王学典对谈录》由人民出版社出版。

小说《高雅的链绳》发表于《当代》2024年第6期。

2025年1月，将举行新作《诗词中国》新书首发。

《活动变人形》俄语版、英语版、白俄罗斯语版，《笑的风》阿拉伯语版，《组织部来了个年轻人》俄语版，《这边风景》俄语、韩语、哈萨克语、吉尔吉斯语版，在各自国家出版。

获　奖

浙江省杭州市春风悦读榜年度颁奖典礼，《霞满天》获“年度致敬”。在河南郑州出席2024当代文学颁奖盛典，获颁“2023年度致敬作家”。小说集《霞满天》获2024郭沫若文学艺术奖文学大奖。年底获首届“天山文学奖·杰出成就奖”。

健康及其他

坚持每天走6000步以上，在京时每周游泳两次，每次400米。夏季天天游。早睡早起，饮食睡眠都有规律，自称睡眠爱好者。

热烈观看巴黎奥运会，各种体育比赛电视实况转播。

视力、听力、记忆力下降，阅读量显著减少。

反　思

来年需要减少各方活动，不要到处领奖，更踏实地生活、学习、干活儿。

上海一页

甫跃辉
2025-03-07

上海有2000多万人，2000多万人眼里的上海，也应该有2000多万种吧？作为这2000多万人之一，我自然也有自己眼中的上海。我去过外滩、崇明岛、松江醉白池、金山嘴、南汇嘴……这些是上海，但肯定不是全部的上海。

算起来，对我来说最为特别的"上海"，是在我刚刚毕业后见到的——很多年来，我一直想把这段日子写成一部长篇小说，那应该是我的《上海屋檐下》或者《七十二家房客》。

那是2010年夏天，我从复旦大学毕业后，在复旦周边住了两个月，随后搬到了华师大一村。之所以搬到这儿，只有一个原因，就是房租便宜。之前租住在复旦周边，住在二房东改造后的一间稍微大一点儿的房间，一个月得1000块钱，到了华师大一村，因为朋友的关系，一个月只用500，而且，两个地方的面积并没多大差别，更何况，一村的房子还是独门独户的。

华师大一村，顾名思义，肯定在华师大周边。具体说来，一村和华师大普陀校区的校园，只有一门之隔。过了这道铁门，那边就是华师大出版社、华师大的草坪、华师大的宿舍和餐厅……而这边呢，是一栋栋老旧的楼房，尤其我住的那栋，更是老旧。

那是紧挨着铁门的一栋筒子楼，我住的是靠近小区内部的一间，也就是说，从窗口望出去，是看不见华师大校园的。看得到的，是小区内部的一栋栋老楼和楼下悬铃木掩映的一条小路。窗边有我的对着墙的小书桌，还有一把躺椅，躺椅边上，是一张挺宽的床。很多个不上班的日子，我醒来了，便躺在床上，听窗外树上的鸟鸣一点儿一点儿稠密明亮起来，楼下唰啦唰啦扫帚扫过了地面，人声也渐渐稠密和明亮起来。另一边，门外的甬道里，开门声、关门声、脚步声、说话声，也渐渐开始在无数堆积的杂物间冲撞。我可以一直听得到甬道中部水房里的水声、刷牙声和开关卫生间门的声音。在这一个个声音里，门和墙，仿佛是不存在的。

有时会睡到很晚，有时也起得挺早。起得早，往往是因为有人来喊我起床。喊我起床的人，是华师大退休教师王智量。那时候，智量老师还没有后来那么有名，在大家眼里，他不过是个秃了头、笑眯眯、说话温柔的小老头儿，并不关联那位经历坎坷的俄语文学翻译大家。智量老师住在小区另一栋房子里，那是一套特别逼仄的套间房，也只能说，条件比我这儿略好一些。智量老师敲了门，我赶紧穿衣起床，把他让进屋里，让他在躺椅上坐了，我便拿了东西到水房去洗漱。洗漱完回来，智量老师看着我无声地笑了。我们关了门，一老一少下楼，穿过那道铁门，到华师大校园里散步。

铁门边的墙上，有一块公告栏。与其说是公告栏，不如说是讣告栏。智量老师常常弯着腰，头微微往前倾，盯着讣告上的名字，许久，喃喃说，某某某，我们同事过啊，他怎么就走了——如今，就连智量老师自己，也被贴到这公告栏上了。

我和智量老师在校园里走一走，听他讲一讲过去的事，胡适、何其芳等等这些书本上的名字，都和他有过交集。我忍不住朝他看去，仿佛能从他的眼睛里看见一个已然远去的时代。

除了智量老师这样的大知识分子，我在筒子楼里接触的，更多是租住在这儿的小老百姓。

这栋楼，原本是华师大青年教师的宿舍，如今，是没有老师住这儿了。现在住这儿的，主要是三类人，一类是老上海人，一类是外来打工人，还有一类，就是我这样的刚离开校园的大学生。

我对面就曾住过一对大学生情侣，男的高大、肥壮，脑袋圆圆的，留着寸头。女孩儿大概还不到一米五，小小巧巧，常穿着吊带在楼道里走来走去，傍在男友身边时，像是一只乖巧的兔子。但我的初印象显然是不对的。不多久，我就发现，女孩儿常常显露出暴躁的脾气，骂起男友来，男友头都不敢抬。不过，他俩都是热心人，有一次我屋里的电线出了问题，就是他俩帮着弄好的。有了这次的交往，我们的关系近了一些，再说，门对门住着，抬头不见低头见，见了总要打声招呼的。

有一天下午，我没上班，在屋里看类似《动物世界》的纪录片。有人敲门，打开来，是对面那女孩。她说，她忘了带钥匙，男朋友加班，还得好一阵才能回来。稀里糊涂地，我就让她进了屋，屋里除了那张躺椅，还是有别的椅子的，但大概是因为放了杂物吧，她一进门就坐在了床沿，而我坐在了那把躺椅上。这情形，多少有点儿暧昧，还好，我进屋时把门大开着，楼道里人来人往。我们聊了许久，我才知道，她男朋友是做房产中介的，但入职至今，还没卖出去一套房子，没有提成，收入很低。不多时，听到楼下电动车停车声，她忽地起身，往屋外疾走，说她男朋友回来了。我有些蒙，这怎么能确定是她男朋友？过了一分钟，果然，她男朋友出现在对门，回头看我开着门，笑着和我打了声招呼。

后来，又听他们吵了好几次。

有一天，我下班回来，骑了电动车，过苏州河上的大桥时遇到了他们。

难得的，他们有说有笑的。他俩慢慢地推着电动车。我也下了车，跟着他们推车走。没聊两句，他们便说，他今天卖了一套房，个人提成有5万多。

没过几天，他俩搬走了。我们没有告别，我们甚至从来没问过对方叫什么名字。

如今回想起来，还真是奇怪。在这筒子楼里租住了五六年，认识了那么多邻居：东边紧挨着的江西一家七口、西边紧挨着的两个合租的山东女孩、斜对门特别喜欢做饭的大哥和他特别喜欢美食的妻子、一位独居的上海老太太、一户招赘了外来女婿的上海人家、一对在华师大做保洁的上海中年夫妻，等等等等，我都不知道他们的名字，他们也没问过我的名字。但我们见了，总会打一声招呼的。

近10年过去了，我早已经买房搬走，只去年年底回去过一次。邻居们几乎还是那些邻居，见了我，他们竟然都还记得。当然，我也记得他们，记得在这栋老房子里度过的日子。如今兜兜转转，我调了工作，成了华师大的老师，但一直想以此为背景的小说却还迟迟未动笔。也许，明天就动笔。

80岁学做学问

赵蘅

2025-03-08

两年前，一个题目《学做学问》油然而生，觉得甚好。学做学问，意味深长，第一个画面是父亲伏案写作的背影，第二个画面竟是鲁迅笔下的涓生“推开桌上的酱油醋瓶，摊开稿纸，开始翻译”，这倒像我现在的状态了：一张方桌，又当饭桌，又当书桌，会客恳谈，看电视泡剧，享受晨读、早餐、下午茶及挑灯写日记。日复一日乐此不疲。多年来，篇幅并不长的《伤逝》在心里挥之不去，今天进入我的生活。

上月慢走在北京挂着红灯笼且清冽的大街上，想起去了天上数不胜数可称作先生的人。民国初年，读书人为数不多，女学生更是少之又少，凡被尊称先生的都是了不起的有学问的人，即便先生及先生的学生“闹事”，在警察狱卒那里，也得敬几分，客气几分。抗战期间，清华北大南开三所北方名校迁徙大西南，教授和学生数千人辗转四省衣衫褴褛出现在昆明街头，是当地市民腾房安置接纳了他们，边陲小城蒙自竟出让海关和洋行私宅给师生们上课和下榻。驰名中外的西南联合大学在烽火年代得以存活，一大功劳归于云贵高原上那些纯朴敬畏读书人的百姓。我第一次知道先生的称呼，正是从当年也是联大学生的双亲那儿听来的。他们读的是外文系，那些先生的名字至今都如雷贯耳。爸妈中晚年写了很多回忆文章，我从这些文字里认识熟悉了这些先生的学问和风采。现在回想小时候那些事，满墙的书，爱书如命，尊敬师长，应该便是他们从先生那儿学到耳濡目染又身体力行的吧，而对于我则是不知不觉的滋养，反倒成了自自然然的习性了。

2018年，我因一篇寻找童年苏联小朋友的网文，有缘结识上海年轻读书人远方，幸运踏进致敬经典致敬翻译家的氛围。参与第一个活动是中俄诗歌节，第二个便是草婴书房开张典礼。2019年草婴读书会应运而生，2023年春天，痛别一批杰出的翻译家，书友们在会长带动下开启了共读经典文学。我已过古稀之年，精力、记性大不如从前，仍能跟上阅读进度，其动力一是对文学热爱，更出于弥补我们这代人知识缺憾的渴望。这是一群来自四面八方非常可爱好学的读书人，我们平等地互称书友，我喜欢将读书会视为我的老年大学。

2024年大寒前日，草婴读书会北京书友群正式建立。我准备了一份助兴的特殊礼物，拍下书架上我读过的满满一层书，并颇有仪式感地在书堆上方填写“北京书友首次聚会纪念”。这是共读的成果，一件值得引以为傲的事，将读过的书积攒起的可观效果，惊叹之后更是一种激励。

2023年4月23日我们从世界名著《安娜·卡列尼娜》开读，一起阅读了20余本经典文学作品，一年一个主题，已完成了俄罗斯阅读年和德奥阅读年。在《小王子》诞辰80周年和中法建交60周年的纪念中，我们还特意安排阅读了圣-埃克苏佩里的作品和法国女作家杜拉斯的作品。这些19世纪至21世纪具有世界影响力的作家，犹如群星闪耀：托尔斯泰、屠格涅夫、卡夫卡、黑塞、罗特、茨威格，以及帕斯捷尔纳克、本哈德·施林克、米·阿·布尔加科夫、维克托·阿斯塔菲耶夫等。今年是亚洲文学阅读年，近期阅读的书目是日本作家鬼才芥川龙之介《罗生门》和森鸥外的《舞姬》。

22个月以来我坚持每日读书。为了保证阅读时间，除了在家里读书，还在地铁上读，高铁上读，坐在舷窗下读，甚至候诊或做饭时我也会抱本书，哪怕读上几页呢！众多栩栩如生的人物从书页里走出，陆续进入我的世界，震撼我心。不同种族、不同性别年龄和信仰，他们的悲欢离合，让我唏嘘、揪心、窒息、惊诧、同情又庆幸，也常被书中的幽默、揶揄、讥讽引得哑然失笑。阅读中我会不由自主联想自己的经历、生长的环境，会共鸣、遗憾，也会有痛感，以致几度泪水夺眶而出。我还发现自己越是阅读，越会爱上书中的人物，一串我费劲才能记住的外国名字，渐驻我心。合书冥想，我更加留恋那些美丽善良的女性：为爱而生的安娜、《夜航》里遇难飞行员的亡妻、西伯利亚鲍加尼达村鱼王阿基姆的母亲、疯狂抵挡太平洋堤坝的法语教师，还有为大师留下书稿不惜舍弃一切的玛格丽特，甚至是《父与子》里顺从安静像小猫一样的费涅奇卡、《朗读者》里获罪10年释放前自尽于牢房的汉娜……

我从来认为最好的文学是写好人性。作家们即使写黑暗也是出于他们对笔下人物的深爱，他们不是不想写光明，只是他们用解剖刀那样狠和准揭示了人性本质，起到警示人们的作用，一个人该怎样爱人，怎样去生活。和儿时一样，我更看重书中描绘的美好，不会因在书中看到丑陋、龌龊、阴郁，而对世界失去信心、灰心丧气，更不会因人类存在的无知愚昧而动摇对生活光明未来的憧憬。作为写作者，除了充电，我非常注重学习每本书的语言特质，作家们的想象力、遣词的华彩令人折服，使我更明了什么是文学殿堂的高度。

读书是一件非常幸福美妙快乐的事，打开书本，所有的烦恼便抛到九霄云外。每天清晨我最惦记的是看共读群，年轻书友博学勤思考，时而常会因一个话题引来一阵热烈讨论。我在其中充实自己，汲取力量，也分享自己的诗文绘画。不知不觉中，我明显感到自己的提升，心智的成熟。有时我还会就自己漫长曲折的人生体验发点声，为年轻人答疑解惑。每当这时，我为自己还有用特别开心。

2022年母亲接受平生最后一次采访，当记者问她为什么每天睡得这样晚，她脱口而出一句："我舍不得啊！"她的舍不得就是读书。书友们在共读中还有一个共识，大家都深切感受和钦佩在每部外国经典文学中，中国翻译家所付出呕心沥血的成果。身为翻译家的后人，我虽当不了先生，今生今世宁可做学生！80岁的小女生，不是自卑，而是学习在路上永不停步的态度。《生命始于八十》，这是母亲在世翻译毛姆一篇随笔的题目。学做学问，才刚刚开始。

后　记

想念如果有形状，也许会是一本书的模样。一年一会，新一辑的《夜光杯》美文选粹，又如约在上海美丽的盛夏与读者朋友们相见了。

至2024年，《夜光杯》已走过78年，相应地，我们从2024年4月至2025年3月，在“夜光杯”微信公众号等各渠道广受读者欢迎的佳作中遴选出78篇文章。从“晨读”“夜读”，到“封面人物”“文艺评论”；从聚焦当下的“纪实”，到回眸往事的“记忆”，到包罗万象的“十日谈”……在浮躁多变的时代，《夜光杯》依然执着坚持：以通俗却不粗俗、轻松却不轻飘、深沉却不深奥、尖锐却不尖刻的文风与价值观，传递真、善、美和向上向前的力量。

以文会友，以字结缘。本书的标题“我常常会想起一些人”取自书中所选文章。时时让我们牵记挂念的，又何止是一些人？经历过的事，行走过的路，别开生面的体验，难以忘怀的情感，不吐不快的思绪……落笔，皆可为锦绣。这里，我们要感谢读者一直以来的相伴与支持，感谢不断扩容的“夜光杯朋友圈”，给我们提供有温度、有情怀、有思考、有深度的好文字；并且我们期待：更多的读者拿起笔来，写下自己独特的文字，成为《夜光杯》的作者，加入我们的“朋友圈”。

也期盼更多读者关注《夜光杯》，从这本书开始，更多浏览我们《新民晚报》上的《夜光杯》版面、上观新闻App中的“夜光杯”频道、“夜光杯”微信公众号、“夜光杯朋友圈”微信视频号以及“夜光杯”直播间。读者、作者、编者，让我们在一起，用笔、用情、用心，一起悦读、悦心、悦人。

新民晚报副刊部

2025年7月30日

图书在版编目(CIP)数据

我常常会想起一些人：爱夜光杯　爱上海：2024 / 新民晚报副刊部主编. -- 上海：文汇出版社，2025. 8.

ISBN 978－7－5496－4561－9

Ⅰ. I267

中国国家版本馆CIP数据核字第2025X8R393号

（爱夜光杯　爱上海·2024）

我常常会想起一些人

出 版 人：周伯军

主　　编：新民晚报副刊部

选　　编：刘　芳　史佳林　郭　影　吴南瑶

责任编辑：张　涛

装帧设计：王　翔

出版发行：文匯出版社

上海市威海路755号　邮政编码：200041

经　　销：全国新华书店

印刷装订：上海颛辉印刷厂有限公司

版　　次：2025年8月第1版

印　　次：2025年8月第1次印刷

开　　本：889mm×1194mm　1/32

字　　数：255千字

印　　张：10.125

ISBN：978－7－5496－4561－9

定　　价：49.00元